CLASSICS
中国书籍编译馆

华北理工大学学术著作出版基金资助出版

TO THE LIGHTHOUSE

Virginia Woolf

到灯塔去

（英）弗吉尼亚·伍尔夫 著

李小艳　田泽中　蒙苑宁 译

中国书籍出版社
China Book Press

译 者 序

　　尽管生活中波澜不断，还是决定再次翻译弗吉尼亚·伍尔夫的作品，再次走进她的内心世界，感受她对自由、平等的渴望，以及她内心的纠结撕扯。在伍尔夫的作品中，女性是高贵优雅的，令身边所有的男性倾心折服；女性是温婉贤良的，令子女尊敬爱戴；女性是柔中带刚的，令外表刚强的男性热切依赖；女性是精神独立的，在男权盛行的时代依然坚守内心的执着。

　　本书包括《到灯塔去》和《一间自己的房间》两部分。《到灯塔去》以"到灯塔去"为目标导向，以拉姆齐一家为中心，记述了一家人的生活及心理变化。在这个看似以男主人拉姆齐先生为主导，实则以女主人拉姆齐夫人为中心。从小儿子詹姆斯到来访的各位客人，再到画家莉莉，甚至拉姆齐先生自己，几乎每个人都感觉到了女主人的不可或缺。在小说的第三部分，画家莉莉从原本被人忽视的"暗影"中转移到整个故事画面的中心，以她的视角去观察拉姆齐先生及其子女的心理及活动。

　　《到灯塔去》被认为是伍尔夫最完美的作品，其对文学史的贡献卓越而深远。无论是对时间的把握还是对空间的阐释，无论是创作视角还是心理描写，无论是象征意象还是意识流手法的运用，都极具艺术色彩和文学价值。作者对女性气质有着独特的理解，对男女两性气质二元对立的现状做了细致入微的刻画，并在作品中努力为男女两性所代表的不同的生活原则寻找一条和谐统一的途径。

　　《一间自己的房间》整理自伍尔夫于剑桥大学两所女子学院中的演讲稿。该书中最重要的观点是："女性要想写小说，必须要有钱，再加上一间自己的房间。"男性读者将这部作品视为女权主义宣言；女性读者受到伍尔夫的激励，纷纷开始创作并靠此收入养活自己。然而，伍尔夫并非是在向男性宣战，亦非宣扬男女对立，而是主张作家应具备"雌雄同体"的头脑与思维，这样方能创作出不朽的传世之作。

怀着一颗敬畏之心，我开始了翻译工作，并在这个过程中备尝艰辛、饱受孤独。偶尔会在与伍尔夫的心灵沟通中不可遏制地喷涌出灵感之花，不能停歇，而大多数情况下，每个单词、每一句话，都要分外仔细地揣摩与推敲，就像蜗牛拖着重重的壳缓慢爬行，虽艰难，但总在向前。翻译工作在呕心沥血似的坚持中完成了初稿，二稿的修改工作同样艰难缓慢，但总有一种回家的感觉，始终朝着伍尔夫的心灵港湾前行，当心中有了那个温馨的目标，脚下的路途便似乎不再那么难走。一遍遍的修改校对，让笔端流淌的词句逐渐顺畅，终至如闲庭信步。对原著的品味越深刻，越能理解作者内心的感受，越觉得原作的精神很难完美地呈现在译作之中。若不使出洪荒之力，恐难以向原作者交代，更难向自己的责任心交代。揣摩译文，一字一句"啃"下来，个中滋味，真如杨绛所说的"费力不讨好"。若非亲自去做，很少有人能理解这个过程。

所幸身边有体谅、关爱自己的家人和善解人意的同事，有工作严谨认真的中国书籍出版社的各位编辑，使得此书如期出版。正是因为所有人的共同努力，才有手捧译作时的激动与欣慰。

感谢生活，赐予我所有。感谢上天，赐予我可爱的儿子。谨以此书献给我最亲爱的宝贝，祝愿他无论风雨彩虹，心中的灯塔永不熄灭。

李小艳
2017 年 6 月于唐山

目录
CONTENTS

译者序　　　　　　　　　　　　　　　001

到灯塔去

第一部　窗

第一章	003
第二章	014
第三章	015
第四章	018
第五章	026
第六章	030
第七章	036
第八章	040
第九章	045
第十章	053
第十一章	060
第十二章	064
第十三章	069
第十四章	071
第十五章	076
第十六章	077
第十七章	081
第十八章	108
第十九章	113

第二部　时光流逝

第一章	120
第二章	121
第三章	123
第四章	125
第五章	127
第六章	129
第七章	132
第八章	133
第九章	136
第十章	141

第三部　灯塔

第一章	143
第二章	145

第三章	149	第九章	181
第四章	155	第十章	186
第五章	160	第十一章	187
第六章	168	第十二章	190
第七章	178	第十三章	200
第八章	179	第十四章	205

一间自己的房间

第一章	209	第四章	256
第二章	228	第五章	275
第三章	242	第六章	289

到灯塔去

窗
时光流逝
灯塔

第 一 部
窗

第 一 章

"是啊,如果明天天气好的话,就一定去,"拉姆齐夫人说。"不过,你可得早早就起床哦。"她又补充道。

她的话给儿子带来了莫大的喜悦,就好像这次远行一定能成行,好像他只要忍耐一晚上的黑暗,经过一整天的航行,这么多年来心心念念的奇幻之地便触手可及了。詹姆斯·拉姆齐虽然只有六岁,却属于不会区分各种感受的伟大一族,但对于未来的期望,无论喜怒哀乐,定会影响当下的心情。因为对这样的人来说,即使在幼年时期,任何情感之轮的细微转动都具有把忧郁或欣喜的一刻立即结晶、固定的力量。此时,詹姆斯·拉姆齐正坐在地板上,从陆海军用品商店的商品目录上剪下各种插图。他听着母亲的话,无比幸福地剪着一幅冰箱图案。这一刻,充满了喜悦。手推车、割草机、白杨树沙沙的响声、雨前逐渐发白的树叶、呱呱叫的白嘴鸦、摇摆的金雀花、窸窸窣窣的衣裙——在他看来,这一切都那样色彩绚丽、那样与众不同,他已然有了自己的专属密码,有了自己的秘密语言,尽管他有着高高的额头,蓝色眼睛目光犀利,带着无暇的坦诚与纯洁,看到人性的弱点会微微皱起眉头,给人一种呆板僵硬、毫不妥协的印象。因此，母亲看着他用剪刀灵巧地剪出冰箱图案，想象着他身披饰有貂皮的红袍坐在法官席上，或在国家危急时刻从事一项严峻而重大的事业。

"不过，"他父亲在客厅窗户前停下来说，"明天天气晴不了。"

倘若手边有一把斧头、一根拨火棍或者任何可以在父亲胸口捅个窟窿杀死他的武器，詹姆斯定会当场杀死他。拉姆齐先生只要在场，就会在孩子们心中激起如此极端的感受；就像现在一样，他站在那儿，瘦得像把小刀，身体窄得像刀锋，他讽刺地笑着，不仅因让儿子希望破灭和嘲笑妻子而感到快乐，他的妻子无论在哪方面都比他好一万倍（詹姆斯想），还为自己准确的判断而暗自得意。他说的都是实话，永远都是实话。虚情假意的话他说不出口，也从来不会篡改事实，更不会为了取悦或方便任何人而把话说得好听些，更不用说对自己的孩子了。他们是自己的骨肉，理应从小就懂得生活之艰辛、现实之残酷；要抵达传说中那个最美好的梦想被破灭、脆弱的小舟被黑暗吞噬的国度（想到这儿，拉姆齐先生会挺直脊背，眯起他那双小蓝眼睛望着远方的地平线），最需要的就是勇气、真理和毅力。

"但明天天气也可能会好啊——我想会好的。"拉姆齐夫人一边说，一边不耐烦地拧了一下正在织着的红褐色长袜。如果今晚能织完它，如果明天他们真能去灯塔的话，她要把长袜送给灯塔看守人的小儿子，他得了髋关节结核，还要带上一堆旧杂志和一些烟草。其实，只要她发现四处乱放着的不需要的东西，留着它们只会把屋子弄得乱七八糟，她都要送给那可怜的一家人。他们一定闷死了，整天坐着无事可做，只能靠擦擦灯罩、剪剪灯芯、收拾收拾巴掌大的园子来解解闷。她常常会问，在网球场大小的一块岩石上一待就是一整月，如果遇上风暴，时间或许会更长，你会有什么感觉？没有信件,也没有报纸,什么人也见不到;如果结了婚,却见不到妻子,也不知道孩子们的情况——他们有没有生病?胳膊腿儿有没有摔断?一周又一周地看着枯燥乏味的海浪碎成水花,然后可怕的风暴来临,水花拍在窗子上,海鸟撞在灯塔上,整个地方都在摇晃,连头都不敢探出去,恐怕会被卷入大海,这时你有什么感觉?她这样问道,特意对着女儿们问道。她用一种很不一样的语气接着说,所以一定要尽量带些能安慰他们的东西。

"西风正西,"无神论者坦斯利说着伸出手去,摊开骨瘦如柴的手指,让风从指间吹过。他正在陪拉姆齐先生在晚间散步,在露台上走过来走过去。也就是说,风向最不利于船在灯塔登陆。是啊,拉姆齐夫人承认,他的话的确很不中听;他现在又说起了这个,让詹姆斯更加失望,真是太可恶了;但同时她又不允许孩子们嘲笑他。"无神论者,"孩子们这样称呼他,"小个子无神论者。"露丝嘲笑他,普鲁嘲笑他,安德鲁、贾斯珀和罗杰都嘲笑他,连牙齿掉光了的老狗巴杰都咬过他,因为(按南希的说法)他是第一百一十个追随着他们一路追到了赫布里底群岛的年轻人,但他们觉得,没有外人在真是好太多了。

"胡说,"拉姆齐夫人非常严厉地说。她能容忍孩子们从自己身上学来的夸张习惯,容忍他们暗示(确实是这样)她留宿的客人太多,甚至要为一些人在城里安排住所,但她不能容忍对她的客人无礼,特别是对年轻男子。他们一贫如洗,用她丈夫的话说,他们都是"极其精干的人",是他的崇拜者,是来这里度假的。的确,她将所有男性都保护在羽翼之下,个中缘由她也说不清楚,因为他们的侠义和英勇,因为他们缔结条约、统治印度、掌控金融;最后还因为他们对待自己的态度:有点信赖,有点稚气,有点崇敬,没有哪个女人察觉不到,没有哪个女人会因此而不悦。一个上了年纪的女人可以接受年轻男子的信赖与崇敬，自己却不失尊严；如果有哪个女孩——老天保佑千万别是她的女儿们！——接受了这样的信赖和崇敬，却不能深刻体会其价值和全部意义，那她可就惨了。

她一脸严肃地转问南希。他没有追着他们，她说，他是应邀而去的。

她们必须找到彻底解决问题的办法。可能会有简单点的办法，某种不太费力的办法，她叹着气想道。她照着镜子，看着自己头发灰白，双颊凹陷；五十岁了，她思量着，或许她本可以把事情处理得更好些——丈夫，钱财，还有他的著作。但就她自己而言，永远不会对自己的决定有一丝一毫的悔意，永远不会逃避困难或者敷衍搪塞。现在，她看起来令人生畏。只有在她很严肃地说起查尔斯·坦斯利之后，她的女儿们——普鲁，南希，罗斯——才默默地抬起了头，心中盘算着离经叛道的念头，想着自己与母亲不一样的人生：可能会在巴黎，过着无拘无束的生活，不用总是照顾这个或那个男人；因为对于尊重女性与骑士风度、英格兰银行与印度帝国、戴婚戒的手指与蕾丝服饰，她们都在心中默默地质疑。尽管她们都认为这其中也有美的精髓，唤起了她们少女心中的男子气概。当她们在母亲的眼皮底下坐在餐桌旁，母亲莫名其妙的严厉和像女王把乞丐的脏脚从泥中拿出来洗干净一样无比的谦恭，让他们产生了崇敬之情；当母亲很严肃地训诫他们不该嘲笑这位他追随着他们——或者严格来讲，是应她们之邀——来到斯凯岛的可怜的无神论者，她们对母亲产生了崇敬之情。

"明天根本不可能在灯塔靠岸。" 查尔斯·坦斯利双手啪地一拍，说道。他正与她丈夫一同站在窗前。他说的话实在是太多了。她真希望他们两个别再打扰自己和詹姆斯，继续他们自己的谈话。她看了看他。孩子们说，他这个人太悲惨了，满脸疙疙瘩瘩。他不会打板球,只会乱捅,就是在瞎搅和。安德鲁说,他是个刻薄的讨厌鬼。他们知道他最喜欢什么——永远这样陪拉姆齐先生走来走去,走来走去,说说谁赢得了这个,谁获得了那个,谁是拉丁诗之"第一人",谁"才华横溢,但我认为基本理论不扎实",谁无疑是"牛津贝列尔学院最有才干之人",谁只是暂时在布里斯托尔或贝德福德韬光养晦,待到日后他给数学或哲学的某一分支学科撰写的导论见了天日,便是他扬名之时,如果拉姆齐先生想看的话,坦斯利先生那里有这篇文章前几页的校样。他们谈论的就是这些东西。

有时候,她自己会忍不住暗自发笑。前两天,她说起了"像山一样高的海浪"。是啊,查尔斯·坦斯利说,海面确实不平静。"你不是浑身湿透了吗?"她问道。"湿了,但没湿透。"坦斯利先生捏捏衣袖、摸摸袜子,说道。

然而,孩子们说,他们并不是因为这个不喜欢坦斯利先生。不是因为他的长相,也不是因为他的举止,而是因为他这个人本身——他的观点。查尔斯·坦斯利让孩子们讨厌的是,每当他们说起什么有意思的人或事,或音乐,或历史,随便什么事,哪怕是说今晚天气不错,不如去外面坐一坐吧,他总要来个惊天大逆转,用他特有的尖酸刻薄的方式,把一切剥得血肉分离,凸显自己、贬损他人,让别人心烦意乱,他才会满意。孩子们说,他会去美术馆里问人家,喜不喜欢他的领带呀?天晓得,罗斯说,谁喜欢呀。

晚餐一结束,拉姆齐夫妇的八个儿女就像小鹿一样悄无声息地从餐桌旁溜走,躲进了自己的卧室。那是他们在这个家中最私密的堡垒,在那里他们可以无所不谈:坦斯利的领带,改革法案的通过,海鸟,蝴蝶,形形色色的人。阳光洒进她们在阁楼上的小屋里,由于彼此之间只隔着一层厚木板,每一下脚步声都听得清清楚楚,还能听见瑞士女孩儿在为格里松斯山谷里的父亲伤心哭泣,因为他身

7

患癌症，性命垂危。阳光照亮了球拍、法兰绒衣裤、草帽、墨水瓶、颜料盒、甲壳虫，还有小型鸟的头骨。墙上一条条又卷又皱的窄长海藻，在阳光的照耀下散发出水草的盐腥味儿，洗海澡时用过的沾着沙子的毛巾上也有这种味道。

　　冲突、分歧、意见不合、偏见，交织在人的存在本身。噢，他们小小年纪就开始这样了，想到这儿，拉姆齐夫人深感遗憾。她的孩子们太挑剔了，光说这些废话。她牵着詹姆斯的手离开了餐厅，因为詹姆斯不愿意和哥哥姐姐们一起走。在她看来，这些废话——只会产生分歧，天啊，不用他们再制造分歧，人们之间的分歧已经够多了。真正的分歧，她站在客厅的窗前想道，已经够多了，真的够多了。那一刻，她心中所想的是贫与富、贵与贱；她对于出身高贵的人，既有些怨恨又有些敬意，因为她自己身体里流淌的不就是那个既高贵又有些神秘的意大利贵族的血液吗？十九世纪时，这个家族中的女儿们三三两两坐在英式客厅里，谈吐可人，情感奔放，她自己的才智、举止和性情都来源于她们，而不是慵懒的英格兰人或冷漠的苏格兰人；但是，引发她更深刻思考的却是另外那个问题，即贫与富的问题，每周，每天，在这儿或者在伦敦，她自己亲眼看到的问题。当她挎着包，拿着笔记本和铅笔，亲自去拜访这个寡妇或者那个痛苦挣扎的妻子时，在认真画好竖格的本子上记录她们的收入与开销、就业与失业等情况。她希望这样可以让自己不再是个小女人，这样行善一半为了平息自己内心的愤慨，一半为了满足内心的好奇，希望自己能够成为——以她非专业的眼光来看——一个让自己特别钦佩的调查员，去阐释社会问题。

　　在她看来，这些都是无解的难题。她站在那儿，牵着詹姆斯的手。他，就是他们嘲笑的那个年轻人，跟着拉姆齐夫人来到了客厅；此刻，他正站在桌旁，手里摆弄着什么东西，动作笨拙，拉姆齐夫人不用看也知道他因感到格格不入而闷闷不乐的样子。他们都走了：孩子们，明塔·道尔，保罗·莱利，奥古斯都·卡迈克尔，她的丈夫——他们都走了。她转过身来，叹了口气，说道："陪我去散散步你会不会觉得无聊呀，坦斯利先生？"

她要到城里办点事儿；先要写一两封信，可能要十分钟吧，还要戴上帽子。十分钟之后，她又出现了，手里提着篮子和阳伞，一副准备就绪要出远门的样子，但是，路过网球场的草坪时，她肯定会停下一会儿，问问卡迈克尔先生需不需要带什么东西。卡迈克尔先生正在晒太阳，一双黄色的猫眼微睁着，眼里映着树影婆娑和流云浮动，内心的想法或感情却一丝不露。

他们要去远征了，她笑着说。他们要去城里。"您要点邮票、信纸，还是烟草？"停在他身边的时候，她提示道。然而，不需要，他什么也不需要。他十指相扣，搭在大将军肚上，眼睛一眨一眨的，仿佛很想善意地回应她的一番好意（她很有魅力，不过有点神经兮兮的），可是做不到。他窝在椅子里，周身一片灰绿色，很倦怠的样子。他无须任何言语，沉湎于无限而仁慈的充满善意的慵懒之中看着一切：整栋房子，整个世界，所有的人们；因为午饭时他悄悄往酒杯里放了几滴东西，孩子们想，所以他本来的白胡子上明显有一缕浅黄色。他什么都不需要，他低声说道。

他本来会成为伟大的哲学家，他们走在通往渔村的路上时，拉姆齐夫人说，很可惜他婚姻不幸福。她将黑色阳伞撑得笔直，举手投足间有种难以名状的期待，似乎一拐弯就会遇到什么人。她讲述着卡迈克尔的故事：在牛津与一个姑娘坠入了爱河；早早就结了婚；贫困；去过印度；翻译过一点诗，"我觉得译得美极了"。乐于教男孩们波斯文或印度斯坦文，可那到底有什么用处呢？——他们看见他的时候，他正躺在草坪上。

这让查尔斯·坦斯利受宠若惊，他一直很受冷落，拉姆齐夫人能跟他说这些，让他倍感欣慰。他又有了精神。另外，她还暗示了男人的才智是巨大的，虽然在逐渐衰退，所有的妻子——她倒不是怪哪个姑娘，她相信他们的婚姻曾经还是很幸福的——都要服从于丈夫的事业，她的这番话令他感到从未有过的得意，他想如果他们叫出租马车的话，比方说，他愿意付车钱。至于她那个小手提包嘛，他可以帮她提吗？不用，不用，她说，她一直都是自己提的。她的确是自己提的。是啊，他能从她身上感觉到这一点。他感觉到很多东西，特别是某种让他莫名的兴奋又不安的东西。他想让她看到自己身穿博士袍、头戴博士帽走在队列中的样子。做研究员，当教授——他感觉自己无所不能，看到了自己——可她在看什么呢？有个人在张贴广告。巨幅广告呼啦啦地慢慢铺开，刷子一下一下地刷着，慢慢露出大腿、圆环、马、耀眼的红红蓝蓝，铺得非常平整，最后，半面墙上铺开了一张马戏团的广告：百名马术师，二十只表演海豹、狮子、老虎……她因为近视，脖子向前伸，读出声来……"即将访问本市。"那人只有一只胳膊，那样站在梯子顶上干活，她惊叹道，真是太危险了——两年前，那个人的左臂被收割机切掉了。

"咱们都去看吧！"她一边大声说一边继续向前走，仿佛那些骑手和马匹让她心中像孩子般的欢欣雀跃，忘了刚才的怜悯。

"咱们都去。"他重复着她的话说，一字一顿，很不自然，让她感到一丝不悦。"咱们去看马戏吧。"不对，他怎么说都不对劲儿。他找不到那种感觉。可这是怎么回事呢？她很奇怪。他到底怎么了？那一刻，她非常喜欢他。他们小的时候，她问道，没有人带着去看过马戏吗？从来没有过，他回答道，似乎她的问题恰好是他想回答的；这么多天以来他一直想说他没看过马戏的原因。他们家人口多，兄弟姐妹九个，父亲勤劳肯干；"我父亲是个药剂师，拉姆齐夫人，他开了一家药店。"从十三岁起,他就开始自己养活自己。冬天里,他出门经常没有大衣穿。上大学的时候,他从来没有能力"回报他人的热情款待"(这是他干巴生硬的原话)。他的东西,用的时间总要比别人长一倍;他抽的烟是最便宜的:是粗烟丝;码头上的老头们抽的那种。他工作非常刻苦——每天七小时;他目前研究的课题是什么事对什么人的影响——他们一边走一边说,拉姆齐夫人不大明白他的意思,只能偶尔抓住只言片语——学位论文……研究员身份……审稿人身份……讲师职位。这些讨厌的学术用语连珠炮似的蹦出来,让她听不懂,但她暗自想,她现在明白为什么去看马戏会让他不知所措了,这个可怜的小伙子啊,还有他为什么说起了父母和兄弟姐妹,她一定要想办法让别人不再嘲笑他了;她要把这事儿告诉普鲁。她猜想,他可能希望对别人说,他与拉姆齐一家去看易卜生的戏了。他真是太一本正经了——噢,是啊,无聊透顶,真让人受不了。而且,他们现在已经到了城里,到了主街道上,车马在卵石地面上飞奔而过,他却仍然在说啊、说啊,说什么新居住区,说教书,说劳动人民,说帮助自己的阶层,说讲座,一直说到她认为他完全找回了从马戏团那个话题上失去的自信,正要对她说(现在她又很喜欢他了)——但就在这时,两侧的房屋渐渐抛在了身后,他们来到了码头,整个海湾映入眼帘,拉姆齐夫人不禁惊呼:"啊,好美啊!"眼前是无垠的碧水,灰白色的古老灯塔庄严地耸立在远处;右边,凡目力所及之处,皆是野草摇曳的绿色沙丘,此起彼伏,渐渐模糊消失,似乎要跑到无人居住的某个月亮国去。

这个景色,她说着,停下了脚步,灰色的双眼显得颜色更深了,正是她丈夫喜欢的。

她沉默了片刻。但是现在,她说,画家也来这儿了。的确,在几步远的地方就站着一个画家,头戴巴拿马草帽,脚穿黄色皮靴,表情严肃而温和，很专注的样子，十个小男孩围在他身边看，让他红润的圆脸上露出极大的满足感。他定睛注视了片刻，然后用画刷去蘸颜料；画刷的尖部蘸了一团绿色或粉色颜料。自从三年前伯恩斯福特先生到这儿之后，所有的画都成了这样，她说，绿色和灰色的水面，柠檬色的帆船，还有沙滩上穿粉色衣服的女人。

然而，她祖母的朋友们，路过的时候她悄悄看了一眼说道，画画最卖力气了；他们先把颜料混合在一起，然后用力研磨，再将湿布盖在上面，以免水分流失。

所以，坦斯利先生以为，她想让他看看，那个人的画太飘，人们是这么说的吧？颜色不够实？是这么说的吧？一路走来，那种奇特的感觉在心中逐渐升腾，在花园里他想为她提包的时候就开始萌生了这种感觉，在城里他渴望把自己的一切都告诉她的时候又再次升华。在这种感觉的影响之下，他开始觉得自己和自己所知道的一切都有点不对劲儿了。这真是太奇怪了。

她带他来到一所局促的小房子，他站在客厅里等她，她要上楼一会儿，去看一个女人。他听到楼上传来的轻快的脚步声，听到她欢快的声音，之后声音又低了下去；他看看杯垫、茶叶罐和玻璃灯罩，等得有点不耐烦了。他期盼着走回家，下定决心要帮她提包；之后便听到她走了出来；关门；说一定要开窗户、关上门，如果需要什么东西就到家里去拿（想必她是在和一个小孩子说话），突然，她进到客厅来，静静地站了一会儿（就好像她之前是在表演，现在要让自己静静地待一会儿了），她站在那儿一动不动，身后挂着佩戴嘉德绶带的维多利亚女皇的画像；就在此刻，他突然明白，就是这么回事：就是这么回事——她是他所见过的最美的人。

她的眼中闪耀着光辉，头上披着婚纱，还有仙客来和野生紫罗兰——他到底在想什么呀？她至少有五十岁了，还有八个孩子。她走过花田，将折断的花朵拿在胸前，抱起跌倒的羔羊，眼中闪耀着光辉，微风吹拂着秀发——他接过她的手提包。

"再见，埃尔希。"她说道。他们沿街走着，她把阳伞撑得笔直，好像在期待着一拐弯儿就会遇到什么人，而查尔斯·坦斯利平生第一次感到无比的自豪；一个挖排水沟的人停下了手里的活，手臂垂下来恭敬地看着她；查尔斯·坦斯利感到无比的骄傲；他能感觉到微风吹拂，能感觉到仙客来和紫罗兰的香气，因为他平生第一次走在一个美丽女人的身旁。他提着她的手提包。

第 二 章

"去不了灯塔了,詹姆斯。"他站在窗边难为情地说道。但出于对拉姆齐夫人的尊重,他还是尽量说得语气柔和一些,至少让人听起来亲切点。

讨厌的小个子,拉姆齐夫人想,何苦还要再说这个呢?

第 三 章

"说不定明早醒来，你会发现阳光灿烂、鸟儿齐鸣呢。"她抚摸着孩子的头发，安慰地说道，因为她看得出来，丈夫说天气不会好之类的刻薄话语，已经让儿子的情绪很低落了。她看得出来，到灯塔去是他最强烈的渴望，而她的丈夫说明天天气不会好，这本来已经够让他伤心的了，但这个可恶的小矮个儿仿佛还没有说够似的，现在又说起来了。

"说不定明天天气就好了。"她抚摸着儿子的头发说道。

她现在所能做的，只是把他剪下的冰箱图片夸赞一番，再翻翻陆海军用品商店的商品目录，希望能找到耙地机或者割草机之类带叉子和把手的东西，这样剪起来需要非常高的技术，也需要特别用心才行。所有年轻人都在拙劣地模仿着她丈夫，她想道；他说会下雨，他们就说肯定会有大暴雨。

可是，正当她翻着商品目录寻找耙地机或者割草机的图片时，她的搜寻被突然打断了。粗哑的咕哝声随着烟斗从嘴里拿出来又放回去而时断时续，尽管听不清他们聊的是什么（因为她坐在窗户里侧），但这声音也让她很放心，因为她知道男人们聊得正开心；这低语声已经持续了半个小时，与其他声音一样让她放心，比如板球扣击球拍的声音，打板球的孩子们时不时叫嚷着"这个球怎么样？这个球怎么样？"但现在那声音却停止了；海水拍打岸边的单调的声音，都像拍打在她的思绪上，柔和又舒缓，每当她坐在孩子身边，海水都像是在抚慰她一样，一遍遍重复着古老的摇篮曲，"我在保护着你——我在支持着你。"那是大自然的喃喃低语；但有时候，很突然，很出乎意料，特别是她的思绪刚刚离开手头正在做的事情时，声音便没有了那亲切的含义，而是像可怕的鼓声，无情地敲击着生命的节拍，让人想起了岛屿被摧毁、被海水吞噬，警醒着度日匆匆的她，一切都很短暂，像彩虹一样转瞬即逝——那声音掩盖在其他声音之下，原本不那么清晰，却突然如雷贯耳，她不禁抬起头，感到一阵恐惧。

他们不再聊天了，这就是问题的原因。顷刻之间，笼罩在心头的紧张感走向了另一个极端，就好像是在弥补她刚才无端浪费的感情似的，现在是冷静、开心，甚至还有点幸灾乐祸。她得出的结论是，可怜的查尔斯·坦斯利已经被甩掉了，但她根本不觉得有什么要紧的。如果她丈夫需要牺牲品（事实上他真的需要），她会很高兴地将查尔斯·坦斯利献给他，谁让他刚才给自己的小儿子泼冷水呢。

又过了一会儿，她抬起头倾听，仿佛在等待某个习惯性的声音，某种有规律的、机械的声音；而后，丈夫在露台上来回踱步的时候，她又听到花园里传来有节奏的声音，一半像说一半像吟，既像在嘟囔，又像在歌唱，她再一次感到很安心，确定一切恢复了正常，便低下头去看放在膝盖上的商品目录，找到了一张折叠小刀的图片，小刀有六个刀片，詹姆斯要特别小心才能剪得下来。

突然一声大叫，就像一个半睡半醒的梦游人在喊着：

"冒着枪林弹雨。"

那巨大的喊声冲进她的耳朵里，使她不禁忧心忡忡，转身看看是否其他人也听到了那声音。她只看见莉莉·布里斯科，她很高兴；这就不要紧了。但看到莉莉站在草坪边上画画让她想起，她应该尽量保持头部姿势不动，好让莉莉画她。莉莉的画！拉姆齐夫人笑了。

她那双单眼皮小眼睛，还有那张皱巴巴的脸，怕是永远也嫁不出去了；你也不能太把她画画这事儿当真；但她是个独立性很强的小家伙，拉姆齐夫人比较喜欢她这一点，于是她想起了答应过她的话，把头低了下去。

第 四 章

　　他挥舞着双手向她冲过来，高喊着"我们勇往直前"，差点撞倒了画架。谢天谢地，他来了个急转弯，扬长而去，"定是去巴拉克拉法高地英勇就义了"，她想。从来没有人可以这样又可笑又可怕。但是，只要他一直这样挥舞着双手，高声呐喊，她就是安全的；他就不会站着不动看她的画。而这恰恰是莉莉·布里斯科所不能忍受的。即使是她看着画布上的颜料，看着线条，看着色彩，看着拉姆齐夫人和詹姆斯坐在窗前，她对周遭的事物都极其警觉和敏感，生怕有人悄悄走过来，唯恐突然发现有人在看着自己的画。可现在，尽管她所有感官都异常活跃，她却定睛看着，直到墙壁和铁线莲的颜色深深印在她的眼中，她才感觉到有人从房里出来，朝她走来。从脚步声判断，那人应该是威廉·班克兹吧，尽管画笔在颤抖，但她并没有将画板翻过来放在草地上，而是仍旧立在那里。倘若是坦斯利先生、保罗·莱利、明塔·道尔，或者其他任何人，她都会将画倒扣在草地上。威廉·班克兹来到了她身边。

　　他们都住在村子里，一般相互来往到很晚才在门口道别，大家随便聊着晚餐桌上的汤，聊聊孩子们，聊聊这个，聊聊那个，这些是他们彼此联系的纽带。此刻，他已站在她身旁，以审慎的眼光看着她的画（他的年龄可以做她的父亲了。他是个植物学家，丧偶，身上散发着香皂的味道，衣着干净整洁），而她，就那么站着不动。他也那么站着不动。他注意到她的鞋子很不错。穿这样的鞋子，脚趾可以自由伸展。他俩住在同一家旅馆，因此他还注意到她生活很有规律，早餐之前起床，然后出门画画。他认为她是单身，可能很穷；当然，她没有道尔小姐那样的姿色和魅力，但她有头脑，这让他觉得她比道尔小姐更有魅力。比如此刻，拉姆齐先生挥舞着双手朝他们奔过来，一路高喊着，他确定布里斯科小姐是理解的。

有人闯祸了。

拉姆齐先生瞪着他们两人。他双目圆睁，却似乎并没有看见他们。这让他们两人多少有点不舒服。他们共同见证的这一幕，本不该是他们所见的。他们侵犯了人家的隐私。所以，莉莉想，他可能会以此为由而走开，走到听不见他说话的地方，班克兹先生似乎马上就要说"天凉了，还是走吧"之类的话。她愿意一起走，但让她将视线从自己的画上移开，可是有难度的。

铁线莲是亮紫色，墙是很耀眼的白色。她认为，既然自己看到的就是亮紫色和耀眼的白色，如果篡改了颜色就是不诚实的，尽管自从包恩斯福特先生来到这儿之后，时髦的做法是将一切都看成灰白、雅致、半透明的。而在颜色之下，还有形状。她观察的时候，一切都能看得清清楚楚，什么也逃不过她的眼睛；只是在她拿起画笔的那一刻，这一切全都变了。就在她将现实的景色搬到画布上的瞬间，仿佛魔鬼附上了她的身，常常让她几乎要哭出来，将构想体现在画作中这一过程，对她而言，就像小孩子走黑路一样恐怖。她总是会有这样的感觉——要在极其不利的情况下苦苦挣扎，才能鼓起勇气对自己说："可这就是我所看到的；这就是我亲眼所见的"，然后才能将所剩无几的视觉形象留在心中，因为有千股力量在她的脑海里奋力撕扯、抢夺。然而，就在她开始画画的时候，又会有其他因素来逼迫她，就像冷风在嗖嗖地吹，比如自己水平不高，微不足道，要帮父亲照料布朗普顿路上的房子，还要努力克制自己不要一时冲动跪在拉姆齐夫人的膝下（谢天谢地，她一直都忍住了），对她说——可是，又能对她说什么呢？说"我爱上你了"？不，不是那样的。或者挥手指着树篱、房子、孩子们,说"我爱上了这里的一切"?太荒谬了,更不可能。人心之所想,无法表达出来。于是,她将画笔放在盒子里,一支支摆放整齐,对威廉·班克兹说:"突然天就冷了,阳光也没有那么热了。"她一边说,一边左右看着。现在天色还早,草依然是柔和的深绿色,房子周围的绿草间点缀着紫色西番莲,高空传来白嘴鸭苍凉的鸣叫。但是,好像有东西在动,倏的一下,银色翅膀在空中转动了一下。毕竟已经是九月了,而且是九月中旬,又是晚上六点多。所以,他们朝着通常所走的方向,慢慢穿过花园,穿过网球场草坪,走过芦苇地,最后来到了茂密的树篱缺口处,俗称火红拨火棍的开花芦苇像士兵一样守卫在两侧,像烧得火红的炭盆,穿过芦苇是蓝色的海湾,此刻的海水显得格外湛蓝。

每天晚上,他们都会到这儿来,好像某种需要使然。仿佛思绪已经在干旱的陆地上变得迟钝,而海水能让思绪漂浮并扬帆远航,仿佛海水能让身体得到某种放松。一开始,蔚蓝的海水有节奏地涌向海湾,心胸也随之开阔了,身体亦随之浮沉,不过下一秒凶恶暴躁的波浪便将这一切打断,让人倍感扫兴。接着,在那块黑色巨石背后,几乎每晚都会喷出一道白色水柱,由于喷出时间不规律,所以一定要仔细看,喷出的水柱总是让人欣喜。在你等待水柱的时候,会看到半圆形的白色沙滩上,海浪一次次涌上来,留下薄薄的一层珍珠母的颜色。

他们两人站在那儿,都笑了。他们都感到了共同的欢乐,是涌动的海浪带来的欢乐,是破浪急驶的帆船带来的欢乐。帆船在海湾里迅速划出一道弧线,停下来,颠簸着,降下了船帆。看过这一迅速的动作之后,出于使画面完整的本能,他们两人都将目光移到了远处的沙丘上,但他们并没有感觉到欢乐,反而感觉某种悲伤袭上心头——或许因为这件事已经做完,亦或因为远处的景色似乎比观赏景色的人要长久百万年(莉莉想道),天空俯瞰着沉睡的大地,而那远处的美景似乎已经在与天空倾心诉说了。

　　望着远处的沙丘,威廉·班克兹想起了拉姆齐:在韦斯特摩兰郡的一条马路上,拉姆齐独自大步走着,脸上一副似乎与生俱来的孤独神情。但是,他突然被拦住了去路,威廉·班克兹记得(这一定是件真事儿),是一只母鸡,它张开翅膀保护着一群小鸡,所以拉姆齐不得不停下了脚步,用手杖指着说:"好看——好看。"班克兹觉得这件事像一道奇怪的光亮闪入他的心房,照亮了他内心的淳朴和他对底层的同情。可是,在他看来,就在那时,就在那条马路上,他们的友谊走到了尽头。自那之后,拉姆齐结了婚。再之后,一件事接着一件事,他们的友谊之花彻底枯死了。他也说不清到底是谁的错,只是过了一段时间之后,他们之间的友谊只是重复,没有一丝新意。他们一次次地见面,也只是在重复着旧日情谊。但是,此刻在与沙丘的无声交谈中,他依然认为,他对拉姆齐的友情丝毫未减,他们的友谊就像一个青年男子的尸体在泥炭上储存了一个世纪,双唇依旧红润如初,而他内心强烈且真实的友谊却储存在了海湾彼岸的沙丘中。

　　班克兹有些焦虑不安,可能因为这份友谊,也可能是想甩掉自己心头已经干瘪老去的自责——因为拉姆齐已经膝下儿女成群,而班克兹既无子嗣也无伴侣,所以他很着急,希望莉莉·布里斯科不要看轻了拉姆齐(他是个非常不错的人,只是有他自己的方式而已),希望她能够理解他们之间的情感纠葛。就像多年前,在韦斯特摩兰郡,在母鸡张开翅膀保护小鸡的那条马路上,他们之间的友谊之花开始枯萎;拉姆齐结婚后,他们的人生之路有了不同的走向,当然,这不是谁的错,当他们再见面的时候,总是想再续往日情谊。

事情就是这样的。班克兹回忆完，转过头，不再看那片景色。他转身沿路往回走，走上车道，感觉自己恢复了生机，倘若不是远处的沙丘让他看到：躺在泥炭上的友谊之躯双唇依旧红润如初，他一定对什么都无动于衷——比如拉姆齐的小女儿卡姆。这个小姑娘在岸边采香苣蓿花，她很任性，还有点暴躁，保姆跟她说"给这位先生一朵花"，她说什么都不给。不给，不给，不给，就是不给！她攥着拳头，跺着脚。经她这样一闹，班克兹先生感觉自己老态龙钟，甚是伤感，不知道怎的，她竟对自己的友好会错了意。他一定是干瘪衰老了。

拉姆齐一家并不富裕，能够维持一大家子人的生活，也算是个奇迹了，八个孩子啊！靠搞哲学养活八个孩子！这儿又来了一个孩子，这次来的是贾斯珀。他溜达着走过去，说是要去打一会儿鸟，语气很平淡，路过的时候摇了摇莉莉的胳膊，就像是在摇水泵手柄一样，这让班克兹先生不得不违心地说，莉莉最讨人喜欢了。说到这儿，看看他对孩子们的教育（当然，拉姆齐夫人可能也受过一点教育），日常的鞋袜穿戴先不用说，几个"大小伙子"全都长得高高大大的，棱角分明，但他什么都不管不顾。要分清谁是谁，或者谁大谁小，就已经是难为他了。他私下里用英国国王和女王的名字来称呼他们，比如邪恶的卡姆，冷酷的詹姆斯，正义的安德鲁，美丽的普鲁——他认为普鲁会出落成一个大美人儿，她怎么会不美呢？安德鲁也会非常有头脑的。班克兹一边说着一边沿车道慢慢向上走，对于他的话，莉莉·布里斯科偶尔回应是或不是，表示着赞同（因为她爱他们大家，爱这个世界），他心中思忖着拉姆齐的事，既同情他又羡慕他，仿佛他亲眼目睹过拉姆齐不得不摘下年轻时孤独与质朴的光环，家庭琐事令他难以展翅高飞，但孩子们一定给了他一些慰藉——威廉·班克兹也承认这一点。倘若卡姆在他的外套上插一朵小花，或者像爬到她父亲肩上那样爬到他的肩上去看维苏威火山喷发的画，他也会感到很幸福的；但拉姆齐的老朋友们不可能察觉不到，孩子们也毁了他生活中的一些情趣。陌生人又会怎么想呢？莉莉·布里斯科会怎么想？谁会注意到他这些新养成的习惯？亦或是怪癖、弱点？真是奇怪，像他这样智慧的人也会如此屈尊——这么说有点过分了——竟然会如此看重他人对自己的赞赏。

"噢，可是，"莉莉说，"想想他写的书吧！"

每当她"想起他写的书"，眼前总会清晰地呈现出一张大餐桌。那是安德鲁搞的鬼。她问安德鲁，他父亲的著作里写的是什么，安德鲁说："主体、客体、现实的本质。"她惊讶道，不知道那是什么意思，安德鲁告诉她说："那就等你不在厨房的时候想想餐桌吧。"

因此，每次想到拉姆齐先生的著作，她总会看到一张擦得发亮的餐桌。此刻，这张餐桌就在一棵梨树的树杈上，因为他们已经来到了果园。她很费力地集中思想，不去想有银色节疤的梨树皮，不想扁圆形的梨树叶，只想一张虚幻的餐桌，那是一张擦得发亮的木质餐桌，纹理和节疤清晰可见，使用多年之后仍旧那么结实，这就是它的优点所在。现在，它就卡在梨树杈上，四脚悬空。当然，如果一个人每天看到的总是事物的生硬本质，而将美丽的傍晚那火红的云朵和碧水银树都简化为一张泛白的四条腿儿餐桌，这个人自然不能算是普通人。因为唯有最优秀的人才能做到。

莉莉让班克兹先生"想想他写的书"，这让班克兹先生对她有了好感。他也曾想过拉姆齐的著作，时不时就会想起来。已经记不清他说过多少次："拉姆齐是那种在四十岁之前就创作出了自己最优秀的作品的人。"他在二十五岁时就写过一本小册子，对哲学做出了重要贡献；在那之后，他的作品便都是在此之上的添加或重复了。但是，能对哲学或任何学科做出重要贡献的人少之又少，他在梨树旁停下来说着,语气得体、措辞严谨、准确,评判公允。突然,他说着话手臂一挥,仿佛释放了她心中对他的所有感觉,积聚在她心中的对他的各种印象犹如雪崩一般一股脑儿坍塌下来。这是一种心动的感觉。紧接着,他生命的精华随一缕青烟飘忽而上。这是第二次心动。她的感觉非常强烈,仿佛自己被刺穿而动弹不得,那是因为他的严肃、他的仁慈。我对你佩服得五体投地(她心中默默地对他说);你并不自负;你对人对事非常客观;你比拉姆齐先生更加优秀;你是我所见过的最优秀的人;你不娶妻生子(她渴望珍视那份孤独,但不掺杂男女之情),你为科学而生(不知不觉,她眼前浮现出了马铃薯的切片);赞赏是对你的侮辱;多么慷慨、纯洁的英雄人物啊!但与此同时,她又想起他一路走来都有贴身男仆随行;很反感狗坐在椅子上;他会就蔬菜里的盐和英国的黑心厨师喋喋不休地说上好几个小时(直到拉姆齐先生摔门而去)。

　　那么,所有这一切又是怎么回事呢?人们是如何评判他人、看待他人的?如何将零碎信息综合在一起,最后总结出是喜欢亦或不喜欢?他说这些话,到底有什么隐含之意?此刻,她站在梨树旁,好像愣住了,她对两个男人的印象如潮水涌上心头,她的思绪快得让人跟不上,就像说话太快时难以用笔记录所说的内容,那声音是她自己的声音,滔滔不绝地说着不容争辩又自相矛盾的永恒主题,连梨树皮上的裂缝和凸起都仿佛成了不朽之物。你有可贵之处,她接着往下想,但拉姆齐先生没有任何可贵之处。他小气,自私,自负,傲慢,像个被宠坏的孩子,像个暴君,快把拉姆齐夫人累死了;可是他拥有你(她对班克兹先生说)所没有的东西;他不食人间烟火,对琐事一无所知,他爱狗,爱孩子。他有八个孩子,你一个也没有。那天晚上他不是穿了两件上衣下来,让拉姆齐夫人帮他理发,把头发剪到布丁盆里吗?所有这一切在她脑海里上下跳动着,就像一群蚊子，虽然各自分开，却像是被罩在一张无形的弹性网中，在她的脑海里跳动着，在梨树的枝丫间跳动着，枝丫间恍惚还可见那张擦了多年的餐桌，它代表着她对拉姆齐先生智慧的深深的崇拜。她的思绪飞快地旋转，越转越快，越陷越深，她突然获得了解脱。一颗子弹从不远处飞过，一群椋鸟躲着弹片，吱吱喳喳地惊叫着，慌乱地飞了起来。

"贾斯珀！"班克兹先生说。他们二人转身望着椋鸟从露台上方飞走，目光追随着空中身手敏捷的鸟儿，穿过高高的树篱的缺口，一头撞上了拉姆齐先生。拉姆齐先生语调悲伤、声音低沉地冲它们说道："有人闯祸了！"

拉姆齐的眼神因强烈的悲剧感而异常明亮，目光中闪烁着挑衅的光芒。他与他们二人眼神相对的一刹那，在即将认出他们的时候微微颤抖着；但是，很快他就举起手挡在了脸上，仿佛是要避开他们二人正常的注视，对他们不予理睬，害羞和气恼让他感到痛苦，他仿佛是在乞求他们二人稍等一下，但他知道，眼神相遇是在所难免的；仿佛他给他们留下了一种像孩子一样讨厌被人打扰的印象，但即使是在被人发现的时刻，也不会轻易缴械投降，而是决心坚守这种美妙的感觉，这种不纯洁的狂想，既让他羞愧又令他陶醉——他突然转过身去，砰的一声关上了那扇属于他自己的门；莉莉·布里斯科和班克兹先生感到很不自在，抬头望着天空，看到被贾斯珀开枪惊散的那群椋鸟已经栖息在榆树梢头。

| 到灯塔去 |

第 五 章

"即使明天天气不好,"拉姆齐夫人一边说,一边抬眼看了看从身边走过的威廉·班克兹和莉莉·布里斯科,"也还有别的日子呀。"她说着,心想,莉莉皮肤白皙,小脸儿皱巴巴的,最迷人的就是那双小吊眼儿,但要有一个聪明的男人才能发现她的美。"现在站起来,让我比一下你的腿,"因为他们可能还是会去灯塔的,她必须看看这只袜子还需不需要再长一两英寸。

她笑了,因为就在此刻,一个绝妙的主意闪现在脑海里——威廉和莉莉应该结婚——她拿起混色毛袜,两根钢针交叉在袜口,在詹姆斯腿上比量着。

"亲爱的,站好别动。"她说,因为詹姆斯出于嫉妒,不喜欢给灯塔守护员的小儿子当量尺,所以故意动来动去。如果他老这样,她怎么知道袜子是长了还是短了呢?她问道。

她抬起头——他是中了什么邪了,她最小的儿子,她的小宝贝儿?——看着房间,看着椅子,觉得这些都太寒酸了。就像前两天安德鲁说的,椅子里面的填充物掉得满地都是;可是,她问自己,买新椅子有什么用呢?一个冬天就会被孩子们给糟蹋了,而整栋房子只有一个老太太在照料,湿得能滴出水来。还是算了吧,房租只有两个半便士,孩子们也很喜欢这地方,这房子离丈夫的图书馆、课堂、学生只有三千英里远,如果必须说得精确的话,是三百英里远,这对他也有好处;房子也够宽敞,可以容纳一些访客。地毯、行军床,还有在伦敦结束了使命的歪歪扭扭的桌椅——它们在这里表现得还不错;另外还有一两张照片、几本书。她想,那些书,越积越多,可她从来没有时间读。唉！连那些别人送给她的书也没有读过，上面还有诗人的亲笔签名呢："祝心愿得成"……"谨赠幸福佳人"……说起来真不好意思，她从没读过这些书。还有克鲁姆的《论理智》，贝茨的《班里尼西亚的野蛮习俗》（"亲爱的们，就待在这儿吧。"她说）——这两本都不适合带到灯塔去。她估计，总有一天，这房子会破旧到非收拾不可的地步。如果能教会孩子们进门的时候擦擦鞋，如果能教会他们不把整个海滩都搬到家里来——那可是大成就了。如果安德鲁非常想解剖螃蟹的话，她得允许拿进来；如果贾斯珀认为可以用海藻做汤，总不能阻止他吧；还有罗斯的那些东西——贝壳啊，芦苇啊，石头啊；因为她的孩子们各个天资聪颖，但各自的才华均有不同。这样做的结果就是，一个夏天一个夏天地过去，房间里的地板到屋顶，所有东西变得一年旧似一年。她叹了口气，将毛袜在詹姆斯的腿上比量着。地毯褪了色，墙纸也脱落了，根本看不出墙纸上的玫瑰花图案了。还有，如果这栋房子里的每扇门都永远开着，而整个苏格兰也找不到一个会修门栓的锁匠，东西势必要坏的。相框上搭一块绿色开士米披肩又有什么用呢？不出半个月就会变成豌豆汤的颜色。但真正让她烦恼的还是门，每一扇门都开着。她侧耳倾听，客厅的门开着呢，门厅的门也开着呢，听起来好像卧室的门也开着呢，楼梯转角的窗户肯定也开着呢，因为那是她自己开的。窗户应该打开，门应该关上——就这么简单的事，他们怎么就记不住呢？她夜里去女佣的卧室，发现她们门窗紧闭，封得严严实实，唯有那个瑞士女孩玛丽是个例外，她宁愿不洗澡，也必须要呼吸新鲜空气，不过她说过："那时候在家乡，大山好美啊。"昨晚她望着窗外的时候说了这句话，眼里含着泪花。"大山好美啊。"拉姆齐夫人知道，她在家乡的父亲即将撒手人寰。他的离去将让孩子们成为没有父亲的苦孩子。她一边斥责一边演示（如何整理床铺，如何开窗,她像法国女人一样双手合拢又张开)。玛丽说这话的时候,她周围的一切都悄然收拢起来,就像鸟儿穿过阳光之后悄然收拢双翅,蓝色羽毛由银亮的钢蓝色变成了淡紫色。她静静地站在那儿,默不作声,因为此刻无话可说。她父亲得了喉癌。一想起这些——她站在那儿,深感无奈,玛丽说着"家乡的大山真美啊",没有了希望,一点希望都没有,她心里突然一阵恼火,大声冲詹姆斯说:"站好了,别这么讨厌。"詹姆斯立刻就知道她是真的严肃起来了,于是绷直了腿让她比量。

毛袜太短了,即便灯塔守护员索利的小儿子可能长得没有詹姆斯高,至少也还要再长半英寸才行。

"太短了,"她说,"还差太多呢。"

从来没有人看上去这么悲伤过。苦涩,阴郁,半蹲在黑暗中,在黑暗的深处,有一道阳光照了进来,她或许涌出了一滴眼泪,眼泪流了下来;水面涌动着,接住了眼泪,又归于平静。从来没有人看上去如此悲伤过。

但是,难道只是表面的悲伤而已吗?人们可能会问。在她美若天仙、光彩照人的外表之下是什么呢?人们问,他有没有开枪把自己的脑袋打爆?他是不是在他们结婚前一周去世的——传言中所说的那个前男友?亦或什么都没有?除了她无与伦比的美丽,什么都没有?无论什么也不能破坏她的美丽?因为尽管聊得亲近时她可能提过一些动情的经历,比如未能如愿的爱情,未能实现的理想,但她从未说过自己的具体感受与体会。她总是沉默寡言。她明白——她无须了解就已明白。她是那样的单纯,令聪明人的伪装不攻自破。她的率真让她如铅锤般掷地有声,如飞鸟般轻盈精确,让她自然有种探究真相的精神,这种精神令人愉悦,使人放松,让人充实——可能是种假象吧。

（"大自然并没有用多少泥土。"有一次，尽管她不过是在跟班克兹先生说一件关于火车的事，他听着电话里传来她的声音，却被深深地感动了，她说道："我来塑造你。"他仿佛看到了电话那端她的样子：希腊式的脸庞，蓝色的眼眸，挺直的鼻梁。他给这样一位女子打电话，看起来多么不协调啊。美惠三女神定是齐聚在开满长春花的草地上，创作出了她那张脸。他要到尤思顿火车站坐十点半的火车。

　　"但她就像个孩子一样，对自己的美貌全然不觉。"班克兹先生说道。在他的屋后，工人们正在建一家旅馆，他放下听筒，走过去看工程的进展情况。墙体尚未完工，他看着忙乱的工人，心中想着拉姆齐夫人。他想，总有些不协调的东西会融入她脸上的和谐。她头戴一顶猎鹿帽，穿着橡胶长靴跑过草坪，去逮一个淘气的孩子。因此，如果你想到的只是她美丽的外表，就一定要记住那颤抖的、活生生的东西（就在他看着工人们的时候，他们正在把砖搬到小平板车上去），必须要把这些考虑在内；或者，如果你只把她视作一个女人，就必须赋予她某种独有的特质；再或者，试想一下，可能她想摆脱外在的美貌，仿佛她厌倦了美貌，厌倦了男人们的美貌之谈，她只希望和其他人一样，不那么引人注目。他不知道，他不知道，他必须要去工作了。）

　　她继续织着红棕色毛袜，后面墙上挂着经过鉴定的米开朗基罗的真迹，那金边画框和她搭在画框上的绿披肩正好在她的头上方，显得有点好笑。拉姆齐夫人之前严厉的态度此时已经缓和，她亲吻着小儿子的额头，说道："我们再找一张图片来剪吧。"

第 六 章

可是，发生了什么事呢？

有人闯祸了。

她从沉思中惊醒，开始思索那些长久以来她认为没有意义的话的含义。"有人闯祸了"——她那双近视眼盯着丈夫看，拉姆齐先生此刻正向她快步走来，她目不转睛地盯着他，待他来到跟前，她感觉到（那单调的句子在她脑子里自动反复出现）确实出事了，确实有人闯祸了。但她无论如何也想不出到底出了什么事。

他在颤栗，在发抖。所有的虚荣心和对自己成就的满足感一泻而下，形同霹雳，如同鹰隼般无情地冲向死亡之谷中的人们，一切都已碎为齑粉。冒着枪林弹雨，我们勇敢前进，穿过死亡之谷，子弹齐发，呐喊齐鸣——却迎面撞上了莉莉·布里斯科和威廉·班克兹。他在颤栗，在发抖。

现在，她无论如何也不能和他说话，因为有些迹象她很熟悉，比如他避开自己的眼神，还有强打精神的反常举动，她感觉到似乎他要将自己包裹起来，需要独处的私人空间才能恢复平静；她知道，他很愤怒，非常痛苦。她抚摸着詹姆斯的头，将自己对丈夫的同情转移给了儿子。詹姆斯将陆海军商店商品目录中的一件白色正装衬衫涂成了黄色，她看着儿子，想着如果他将来成为伟大的艺术家，她该多高兴啊；他怎么就不能成为艺术家呢？他有艺术家一样漂亮的额头。她抬起头，丈夫正从她身边走过。看到丈夫心中的创伤已经掩埋，脸上露出了对家的爱意，渐渐恢复了他往日的样子。当他再次转回来，故意在窗前停下脚步，弯下腰，拿根小树枝或什么东西撩拨詹姆斯的小腿，样子非常古怪搞笑。她挖苦丈夫，因为他把"那个可怜的年轻人"查尔斯·坦斯利打发走了。他说坦斯利要回房间写论文了。

"有朝一日，詹姆斯也会写论文的。"他补充说，语气中带着嘲讽，手中拨弄着小树枝。

拉姆齐先生以他特有的既严厉又幽默的方式撩拨着儿子的光腿，詹姆斯讨厌父亲，一把推开那根小树枝。

她想快点织完这烦琐的袜子，明天给索利的小儿子带过去，拉姆齐夫人说。

"别指望明天去灯塔了。"拉姆齐先生突然厉声说道，语气有些暴躁。

她问他怎么知道呢？风向经常会变的。

她的话真是不可理喻，女人的想法真是荒唐，简直让他暴跳如雷。他刚刚逃离死亡之谷，梦想幻灭，浑身颤抖，而现在她却全然不顾事实，让孩子希冀根本不可能发生的事情，这无异于说谎。他在石阶上跺着脚，说道："该死！"可她到底说了什么呢？只不过说了明天有可能天会晴。这还是有可能的。

气压计显示低气压，风向正西，是不会天晴的。

为了追求真理而不顾及他人的感受，如此蛮横、肆无忌惮地撕破文明的面纱，太让人震惊了。这在她看来是很恐怖的，因为这是对人类礼仪的践踏，因此她并没有回应他，只是怔怔地看着，眼神茫然。她低下了头，仿佛任由猛烈的冰雹砸在头上，任由污水冲将过来，溅污了自己也不予回击。没什么好说的。

他站在她身边，默不做声。最后，他终于语气谦恭地说，如果她愿意，他想去咨询一下海岸警备队队员。

没有任何人能像他一样令她如此敬佩。

31

她很愿意相信他的话，她说。只不过，那时候他们不需要再准备三明治了——就这些。他们都会来找她，这是必然的，因为她是个女人，每天不是这件事儿就是那件事儿；孩子们年纪尚小，她时常感觉自己就像块海绵，浸满了各种情感。然而他竟然说，该死。他说，肯定会下雨的。现在他说，不会下雨的，顷刻之间，她眼前就出现了一个安全的港湾。没有谁能像他一样令她如此敬佩。她觉得，自己连给他系鞋带都不配。

拉姆齐先生已然为自己的暴躁情绪而惭愧，为自己带领队伍冲锋时挥舞手臂的样子而难为情，因而很局促不安地又用小树枝戳了戳儿子赤裸的双腿，接着，似乎得到了妻子的许可，一头钻进了暮色之中，他的动作让她不知怎的想起了动物园的大海狮吞下鱼之后向后翻着筋斗游走了，搅得水塘里的水来回涌动着。此刻的天色较之前更暗了，树叶和树篱的身影渐渐消失，仿佛是作为回报，玫瑰花和石竹花发出白日里所没有的光泽。

"有人闯祸了。"他又说了一遍，在露台上来回踱着大步。

然而，他的调子变得真够快的啊！就像一只布谷鸟；"六月到，不在调"；似乎他在尝试寻找什么词语来形容一种全新的心情，可只想到了这一句，所以只好用它，尽管这种表达并不是很贴切。但是，这种表达听起来很可笑啊——"有人闯祸了"——语气几乎像个问句，语调是升调，自己也不相信的样子。拉姆齐夫人不禁笑了起来，他来回走着，嘴里哼着，果然很快又归于沉默，不再提起了。

他很安全，他又回到了自己的小天地了。他停下脚步，点上烟斗，再次看着坐在窗前的妻子和儿子，就像一个坐在快速列车上看书的人，抬头看着窗外，看见了一座农场、一棵树、一片农舍，就像是书中的插图，或是对书中内容的印证，当他回过头来的时候，会感觉所读到的内容在脑海中得到强化，心中获得了满足感。因此，拉姆齐先生不必区分哪个是妻子，哪个是儿子，只要看到他们就能强化他对家人的爱意，让他心生满足，让他甘愿动用他聪明的大脑，把眼前这个问题想得清清楚楚。

他确实头脑聪明。因为，如果说思想如同钢琴的键盘，由许多琴键构成，亦或像二十六个字母一样有序排列，那么他的大脑可以不费吹灰之力，坚定、准确地一一走过每个字母，一直到比如说字母Q。他达到了Q。在整个英国，能达到字母Q的人寥寥无几。此时，他在长着天竺葵的石瓮旁驻足片刻，看见妻子和小儿子一起坐在窗下，但现在已经离他自己很远很远了，像是捡贝壳的孩子，那么天真无邪，专心捡着脚边的小玩意儿，对于他所感觉到的厄运浑然不觉。他们需要他的保护，他也会保护他们。可是，字母Q之后呢？下一个是什么？后面还有很多字母，最后一个字母凡人用肉眼很难看到，只能远远地看见它发出的微弱红光。在一代人中，字母Z只有一人可以到达一次。然而，如果他可以到达R，就已经相当不错了，至少目前已经到达Q了。他在字母Q这里已经站稳了脚跟，Q是他能确保的，也能够展示他在Q这里的能力。但Q就是Q，至于R……他倒空了烟斗，在石瓮上把手上的公羊角响亮地磕了两三下，继续想下去。"接下来是字母R……"他打起精神，咬紧了牙关。

酷暑之中海上行船，船上只有六块饼干和一瓶水，能够拯救一船人的品质——坚韧不拔、公正、远见、奉献、技能，这些品质都可以助他一臂之力。接下来就是字母R——R是什么呢？

百叶窗在他目不转睛的注视下，像蜥蜴的眼皮跳动一样开开合合，模糊了字母R——在那黑暗的瞬间，他听到人们说——他太失败了——R是他所不能达到的。他永远也到达不了R。再次向R出发。R……

蜥蜴的眼皮又开始跳动了。他额头上青筋凸起，石瓮里的天竺葵突然变得特别显眼,尽管他并不希望看见,但透过叶子,他能看得见两类人之间的古老而明显的区别:一类人拥有超凡力量,按部就班地重复着整个字母表,将二十六个字母从头走到尾,勤勤恳恳,坚持不懈;另一类人有天赋、受神启,可以在眨眼之间把所有字母奇迹般地码在一起——那是天才才能做到的事。他没有那份天才,也从不以天才自居,然而,将字母表从 A 到 Z 严格按顺序复述一遍的能力他还是有的,或许可能有过吧。但现在,他卡在了 Q 上,下一个就是 R 了。

　　在雪花飘落、薄雾笼罩山顶的时候,一个优秀的领队明白自己即将倒下,在黎明来临之前死去,但这样的死去并不会玷污领队的名誉。这种感觉袭上他的心头,令他双眸黯然失色,就在他回到露台的那两分钟内,让他的面庞显得憔悴苍老、毫无血色。然而,他不会躺着死去的,他会找块巨石。他会在巨石那儿双眼凝视风暴,力图看透这黑暗。他会站立着死去,他将永远到不了 R。

　　他站在那儿,一动不动,就在石瓮旁,上面的天竺葵盛开了。一百亿人中有多少能到达最后一个字母 Z 呢?他问自己。当然,只有孤注一掷的领队才会问自己这样的问题,然后回答:"可能只有一个。"而这个回答并不是对身后的探险队员的背叛。一代人中只有一个这样的人。那么,如果他不是那个人,他有什么可被指责的吗?如果他已经呕心沥血拼劲了全力,直到油尽灯枯,他应该受到指责吗?他的名誉会持续多久呢?即使是英雄,也可以在临死之前想想,死后人们会如何评价自己。他的名誉可能会持续两千年之久。可两千年是什么概念?(拉姆齐先生盯着树篱,嘲弄地问道)。站在山顶俯视着漫漫岁月不断流逝,你会作何感想?抬起脚踢到的一块儿石头都比莎士比亚存在得更长久。他自己的那点小光亮会闪耀一两年,但不是很耀眼,之后便会汇入稍大一点的光亮之中,然后再汇入更大一点的光亮之中。（他向黑暗深处望去，望着纵横交错的树枝。）身处绝望之地的领队已经爬到高处，看到了岁月的流逝，目睹了星辰的陨落，在死神降临之时，四肢僵硬，已不能活动，借着最后一丝清醒的意识，他将已然麻木的手指举到眉头，挺起胸脯，待到搜救人员到来，会发现他已然死在了自己的岗位上，身体如同士兵一般挺拔。这样的领队，谁还能责怪呢？拉姆齐先生挺了挺胸脯，笔直地站在石瓮旁。

  如果他就那么站一会儿，想想声誉，想想搜救人员，想想心存感激的追随者在他的尸骨上堆起石冢，有谁会责怪他呢？此次征程凶多吉少，这位领队历经艰险，拼尽了全力，合上了双眼，不在乎自己是否还能醒来，只有脚趾上的刺痛才能让他感觉到自己仍有一息尚存，但他也并不完全反对活下去，他只是需要同情，需要来杯威士忌，还需要有人倾听自己的遭遇。这样的领队，谁还能责怪呢？谁会责备他呢？当这位英雄卸下盔甲，停在窗边，注视着妻子和儿子，谁不会暗自高兴呢？看着他们的身影从遥远的地方一点点逐渐靠近，他们的双唇、书和头都清晰地呈现在眼前，他们是那么可爱，尽管他心中感到强烈的孤寂，尽管岁月消逝、星辰陨落，他们依然那么可爱、那么新奇。最后，他将烟斗装进口袋，在妻子面前低下了高贵的头颅——他这样向世间尤物致敬，还有谁会责备他呢？

第 七 章

　　但他的小儿子不喜欢他。小儿子讨厌他到他们跟前来,停下来俯身看着他们;讨厌他来打搅他们;讨厌他的得意而崇高的姿态;讨厌他高贵的头颅;讨厌他太苛求、太自我(因为他站在那儿,要求他们关注他);但最重要的是,他讨厌父亲的情绪摇摆不定,讨厌他在一旁吧啦吧啦地说话,扰乱了自己和母亲之间那份单纯、美好的关系。他只顾看着书,希望这样能让他走开;他用手指着一个词,希望能重新唤起母亲的注意,因为他知道,父亲在他们身边停下来,母亲的心思就不完全在自己身上了,对此他非常生气。但这都没用,无论怎么样,都不能让拉姆齐先生走开。他就那么站在那儿,要求得到同情。

　　拉姆齐夫人本来很随意地坐着,把儿子搂在怀里,这时却挺直了腰背,微微转过身来,仿佛是要用力站起来,立刻喷射出赋予人能量的甘霖。她看起来那么生机盎然,仿佛她全部的能量都凝聚成了力量,燃烧着,发出耀眼的光芒(尽管她只是静静地坐着,继续织着毛袜);这块丰饶之地、生命之源泉,令男性心驰神往,因为他们贫瘠如黄铜鸟嘴,是不毛之地,寸草不生。他需要同情。他说他这个人很失败。拉姆齐夫人动作飞快地织着毛袜。拉姆齐先生一直注视着她的脸,又说了一遍他这个人很失败。她回应他的话说:"查尔斯·坦斯利……"但他想要的肯定不止这个。他想要的是同情,最重要的是要确保还有才华,之后便是需要被接纳进生活的圈子里来,需要被温暖、被安慰,需要恢复感觉功能,他那不毛之地需要变成沃土,家里所有的房间都需要恢复生机——特别是客厅,客厅后面的厨房，厨房楼上的卧室，还有卧室旁边的育儿室，家里必须要重新装修一下，一定要充满生机。

她说在查尔斯·坦斯利眼里，拉姆齐先生是这个时代最伟大的玄学家。但是，这对他来说肯定还不够。他一定要有人同情，一定要确信自己处于生活的中心，自己是被需要的，不只家里需要他，全世界都需要他。她闪动着钢针，表情自信，坐得笔直，她把客厅和厨房布置得灯火闪耀；她告诉丈夫放松一下，不管回家还是在外，开心就好。她边笑边织着毛袜。詹姆斯呆呆地站在她双膝间，感觉到母亲的力量迸发出来，好似要被黄铜鸟嘴喝掉、喝干，被男人毫无生气的半月刀一次次毫不留情地猛击，索要着同情。

他又说他这个人太失败了。让她看一看，感受一下。她飞快地织着毛袜，环视了一下四周，看看窗外，看看房间，又看看詹姆斯，她消除了他心中的疑虑，用她的笑声、她的镇静、她的能力（就像保姆拿着灯走进黑屋子去安慰一个难缠的孩子）让他相信，自己所说的是真的。家里很充实，花园里鲜花盛开。如果他对她绝对信任，什么也伤害不了他；然而，无论他把自己埋得多深，或爬得多高，他发现自己一刻也离不开她。她总是充当保护者，有困难她随时出现，几乎没有留什么空间给自己，让自己可以了解自己；她的一切都被消耗了、用尽了；詹姆斯仍然呆呆地站在她双膝间，感觉她仿佛从一棵开满红花、枝繁叶茂的果树上升起来了。他看到了黄铜鸟嘴，那个自负的男人（他的父亲）用那毫无生气的半月刀向她冲过来，抽打着，索要着同情。

心中想着她所说的话，就像一个心满意足的睡着了的孩子，他谦卑又心存感激地看着她，终于恢复了活力，重新振作起来，说要出去溜达溜达；他要去看孩子们打板球。他走了。

顷刻间，拉姆齐夫人似乎像花朵一样合拢了起来，一瓣包着另一瓣，整个人因精力耗尽而瘫了下来，只剩下了动动手指的力气，她完全没有力气抵抗，只有手指在格林童话书上挪动着；与此同时，成功创造的喜悦之感令她全身悸动，就像弹簧达到了最大弹性限度，现在慢慢停止了跳动。

　　随着丈夫的离开，她身体里每一次悸动都好像将她和丈夫包裹在一起，使二人相互慰藉，就像一高一低两个音符，如果同时敲击，就会彼此互补。然而，随着那共鸣慢慢消失，拉姆齐夫人转身再看童话故事，她感觉不仅身体被掏空了（她总是在事情发生之后有这种感觉，而不是当时），伴随着身体上的乏累，还有某种不快之感。她不知道这种不快从何而来。她大声读着《渔夫的妻子》的故事；她也不想把这种不快用语言表达出来，因为就在她翻到下一页的时候，突然停了下来，听到了一声沉闷的海浪声，有种不祥的预感；她意识到了这种不快的缘由：她不愿意感到自己比丈夫强，一刻也不想；况且，她不能完全确定自己对丈夫所说的话是对的，对此，她感到难以忍受。大学和人们需要他，讲座、著作还有其他最重要的事情——所有这些她都从未怀疑过；让她烦恼的是她和丈夫之间的关系，是他那样在大庭广众之下找她索要同情；那样，人们就会说他太依赖于她，但人们一定知道，在他们两人之间，他肯定更重要得多，相比他对世界的贡献而言，她的贡献是微不足道的。但是，令她不快的还有一个原因——害怕告诉他真相，比如玻璃屋顶坏了，维修费用大概五十英镑；还有他的书，担心他会猜到新近出版的那本书并非是他最好的作品，她本来就有点怀疑是这么回事了（她从威廉·班克兹那儿感觉到了）；还要隐瞒一些日常小事，免得孩子们看到了会造成负担——所有这些都削弱了她所有的快乐，那种双音齐奏时纯净的快乐，现在那声音变得沉闷乏味，消失在了耳际。

　　一个影子落在了书页上，她抬起头，是奥古斯都·卡迈克尔慢吞吞地拖着脚走过。此时，她心中感到一阵痛苦，因为她想到了人与人之间关系的不足之处，即使最完美的关系也有其瑕疵，她求实的天性让她忍不住去想这个问题，但她很爱丈夫，所以无法忍受这样仔细的审视；此时此刻，她感到很痛苦，因为她感觉到自己的微不足道，这些谎言和夸大其词使她不能做真正的自己——就在此时，就在刚刚的欣喜过后，她很不光彩地感到烦恼，因为卡迈克尔先生正趿拉着一双黄色拖鞋走过。就在这时，不知道她中了什么邪，喊了一声："进屋去啊，卡迈克尔先生？"

第 八 章

他什么也没说，在抽鸦片。孩子们说，他就是因为抽鸦片胡子才变黄的。或许是吧。她明显看出卡迈克尔先生是个可怜人，很不幸福，每年都到她这里来，算是一种逃避吧；但是每年她都有同样的感觉，他并不信任她。她说："我要去城里，要我帮你带点邮票、信纸、烟草什么的吗？"她能感到，他听完总是一缩。他不信任她。这都是拜他妻子所赐。她记得他们住在圣约翰林一间恐怖的小屋里，妻子对他非常恶毒，她曾亲眼看到那个可恶的女人把卡迈克尔先生赶出了家门，使她惊愕不已。她用她特有的可恶语气说："现在，我要和拉姆齐夫人聊一会儿。"而拉姆齐夫人的眼前仿佛呈现出了他一生所遭受的各种苦难。他的钱够买烟草吗？是不是还得跟妻子要钱呢？给他半个克朗？还是十八便士？唉，她真是不敢想象他妻子对他的各种侮辱。而他总是在这个时候躲躲闪闪（为什么，她猜不出来，只是觉得可能和那个女人多少有点关系）。他从不跟她说任何事情。可是，她还能做点什么呢？给他安排了一个向阳的房间，孩子们对他也很好，她也没有任何不欢迎他的表现。说实话，她已经尽量想办法对他表示友好了。你要邮票吗？要不要烟草？我这儿有本书可能你会喜欢，诸如此类。可是毕竟——毕竟（这时她不自觉地整理了一下自己，突然感到自己还是很美的，这样的情况很少发生）——毕竟，让别人喜欢她一般都不太难，比如乔治·曼宁，比如华莱士先生；虽然他们名气都很大，但常常会在某个傍晚来看她，静静地与她坐在火炉边谈心。她不可能不知道，自己的美丽就像一把随身携带的火炬；她走进每一个房间时，火炬都会举在手中；虽然她可能会掩饰自己的美，尽量不太张扬，但她的美是大家有目共睹的。她曾受人仰慕；她曾受人爱慕。她走进一个房间，里面坐着的都是送葬的哀悼者，但人们脸上的泪水也会因她的到来就不翼而飞。不论男人还是女人，不管事情多么复杂，与她在一起，都能在她的纯真中得到慰藉。因此，他竟然躲闪，这伤害了她，让她很受伤。这种伤害并不那么干脆，也没有任何缘由。这正是她所不喜欢的，偏偏还是在她对丈夫感到不满的时候。当卡迈克尔先生胳膊下夹着本书，脚上穿着黄色拖鞋，拖着脚从她身边走过，只冲她点了点头，算是回应她的问题，她能感觉到他对自己的怀疑，怀疑她想奉献他人、帮助他人的意愿都是虚荣使然。可她完全是发自内心地要帮助他人、奉献他人啊，人们提起她可能会说："噢，拉姆齐夫人！亲爱的拉姆齐夫人……当然是拉姆齐夫人了！"人们会需要她，派人来请她，钦佩她，她做这些不就是为了让自己心里得到满足吗？她内心真正想要的不就是这些吗？所以，当卡迈克尔先生为了躲她（刚刚他又躲闪了）而跑到角落里做起了没完没了的藏头诗，她本能反应并不仅仅是受到了冷落怠慢，还感觉到了自己的渺小，感觉到人与人之间的关系即使在最好的情况下也会有那么大的瑕疵，感觉到人们是多么可鄙和自私。自己修饰得并不精致，又疲惫不堪，大概再也不是让人赏心悦目的一道风景了（她双颊凹陷，头发花白），她最好还是专心读《渔夫和妻子》的故事吧，以便抚慰小儿子詹姆斯那颗敏感的心（所有孩子中就属他最敏感）。

"渔夫的心情变得沉重了，"她大声读着，"他不想去，他对自己说：'这样做是不对的。'但他还是去了。他来到海边，海水呈现出紫色和深蓝色，灰白而浑浊，不再是一片黄绿色，但海面依然很平静。他站在海边说……"

拉姆齐夫人真希望丈夫没有选择在这个时候停下脚步。他刚才说要去看孩子们打板球的,为什么没去呢?但他并不开口说话,只是看着,点点头,表示赞同,又继续向前走。他想得出神了,看见了眼前曾经一次又一次让他停下脚步的树篱,它代表着某种结论;他还看见了妻子和小儿子,又看见了垂着红色天竺葵的石瓮,它曾多少次点缀着自己的思绪,在绿叶之上记录着,就好像叶子是纸片,快速浏览的时候随手在上面记点什么——看到眼前这一切,他想得出神了,忽然想起了《泰晤士报》上的一篇文章,推测每年有多少美国人去参观莎士比亚故居。他暗自思量着,如果历史上从来没有过莎士比亚,今天的世界会有很大不同吗?人类文明的进程是靠伟人来推动的吗?今天普通大众的命运会比古埃及法老时代好一些吗?但是,他自问,普通大众的命运是判断文明的尺度吗?可能不是。可能为了达到利益最大化,需要奴隶阶级的存在;伦敦地铁里永远都需要电梯工。他很讨厌这种想法,于是猛地将头向后一仰。为了摆脱这种想法,他得想办法灭一灭艺术的嚣张气焰。他要说,这个世界是为普通大众而存在的,艺术不过是强加在人们生活之上的一种装饰而已;艺术并不能表现生活的本质。莎士比亚对人们的生活也没多大必要。他也不知道自己究竟为什么要这样贬低莎士比亚,却如此高抬永远站在电梯门口的电梯工。他猛地从树篱上摘下了一片叶子。他想,下个月在加的夫市,得给年轻人好好讲一讲这些;在这儿,在自家的露台上,他不过是在觅食、在野餐(他扔掉刚刚气冲冲摘下来的叶子),就像一个人骑马缓缓走在自童年时期就很熟悉的乡间小路上、田野里,坐在马背上伸手去采一束玫瑰,或摘下坚果装满口袋。这一切都非常熟悉;这个转弯,那道篱笆墙,那条田间小路。他会在傍晚花上几个小时,抽着烟斗,任思绪起起伏伏,在熟悉的小巷和公园里进进出出,想想历史上的这次战役,或者心系那个政治家的命运,或欣赏诗歌、讲述轶事,或心系重要人物，比如这位思想家，那位军事家。所有这一切都那么鲜活，那么清晰；但最终，那小巷、那田野、那公园、那果实满枝的坚果树，还有那开满鲜花的树篱，将他引到路的转弯处，他总是在这里下马，将马拴到一棵树上，独自步行前进。他来到草坪的边缘，俯瞰着下面的海湾。

不管他愿意不愿意，他的宿命、他的特性促使他走出家门，来到慢慢被大海侵蚀的一片弹丸之地。他站在那儿，像一只孤寂的海鸟，形影相吊。他有能力、有天赋突然甩掉所有的负累，收敛缩小自己，让自己看起来更精干，感觉更瘦小，甚至是身体上真的变小了，可是脑力却没有任何减损。他站在小小的礁石上，面对人类无知的黑暗，大海正侵蚀我们脚下的土地，而人们竟一所无知——这是他的宿命，这是他的天赋。但是，下马之后，他摒弃了所有的矫揉造作与华丽的外衣，扔掉了所有坚果和玫瑰等战利品，收敛了自己，不仅忘记了自己的声望，甚至连自己的名字都不记得了；但即使在孤寂之中，他依然保持警觉，不让自己耽于幻想与空想。正是他这个样子，（偶尔）让威廉·班克兹、让查尔斯·坦斯利（五体投地）、现在还让妻子（此时，妻子正抬起头，看见他站在草坪的边缘）感到无比的敬仰、怜悯、感激，就像航道上的一根标桩，海鸥栖息在上面，海浪拍打在上面，它独自在洪流中坚守职责，让满船快乐的人们心生感激之情，感谢它标示出洪水中航道的位置。

"可是，作为八个孩子的父亲，他也没有别的选择……"他喃喃低语，又突然停下来，转过身，叹了口气，抬头寻找妻子的身影，妻子还在给小儿子读故事书。他装满了烟斗，转身不再看人类的无知，不再看人类的宿命，不再看侵蚀着脚下那一方寸土的海水，倘若他能专心思考，本来可能有所领悟的。他在琐事中找到了慰藉，与刚刚面对的庄严主题相比，这些琐事显得是那么微不足道，他都想诋毁、抨击这份慰藉，就好像全世界都在痛苦之中，而他一个老实人居然很快乐，那他就是犯了最可鄙的罪行。果真如此，大多数情况下他都很快乐，有妻子，有儿女，答应六周以后到加的夫去给年轻人"胡诌一通"，讲讲洛克、休谟、贝克莱，再讲讲法国大革命的起因。但这份慰藉，还有他从各个方面所获得的快乐，比如他的警句、年轻人的狂热、妻子的美貌，以及来自斯温西、加的夫、埃克赛特、南安普敦、基德明斯特、牛津、剑桥的各种赞美——所有这些都要受到抨击，都要掩盖在"胡诌一通"这个词之下，因为，实际上，他本来可能做到的事情并没有做。这个词是一种掩饰，就像一个避难所，保护着害怕拥有自己感情的人，难以将"这就是我之所爱，我就是这个样子"说出口的人；这让威廉·班克兹和莉莉·布里斯科感到他既可怜又可恶，他们不知道他为什么要这样掩饰，为什么他总是需要他人的夸赞，为什么他这样一个在思想上如此大胆的人，在现实生活中会如此怯懦，他怎么会既可敬又可笑，真是太奇怪了。

　　教导和劝诫是人力所不能及的，莉莉猜想。（她正在收拾画画用的东西。）得意过头了总会栽跟头。莉莉说，对于他所有的要求，拉姆齐夫人总是轻易满足他，所以，现在的变化一定让他心里很难受。他放下书本走进来，看见大家都在玩游戏，聊着没用的话。她说，想想吧，这和他所思考的事情差别有多大啊。

　　他正朝他们走过来。现在他完全停住了脚步，站在那儿默默地注视着大海，一会儿又转身走开了。

第 九 章

　　班克兹先生看着他离去的背影说道，真是太遗憾了。（莉莉曾说过他让她害怕——他情绪变化太快。）是啊，真是太遗憾了，拉姆齐的行为举止与他本人怎么有那么大的差别呢？（因为他喜欢莉莉·布里斯科，所以可以很坦诚地与她谈论拉姆齐。）他说，正是因为这个原因，年轻人才不读卡莱尔的。他就像一个牢骚满腹的老头，脾气暴躁，连粥凉了也会发火，凭什么对我们说教呢？这是班克兹先生所了解的当今年轻人的说法。他说，如果你和他一样，认为卡莱尔是人类历史上的伟大导师之一，那真是太遗憾了。莉莉很不好意思地说，她毕业以后就再没有读过卡莱尔。然而，她认为，正因为拉姆齐先生认为自己小手指疼都会引发世界末日的到来，反而让人们更加喜欢他。这一点，她并不在意。有谁会被他欺骗呢？他其实是在坦诚地要你恭维他，赞赏他。他那些小小托词谁也骗不了。她不喜欢的是他的狭隘和盲目，她一边说一边看着他的背影。

　　"还有点虚伪？"班克兹先生暗示说，他的目光也追随着拉姆齐先生的背影。他不是想起了他们之间的友谊吗？不是想起了卡姆拒绝给他花吗？不是想起了拉姆齐的儿女们吗？还有他自己温馨的房子，自从妻子过世，家里变得异常冷清了。当然，他也有自己的工作……尽管如此，他还是希望莉莉能同意他所说的那一点：拉姆齐"有点虚伪"。

　　莉莉·布里斯科继续收拾画笔，抬头看看，低头看看。抬头的时候，她看见他——拉姆齐先生——正朝他们走来，大摇大摆，一副漫不经心的样子，完全不在意他人，显得很孤傲。有点虚伪？她

45

重复着班克兹的话。噢，不——他最真诚、最可靠（他已经走到了跟前）、最优秀；可是，低头看的时候，她想，他只顾自己，太专横，不公正；她刻意低着头，因为只有这样她才能沉着从容地与拉姆齐夫妇待在一起。如果一抬起头看见他们，她所说的"爱恋"之情就会将他们淹没。他们仿佛置身于虚幻的世界中，令人兴奋，又穿透人心，只有充满爱意的双眸才能看到这样的世界。天空与他们相连，鸟儿对他们放歌；更让人兴奋的是，当她看到拉姆齐先生走近又退回去时，拉姆齐夫人与詹姆斯一起坐在窗前，白云浮动，树枝低垂，她发现生活原本由一件件孤立的事件组成，人们一件一件去经历，现在却如海浪般卷起，构成一个整体，海浪把人推向高处，又抛向低处，最后拍在了沙滩上。

　　班克兹先生还在等她的回答。她正要说一些什么来挑挑拉姆齐夫人的毛病，比如她也太令人害怕啊，也居高临下啊，或者诸如此类的话，突然班克兹先生那痴迷的样子让她觉得完全没必要说什么了。想想他已年近花甲，爱干净，冷静客观，雪白的科学外衣罩在身上，他出神地看着拉姆齐夫人，莉莉看着他那痴迷的样子，快赶上几十个年轻人的爱慕加在一起了（大概拉姆齐夫人还从未激发几十个年轻人心中的爱慕吧）。这就是爱，她这样想着，假装挪动着画布，这是经过蒸馏和过滤的纯粹的爱，没有控制欲的爱；但是，就像数学家对符号的爱，诗人对词句的爱，注定要传遍整个世界，成为人类财富的一部分。确实如此，世界肯定是要分享这份爱的，班克兹先生如果能够说出为何眼前这个女人会让他如此倾心，为何她给儿子读童话故事的画面会让他产生如同解决一道科学难题一样的感觉？他苦思冥想，那感受就如同植物消化系统的可靠证明，使他觉得野蛮被驯服，乱世被平息。

　　他这般痴迷——除此以外还能有其他字眼吗？——让莉莉·布

里斯科完全忘记了自己要说什么。好在没什么要紧的,是有关拉姆齐夫人的话。与这般痴迷相比,她要说的话黯然失色。这种默默的凝视,让她感激万分,因为其他任何事情都不能带给她如此的慰藉,让她在纷繁复杂的生活中感受到一丝悠闲,很神奇地减轻了生活的负累。这股超强的力量,是上天的眷顾,让人不忍打搅,任由他这么看着,就像我们不忍心遮挡照在地板上的一束阳光一样。

拉姆齐夫人(她瞥见他在沉思)着实让人受益,令人兴奋,所以人们竟能如此去爱,班克兹先生竟怀有这样的情感。她一支接一支地在一块抹布上擦着画笔,故意态度非常谦卑。人们的敬慕落在每个女性头上,而她躲在这敬慕之下,感觉自己也受到了人们的赞美。让他尽情地凝视吧,她也偷偷看一眼自己的画。

她要哭出来了。画得太糟糕、太差劲了,简直糟糕至极!她其实可以不这么画的,颜色可以薄一点、淡一点;轮廓可以再模糊一点;庞斯福特眼中的画面就是这样的!然而,她看到的并不是这样。她看到的是颜色在钢架上燃烧,形似蝴蝶翅膀的光亮照在教堂的穹顶之上。所有这一切,留下的只是画布上随意涂鸦的几笔。这幅画永远不会示人,永远不会挂出来。坦斯利先生的话在她耳边响了起来:"女人不懂画画,女人不会写作……"

这时,她想起了刚刚要说的关于拉姆齐夫人的话。她不清楚该怎样表达,但肯定会是批判性的话。前几天晚上,她被某种居高临下的态度搞得很生气。顺着班克兹先生注视拉姆齐夫人的方向看过去,她想,没有哪个女人能像他爱慕拉姆齐夫人一样爱慕另一个女人;她们只会躲在班克兹先生的双臂之下乘凉。顺着他的目光看过去,她有着不同的感受,认为拉姆齐夫人无疑是世界上最漂亮的人(她正低头看着书);可能是最好的人;但和你在那里所看到的完美有所不同。但为什么会不同?有什么不同呢?她一面刮着调色板上一小堆一小堆的蓝色、绿色颜料，问着自己。在她看来，这些颜料现在似乎就像没有生命的小土块儿，但她发誓要赋予它们灵性，让它们灵动起来，明天就让它们听她的使唤。她有什么不同呢？她身上的精神、最根本的东西是什么呢？比如你在沙发一角发现了一只手套，从那卷曲的手指你就知道手套肯定是她的。她就像一只等待飞翔的鸟儿、一支待发的箭。她任性，很咄咄逼人（当然啦，莉莉提醒自己道，我所考虑的是她和女性的关系，而我比她年轻得多，名不见经传，住在布朗普顿街）。她打开了卧室的窗户，关上门。（在心中开始想象着拉姆齐夫人的生活。）她深夜到来，轻叩房门，裹一件旧毛皮大衣（她的美总是这样——不刻意雕琢，却又恰到好处），把所有事情都重演一遍——查尔斯·坦斯利的伞丢了啊，卡迈克尔先生哼哧鼻子了啊，还有班克兹先生说"蔬菜没了盐分"啊。所有这些，她都说得活灵活现，甚至恶作剧似的歪曲，然后走到窗前，假装必须要走了——已经黎明了，她能看到太阳在慢慢升起——她略微转过身体，脸上依然挂着往日的笑容，语气更加亲密地说，她一定得结婚啊，明塔也一定得结婚啊，所有人都必须要结婚啊，因为在这个世界上，无论你获得多少荣誉（拉姆齐夫人并不把她的画放在眼里），取得多少成就（拉姆齐夫人自己很可能也取得过不少成就），说到这儿，她黯然神伤，又回到了椅子上，这是无可争议的：女人不结婚（她轻轻握了握她的手），女人不结婚就错过了人生中最美好的时光。房子里孩子们在酣睡，拉姆齐夫人聆听着，还有灯光暗影，以及均匀的呼吸声。

噢，可是，莉莉会说，她还有父亲，有家，甚至，如果她敢说出口的话，还有她的画。但是，这些和婚姻相比，都显得那么微不足道，那么天真。然而，随着夜晚慢慢流逝，白色的晨光照出了窗帘的轮廓，偶尔还会听到不知名的鸟儿在花园里啁啾，她鼓起最后一丝勇气，让自己做一个普世定律的例外，她恳求做一个例外；她喜欢单身生活；她喜欢做她自己；她天生就不该结婚；所以她不得不面对拉姆齐夫人那深邃、严肃的眼神，面对拉姆齐夫人对自己的简单判断（她现在就像个天真的孩子），认为她亲爱的莉莉，她的小布里斯科，真是太傻了。继而她又想起，她曾头枕在拉姆齐夫人的腿上，想到拉姆齐夫人极其淡定地主宰着令她费解的命运，她就笑啊，笑啊，笑啊，几乎笑得歇斯底里。她就那么坐在那儿，表情单纯、严肃。现在莉莉已经恢复了对她的认识——那就是手套上扭曲的手指。但是，人们所深入进去的是什么样的神圣禁区呢？莉莉·布里斯科终于抬起了头，眼前就是拉姆齐夫人，对莉莉大笑的原因浑然不知，却依然主宰着莉莉的命运，只不过现在完全没有了任性的痕迹，代之以云开雾散之后的清澈——就像守在月亮周围的云团终于散开了一样。

这是智慧吗？亦或是知识？是不是人们再次受到了美貌的欺骗，在走向真理的路上，所有的感知能力都缠绕在了一张金色丝网上？亦或是她有秘密锁在心中？当然，莉莉·布里斯科相信，这个世界要运转，人们就必然有各自的秘密在心中。不可能谁都像她这样每天过着仅能糊口的狼狈日子，可是，如果人们知道这秘密，会告诉别人吗？她坐在地板上，双臂绕在拉姆齐夫人的腿上紧紧贴着她，笑着想，拉姆齐夫人永远不会知道她为何这样紧贴着她。她想象着这个与自己紧紧相依的女人的思想和心灵如同王陵的宝藏，如同刻有上天旨意的石碑，倘若有人能读懂其意，必将无所不知，但这些决不能在大庭广众之下公然授予。爱慕或狡猾有什么艺术，才能让人走进那神秘心房之中？用何种方法才能与你崇拜的对象合为一体，难分难舍，就像倒进罐子里的水一样？我们的肉体能做到吗？亦或是在大脑复杂通道中精妙地交织在一起的思维？亦或是心灵？

人们所说的爱慕能让她和拉姆齐夫人形同一人吗？因为她渴望的是亲密联系，不是知识，也不是石碑上神的旨意，她渴望的不是用人类已知的任何语言能描绘出来的，而是亲密本身，那就是知识。她头靠在拉姆齐夫人的膝盖上，这样想着。

什么也没有发生。什么也没有！什么也没有！尽管她的头靠着拉姆齐夫人的膝盖。然而她知道，知识和智慧蕴藏于拉姆齐夫人的心中。那么，她问自己，人人都如此讳莫如深，如何才能了解他人的内心世界呢？只有像蜜蜂一样，被空气中摸不着又尝不到的甜味或某种强烈气味所吸引，围绕在圆顶蜂窝周围，独自漫游在世界各国空旷的天空，再回到蜂窝旁嗡嗡低语，忙忙碌碌，而蜂窝指的就是人。拉姆齐夫人站起身来。莉莉也站了起来。拉姆齐夫人走了。此后很多天，她周围总是嗡嗡声不断，比拉姆齐夫人说过的任何话都要清晰，就好像一个人大梦初醒，感觉梦境给她带来了细微变化。她坐在客厅窗户旁的柳条椅上，在莉莉看来，她的样子很庄严：就像拱顶一样。

莉莉的目光与班克兹先生的目光都汇聚到了拉姆齐夫人身上。她正坐在窗前，詹姆斯坐在她的膝盖上。但是，莉莉还在注视着她时，班克兹先生却不再看她。他戴上了眼镜，往后退了一步，抬起了手臂，微微眯起他蓝色的明眸，此时莉莉警觉起来，她看出了他的意图，像狗看到有人抬手要打它，不由得身子一缩。她真想一把扯下画架上的画，但她心想，总要让人看的。有人在看她的画，她挺起胸膛，面对这种严峻的考验。总要让人看的，必须要让人看。如果一定要给人看的话，班克兹先生比其他人更让人心安些。倘若让人看到她三十三年生活的残渣，她一天天生活的积淀，还有这么多年来她从未说与人听的秘密，对她而言是极大的痛苦。但与此同时，这也让人极度兴奋。

没有谁比他更沉着、更冷静了。班克兹先生拿出一把随身携带的小刀，用骨质刀柄敲了敲画布。"通过这个紫色三角形她想表达什么呢？"他问道，"就是那儿吗？"

她说画的是拉姆齐夫人在给詹姆斯念故事。她知道他为什么反对，因为没人能看出来那个是人物的形状。但是，她说她原本也没打算画得像人一样。那么她为什么要这么画呢？他问道。到底为什么呢？——只不过是因为那个角落光线很亮，而这里，在这边，她感觉需要暗色调。尽管这么简单、明显、平淡无奇，班克兹先生却很感兴趣。这就是母与子——这是普遍受人尊敬的对象，这位母亲因美貌而著称——他陷入了沉思，她竟然可以用紫色阴影来表现，却毫无不敬之感。

可是这幅画画的不是他们母子，她说。或者说，不是他理解的那样。这幅画中还有其他含义，让人尊敬他们。比如这里一块阴影，那里一道光亮。她的敬意就是以这样的形式体现出来的，如果像她隐约认为的那样，每一幅画都必然要表达某种敬意的话。一对母子的形象或许可以简化为一团阴影，却丝毫没有不敬之感。这里有光亮，就需要那里有阴影。他思索着，也挺感兴趣。他从科学的角度真诚地审视着这幅画。实际上，他所有的偏见都是另一面的，他解释道。挂在他家客厅里的最大的那幅画，得到了很多画家的称赞，都认为那幅画的价值远远高于它当时的售价，画的是肯尼特河岸边盛开的樱桃树。他说他是在肯尼特河岸边度的蜜月。他让莉莉一定来看看那幅画。可是眼下——他转过身，把眼镜推到脑门上，以科学的眼光审视着她的画。现在的问题是各部分的关系、光与影之间的关系，老实说，他以前从未考虑过这些，想听她解释一下——这画面她究竟想如何布局呢？他指着眼前画布上的景色。她看了看，不知如何向他说明白自己的想法，没有画笔在手，连她自己也不知道要如何处理了。她又摆出了作画时一贯的姿势,眼神朦胧,心不在焉,压抑着她身为女性所有的印象,只关注更为大众化的事物;她又一次被那种幻像所左右,那种幻像她曾看得清清楚楚,现在则要在树篱、房屋、母亲、孩子之中苦苦搜寻——她的画。她想起来了,她的问题是,如何将画面左侧的事物与右侧的事物联系起来。她可能通过将树枝的线条拉长来解决,也可能用某个物体(也可能是詹姆斯)填补前景中的空白。但是,这样做的风险是,可能会破坏画的整体效果。她停下不说了,不想让他感到厌烦,然后轻轻将画从画架上取了下来。

但这幅画已经示人了,已经被人从她身边夺走了。眼前这个男人已经看到了她非常私密的东西。还有,感谢拉姆齐夫妇,感谢此时,感谢此地,相信世上有种她不曾怀疑过的力量,让她可以不再独自走完生命的长廊,而是可以挽着某人的胳膊——那是世间最强烈的情感,令人欣喜若狂——她按下绘画箱的锁扣,由于力度过大,那锁钩似乎绕着绘画箱转了起来,仿佛那草坪和班克兹先生,还有飞快跑过去的任性调皮的卡姆,都在跟着不停地旋转。

第 十 章

　　卡姆只差一英寸就撞到了画架上。她不会为了班克兹先生或者莉莉·布里斯科停下来，尽管班克兹先生伸手要去抱她，他自己也曾希望有个女儿；她也不会为了父亲停下脚步，也是在距离父亲一英寸的地方跑过去的；她也不会为了母亲停下来，尽管她飞跑过去的时候，母亲喊着："卡姆！你过来一会儿！"她就像一只鸟、一颗子弹、一支箭，是什么驱使着她奔跑，是谁射出了这颗子弹，这支箭要朝哪个方向射去，谁能知道呢？是什么呢？是什么？拉姆齐夫人望着她，沉思着。可能是一种幻像——比如贝壳、手推车，或者树篱那边遥远的童话王国的幻像；亦或是奔跑的速度带来的成就感，谁知道呢。不过，就在拉姆齐夫人第二次喊"卡姆！"的时候，卡姆像射出去的子弹突然从空中掉了下来一样，慢吞吞地回到了妈妈身边，半路上还拽了一片树叶。

　　她站在那儿，一副专心致志的样子，脑子里不知道在琢磨什么。拉姆齐夫人很纳闷，她到底在想什么呢，非要我把话说两遍才行？——去问问米尔德莱德，安德鲁、道尔先生、莱利先生回来了没有？——这句话仿佛掉进了井里，井水虽然很清澈，但这句话也扭曲到无以复加的地步，在它们降落的时候，你都能看到它们还在打转，天知道会在卡姆脑子里留下什么样的印记。卡姆会怎么跟厨子说呢？拉姆齐夫人真想知道。就在她耐心等待、听着厨房里的红脸老太太抱起盆来喝汤的时候，拉姆齐夫人终于听见卡姆像鹦鹉学舌一样，一字不落地重复着米尔德里德的话，如果你耐心等待，她现在就可以语调平淡、苍白地给你说出来。卡姆有点不耐烦，重心在两只脚之间来回变换，重复着厨子的话："他们还没有回来，我告诉艾伦把茶水端下来了。"

明塔·道尔和保罗·莱利这时候还没有回来。这只有一种解释，拉姆齐夫人想，她要么是答应了他，要么是拒绝了他。午饭一吃完就跑出去散步，尽管安德鲁还和他们在一起——这可能是什么意思呢？除非她已经决定接受那个人了，拉姆齐夫人想（她是非常非常喜欢明塔的），保罗是个好小伙儿，虽然才气不佳，可是，拉姆齐夫人突然意识到詹姆斯在拉着她继续读渔夫和妻子的故事，她想，与写论文的聪明人（比如查尔斯·坦斯利）相比，自己内心里总是对头脑比较笨的人情有独钟。不管怎样，或答应，或拒绝，现在肯定有结果了。

但她继续读着："第二天早晨，渔夫的妻子最先醒来，天刚蒙蒙亮，她躺在床上，美丽的乡村景色展现在眼前。丈夫还在伸着懒腰……"

可是，明塔怎么会拒绝他呢？如果她不同意，就不会经常与他单独出去散步，一去就是一下午——安德鲁会去捉螃蟹——可是南希有可能会和他们在一起。她回忆着午饭后他们站在大厅门口的样子。他们站在那儿望着天空，谈论着天气，她说："真是万里无云啊！"她一方面是想掩饰难为情，另一方面是想鼓励他们快点出发（她很同情保罗），说到这儿，她感觉到跟着他们一起出来的小查尔斯·坦斯利在偷笑，但她是故意这样说的。她不确定南希是不是还在，在心中默默地看看这个，又看看那个。

她接着读："'唉，老婆，'渔夫说，'我们为什么要当国王呢？我不想当国王。''那好，'他的妻子说，'你不想当国王，我来当；快去找比目鱼，我要当国王。'"

"卡姆，你要么进来，要么就出去。"她说。她知道卡姆只是觉得比目鱼这个词挺好玩儿，过不了一会儿就会像往常一样和詹姆

斯又打又闹的。卡姆一溜烟地跑开了。拉姆齐夫人接着读，她感觉松了口气，因为她和詹姆斯的品位相同，相处起来也很舒服。

"他来到海边，深灰色的海水上下翻滚着，发出腐臭的味道。他走过去，站在海边，说道：

'大海里的比目鱼，
求你来到我这里；
我的老婆伊莎贝尔，
总是不听我的劝。'

'那她这次又想要什么呢？'比目鱼问道。"他们现在到哪儿了？拉姆齐夫人一边读一边想，同时兼顾两者并非难事，渔夫和妻子的故事就像是男低音在和着一首曲子吟唱，偶尔声音会突然高过曲子的旋律。他们什么时候会告诉她结果呢？如果什么结果都没有，她可要和明塔好好谈谈了。她总不能这样四处溜达，即使有南希和他们在一起也不行（她又想象着他们两个走在小路上的背影，数着他们有几个人，但总是想象不出来什么样子）。她要对明塔的父母负责啊——猫头鹰和扑克牌。她读着书，脑海中忽然闪现出给他们俩起的绰号：猫头鹰和扑克牌——对，如果他们听到这样的绰号一定会生气的——明塔住在拉姆齐家里，有人看见她这样啦、那样啦。"在下议院，他戴个假发，她站在楼梯的顶端，做他的得力助手。"她又读了一遍；每当她参加什么舞会之后回来，总会随便编个什么词儿来逗丈夫开心。哎呀，我的天啊，拉姆齐夫人想，他们二老怎么就生出来这么个不像他们的女儿呢？她怎么像个假小子一样，袜子上还有个洞？在那种人人装腔作势的环境中，鹦鹉将沙子洒在地上，女佣总要将沙子扫进簸箕里；几乎没有人说话，只有鹦鹉炫耀着本领，虽然可能很有趣，但鹦鹉能说的话毕竟很有限。在这样的环境中，她是怎么活下来的？自然也有人请她一起共进午餐、晚餐，一起喝喝茶，最后与他们一起住在芬利，结果却让她与母亲、猫头鹰之间产生了小嫌隙，于是电话多了，交流多了，沙子也多了，最终，她说了数不清的关于鹦鹉的谎话，够她用一辈子了（那天晚上从舞会回来，她就告诉了丈夫）。然而，明塔来了……是的，她来了。拉姆齐夫人怀疑在这纷乱的思绪中是否有根刺；将刺拔出来后发现原来是这样：有个女人曾经指控她"夺取了女儿对她的喜爱"；道尔夫人说过的某句话让她再次想起了这个指控。总想控制别人，总要干预别人的事情，让人按她的意愿行事——这就是对她的指控，她认为这太有失公允了。她如何能让自己看起来不"那样"呢？怎么没有人指控她挖空心思讨好他人。她常常为自己的寒酸而感到羞耻。她并不想控制别人，更不专横。这些话更适合用来形容医院、管道商和奶制品厂。对这些事情，她确实感触非常强烈，如果有机会，她会按着人们的脖颈，让他们好好看看。整个岛上连一家医院也没有，真是悲哀。牛奶送到伦敦你家门口时，肯定已经变质发黄、一层尘土了。这样做应该受到法律的制裁。这里应该有一家标准奶制品厂和一家医院——这两件事她愿意亲自去做。可是，怎么做呀？带着这一帮孩子做吗？等他们长大一点了，可能她就会有时间了，等他们都上学了。

噢，可她一天也不想让詹姆斯长大，卡姆也一样。她希望这两个孩子永远像现在这样，像邪恶魔鬼、快乐天使，永远也不想看他们长大，变成长腿怪兽。长大的代价太大，什么都无法弥补。就在她给詹姆斯读着"许多士兵背着铜鼓和喇叭"的时候，发现他的眼神暗淡了，她想，孩子们为什么要长大，丢掉所有童趣呢？詹姆斯是所有孩子中天资最高、最敏感的。不过，她想，她所有的孩子都是前途无量的。普鲁像天使一样给人欢乐,有时候,特别是在晚上,她会美得让人吃惊。安德鲁——连她丈夫都承认,他在数学方面有着过人的天赋。还有南希和罗杰,他们俩现在像脱了缰的野马一样,整天在外面疯跑。至于罗斯,嘴虽然是大了点,却生就一双巧手。他们玩看手势猜字游戏的时候,她能用手比划出衣服来呢。她什么都能比划,最喜欢的是布置桌子和花朵之类的东西。她不喜欢贾斯珀打鸟,但过了这个阶段就好了。每个孩子都要经历这些阶段。她将下巴抵在詹姆斯的头上,想道,为什么他们一个个都长得这么快呢?为什么要去上学?她总希望家里有个小孩子,把孩子抱在怀里,是她最幸福的时刻。人们会说她专横跋扈,喜欢管人,愿意说就让他们说去吧,她不在乎。双唇吻着詹姆斯的头发,她想,他永远也不会像现在这样快乐了,但她马上停止了这种想法,想起自己这样说会让丈夫非常生气的。然而,这是事实。此时此刻,他们才最快乐。一套十便士的茶具就能让卡姆高兴好几天。只要孩子们一醒来,她就能听到他们在楼上叮叮当当、叽叽喳喳的声音。他们在楼道里喧闹着,又听见门砰的一声打开了,孩子们跑了进来,小脸如玫瑰般娇嫩,瞪着大眼睛,清醒得很,比如早饭过后跑到餐厅来,从小到大每天都这样,就好像这是多么意义重大的一件事。类似这样的事,一件接着一件,折腾一整天,最后她上楼去道晚安,发现他们个个窝在小床上,就像樱桃和树莓中间的小鸟一样,拿着个小破玩意儿编着各种故事——故事是他们听来的,小玩意儿是在花园里捡来的。他们每个人都有自己的小宝贝……之后她下楼对丈夫说,他们为什么要长大,丢掉所有的童趣呢?他们再也不会像现在这样快乐了。这让丈夫很生气。干吗对生活如此悲观呢?他说道,这样想是不对的。说来奇怪,她觉得越是在悲观绝望的情况下,他反而会越开心,总而言之,比她更乐观,对世间烦扰接触得比较少——可能是这么回事吧。他总有工作要忙。而她自己,并非像他所说的那样"悲观"。她只是想到了生活——眼前出现了一小段被剥夺的时间,她的五十年。展现出来的是——生活。生活,她思索着——却没有答案。她看了看生活,清楚地感觉到它就在眼前,很真实,很私密,其中没有孩子,也没有丈夫。某种交易正在进行,一方是她自己,另一方是生活,她总是想在交易中占上风,这是她一贯的作风;有时候,双方也会谈判(就是在她独处的时候);她记得,也有妥协的场景;但奇怪的是,大多数情况下,她必须承认,这个她称为生活的东西,让她感觉太可怕、太不友好,只要给它个机会,它就会给你一拳。生活中永恒的问题是:痛苦;死亡;贫穷。即使在这里,也总有女人被癌症夺去生命。即便如此,她还是对所有的孩子说:你们应该坚持到底。她不断地对八个孩子说这样的话,(还有修玻璃暖房要花五十英镑)。正因为如此,因为她知道等待他们的将是什么——爱情、理想、在无聊的地方独自惨淡凄凉——她经常会感觉:为什么他们要长大,丢掉所有的童趣呢?接着她又向生活挥舞着大刀,对自己说,一派胡言,他们一定会非常快乐。而现在,回想起让明塔嫁给保罗·莱利,她又感到生活是如此的险恶,因为不管她对自己的交易感觉如何,她自己的经历不必再现于别人身上(她没有说出那个人的名字);她很清楚,自己说人必须结婚,一定要有孩子,都是受到了某种力量的驱使,仿佛这样说对她自己也是一种逃避。

　　她这样做错了吗?回想着最近一两周自己的所作所为,她问自己,明塔是不是在自己的压力之下做出的决定?毕竟她只有二十四岁啊。她感到有些不安。她没有嘲笑她吧?是不是又忘了她对人的控制欲有多强了?结婚需要——唉,需要很多条件的(修玻璃暖房要花五十英镑);其中一种——她不必言明——是最基本的;那是她和丈夫之间具有的那个条件。他们有那个条件吗?

"接着，他穿上裤子，像个疯子一样跑了，"她读道，"可是，外面暴雨如注，狂风怒吼，他几乎站不稳；房屋刮倒了，树也刮倒了，山川在颤抖，石块滚落入大海，天空一片漆黑，雷电交加，海上卷起黑色的巨浪高如教堂的塔楼和山峰，巨浪顶端卷起了白色的水花。"

她翻到下一页，再有几行，这个故事就读完了，尽管现在已经过了上床睡觉的时间。天色渐晚了。从花园里的光线她可以看出，花朵泛白，树叶上还有点灰色的什么东西，让她心中升起一股焦虑之感。开始她没想明白是怎么回事，后来她想起来了：保罗、明塔、安德鲁还没有回来。当时他们站在大厅门外的露台上仰望着天空，她又叫了他们一次。安德鲁拿着篮子和网，也就是说他会去捉螃蟹什么的，也就是说他要爬到岩石上去，他会摔死的。或者他们沿着悬崖边上的小路鱼贯而回，有谁会不小心摔下去的，他会滚下去，摔个粉身碎骨。外面已经非常黑了。

但是，她努力不让自己的声音有丝毫改变，一口气读完了这个故事。她合上书，看着詹姆斯的眼睛，把最后一句话又重复了一遍，就好像是她自己编出来的一样："直到现在，他们还生活在那里。"

"读完了。"她看着詹姆斯的眼睛说。詹姆斯眼中对故事的兴趣已渐渐消失，被其他东西取而代之了。他眼神有些疑惑，有些苍白，如同灯光映在眼中，让他目光凝视，又惊讶不已。她转过身，向海湾的远处望去，她很肯定地看到，在海浪的另一端，灯塔有规律地闪着光，先是快闪两下，之后是稳定的长长的光束。灯塔亮了。

过一会儿他就会问："我们还去不去灯塔呢？"她会说："不去了，明天去不了，你父亲说去不了。"米尔德莱德兴高采烈地来接他们了，忙乱声分散了他们的注意力。但是，米尔德莱德抱他出去的时候，他还是不断回头望着。她知道，他在想明天我们不去灯塔了，她想，这份失望他一生也忘不了。

| 到灯塔去 |

第 十 一 章

是的,她一边将他剪的图片收起来——冰箱、割草机、穿晚礼服的绅士——一边想,小孩子什么都忘不了。正是因为这一点,一个人说什么、做什么,都非常重要。孩子们上床睡觉之后,她才能感到轻松。现在,她再也不用去想任何人了。她可以完全做她自己,不被人打扰。这正是此刻她需要的——思考,甚至干脆不思考,就是独自一人,默默独处。所有的人和事,热情的、绚丽的、有声的,全都消失了;心怀庄严之感,让自己缩小,只剩下自己,只剩一个契形暗核,不为他人所见。尽管她还是在织毛袜,身体坐得笔直,但正是这样她才感受到了自我;卸掉了外部牵绊之后,她感觉无比自由,甚至可以参加最奇幻的冒险之旅。当生命沉静下来,便可以去体验无限广阔的世界。她觉得,每个人身上都有这种无穷的潜力。她自己、莉莉、奥古斯都·卡迈克尔,大家无一不会感觉到我们的宏图大志,人们借以了解我们的那些东西,简直太幼稚了。在这表面之下,是一片黑暗,无限延伸,深不可测。但是,我们偶尔会浮上表面,人们就是这样了解我们的。她放眼望去,内心的地平线在广阔无垠的远方。那里有所有她从未见过的地方,有印度平原,她感到自己来到了罗马的一座教堂,推开了厚重的皮门帘。那暗核可以随意走动,因为没有人能看得见它。人们拦不住它,她越想越兴奋。有自由,有平和,最让人欣慰的是召唤内心,可以让自己在一个稳固的平台上休息。从她的经验来看(她手上的针用得越来越熟练了),这并不像我们往常休息那样,而是以一个黑暗的契形的形式休息。没有了人的外壳,也就没有了烦恼、焦急和躁动;每当一切都聚合在这种平和、休憩和永恒之中，总有战胜生活的喜悦流于唇间；想到这儿，她停了下来，向窗外望去，看到了灯塔射出的光束。长长的稳定的光束，是三条光束中的最后一条。那就是属于她的光束，因为她总是在这个时候，以这样的心情望着这些光束，情不自禁地将自己与所见的一件什么东西联系起来；而这件东西，这长长的稳定的光束，就是她的光束。她发现自己常常坐在这儿看，坐着，看着，手里干着活，最后自己就变成了所看到的那个东西——比如这光束。偶尔会想起一两句深埋在心中的话，比如——"小孩子们什么都忘不了，孩子们是不会忘的"——她会这样重复一遍，然后接着说，会结束的，会结束的；会来的，会来的。但突然她又说：我们都在上帝的掌控之中。

但是，马上她又为自己这样说而感到懊恼。这是谁说的？不是她；她是不小心才说出来的，这并非她的本意。她掠过手中的毛袜抬头看，正好遇到了第三条光束，就好像她自己的目光和自己的目光相遇，搜索着自己的思想和内心世界，这只有她自己才能做到，清除刚刚那个谎言，清除任何谎言。她赞美这光束，也是在赞美自己，没有任何虚荣之意，因为她与那道光束一样严厉、优美、世事洞明。她想，说来奇怪，人在独处的时候，总是倚靠某些没有生命的东西，比如树木、溪流、花草，总是感觉这些没有生命的东西也能表达自己，也会变成自己，感觉它们了解自己，从某种意义上讲就是我们自己，因此对它们产生一种不可理喻的柔情（她看着那长长的稳定的光束），就像对自己的柔情一样。她看着看着，手里的针停下了，她自身就像一汪湖泊，从心底升腾起了一层薄雾，就像一个新娘要去见自己的心爱之人。

是什么让她说出"我们都在上帝的掌控之中"那样的话来？她很奇怪。在真理之中溜进了伪善，让她有点激动，又有点懊恼。她又继续织着毛袜。这个世界怎么会是由某个上帝创造的呢？她问道。她在脑海里一直紧抓着这样一个事实，即世上没有理性、秩序与正义，只有苦难、死亡和穷人。在这个世界上，没有什么背信弃义的行为卑劣到让人却步的地步；她知道。幸福不会持久；她知道。她一动不动地织着毛袜，双唇微微撅起，她自己却全然不觉，她面部的线条由于习惯了严厉而显得非常僵硬刻板。丈夫从她身边经过的时候，尽管他想到大哲学家休谟由于身体严重发福陷在了泥塘里，不禁略略发笑，但他经过的时候也留意到了妻子美貌之中的严厉。这让他很难过，她的遥不可及让他很痛苦，因为在他经过的时候，他感觉自己无法保护她。当他走到树篱的时候，他很难过。他无能为力，帮不了她。他只能站在一旁，远远地看着她。确实，事实还要更糟糕，他只会给她添乱。他脾气很暴躁———点火就着。去灯塔的话题他已经发火了。他看着树篱，看着杂乱交错的枝叶，看着那片黑暗。

　　拉姆齐夫人觉得，人们总是靠抓住某种奇怪的小东西或某个目标，或某种声音，或某种景象，很不情愿地让自己走出孤寂。她侧耳倾听，但周围一片寂静；板球打完了，孩子们在洗澡，只有大海的声音。她不再织毛袜了，长长的红褐色的长袜搭在手上摇晃着。她又看到了灯塔的光亮。她看着那稳定的光束，审视的眼光中略带讽刺的意味，因为当你完全醒来，所有的关系就都变了；那冷酷无情的光束，和她是那么相似，又是那么不同，她完全听从它的召唤（她夜间醒来，看到光束越过床铺，轻抚着地板）。尽管有这种想法，她仍痴痴地望着那光束，仿佛被催眠一般，仿佛那光束用银色的手指抚摸着她大脑中某根秘密血管，倘若那血管崩裂，快乐就会溢满她的身心。她曾经体会过幸福的感觉，细腻的幸福，强烈的幸福；随着日光淡去，那银色光束给汹涌的海面带来一丝光亮；大海失去了蔚蓝的颜色，柠檬色的海水翻滚着，卷起越来越高的海浪，最后拍打在沙滩上，她眼中迸发出狂喜之情，纯粹的快乐如海浪般涌入她的心田，她感到了，这就够了！这就够了！

他转过身，看见了她。啊！她多美啊，此刻比以往任何时候都更美。但他不能与她说话。他不能打扰她。他非常想和她说话，因为詹姆斯走了，终于只剩她一个人了。但他心意已决，不和她说话；他不想打扰她。此时此刻，她是那么超然脱俗，那么美，那么伤感。他不想打扰她，于是就一声不响地从她身边走过，虽然她的遥不可及让他很痛心，而他自己又帮不了她。如果那一刻她没有主动给他想要的东西（她知道他永远也不会开口要的），他就真的一言不发地走了。但她叫了他一声，取下画框上的绿披巾，走到他跟前，因为她知道，他希望保护她。

第 十 二 章

　　她将绿披巾披在了肩上。她挽着他的胳膊。他长得太英俊了，她说着，立刻开始说起了园丁肯尼迪，他简直太帅了，她都不忍解雇他。玻璃花房旁边靠着一架梯子，小块儿的油灰粘得随处可见，因为他们准备修玻璃花房的屋顶了。是啊，当她和丈夫漫步走过的时候，她感觉找到了一直让她担心的那件事的根源所在了。当他们走过的时候，本来话已经到了嘴边："修屋顶要花五十英镑"，但她一时心软，就没提钱的事，只是说了贾斯珀打鸟的事，他马上安慰她说男孩子都是这样的，他相信不久他就会找到更好玩的乐子的。她的丈夫多么明智、多么公正啊，因此她说："是啊，所有孩子都要经历这些阶段的。"接着又开始考虑大花圃里的大丽菊，心想着明年该种什么花，之后她又问道："你听到孩子给查尔斯·坦斯利起的绰号了吗？无神论者，他们叫他小个子无神论者。"他不是谈吐优雅的那种人。"拉姆齐先生说。"远远不是。"拉姆齐夫人说。

　　她觉得完全可以让他自己看着办了，拉姆齐夫人说着，琢磨着有没有必要派人给他送点花的球茎过去，他们会种上吗？"噢，他要写论文的。"拉姆齐先生说。对于这一点，她太清楚了，拉姆齐夫人说。除了论文，别的他什么也不谈，比如有关什么人对什么事的影响。"他呀，全指望这篇论文了。"拉姆齐先生说。"老天保佑，他千万不要爱上普鲁。"拉姆齐夫人说。拉姆齐先生说如果普鲁嫁给他，他就剥夺她的继承权。妻子刚刚提到的花，他并没有看，而是在看他们头顶上方大概一英尺左右的那块斑点。他补充说他这个人倒也不坏，本来要说他是全英格兰唯一崇拜他著作的年轻人——

又突然咽了回去。他不想再拿自己的书来烦她了。这些花看起来都非常棒，拉姆齐先生说着，凝视的目光低垂下去，看到有些红色，有些褐色。是啊，当时可都是她自己亲手种的呢，拉姆齐夫人说道。问题是，如果她派人送点球茎过去，结果会怎样？肯尼迪会种吗？他真是懒得无可救药了，她一边往前走一边补充说。她要手拿铁锹站在一旁监督他一整天，他才会偶尔干点活。他们溜溜达达走到了剑叶兰花圃。"你这是在教女儿们夸大其词啊。"拉姆齐先生责怪她说。拉姆齐夫人说她姨妈卡米拉比她厉害得多呢。"据我所知，从来就没有人把你的卡米拉姨妈奉为道德楷模啊。"拉姆齐先生说。"她是我所见过的最美的女人。"拉姆齐夫人说。"她才不是最漂亮的呢。"拉姆齐先生说。拉姆齐夫人说普鲁将来要比她漂亮百倍。拉姆齐先生说他可没看出来。"那你今晚就看看吧。"拉姆齐夫人说。他们停下了脚步。他希望能引导一下安德鲁，让他再用功些。要不然，估计一个奖学金也拿不到了。"噢，奖学金！"她说。拉姆齐先生觉得她这样说太愚蠢了，奖学金可是很严肃的话题。他说，如果安德鲁拿到奖学金，他会非常自豪的。即使拿不到，她也会很自豪，她回答道。在这一点上，他们总是有分歧，但也没什么关系。她喜欢他看重奖学金，他也喜欢她无论怎样都为安德鲁感到自豪。她突然想起了悬崖边上的小路。

"现在不是很晚了吗？"她问道。他们还没回来呢。他随意一弹，打开了怀表。不过才七点多而已。他手里握着怀表，表盖开着，决定告诉他自己刚刚在露台上时的感受。首先，这样紧张是没道理的，安德鲁能照顾好自己。其次，他想告诉她，刚才他走在露台上的时候——想到这儿，他有点不舒服了，好像他要闯入她的孤寂，她的超然不俗，她的遥不可及……但她要求他说下去。她问他想跟她说什么来着。她以为是去灯塔的事，以为他要为自己说了"真该死"而道歉呢。可是他没有。他说他不喜欢看到她表情如此悲伤。"我不过是在胡思乱想。"她否认自己的悲伤,脸有点红。他们两个都感到不自在,就好像不知道是继续往前走还是要回去。她说她刚才一直在给詹姆斯读童话故事。不,他们不能分享彼此的感受,无法谈论各自的感受。

他们来到了两丛剑叶兰中间的空地,灯塔又出现了,但她不能让自己去看灯塔。如果她知道他在看着自己,她想,她就不会自己坐在那儿沉思了。她不喜欢任何使她想起她坐在那儿被人看见的事。因此,她回头看着小镇。灯火如涟漪般流动,就像银色的水滴被风牢牢托起。一切贫穷,所有痛苦,都变成了那灯火,拉姆齐夫人想。小镇的灯火、海港的灯火、渔船的灯火,就像一张无形的网飘在空中,标记着已经陨落的事物。好吧,既然他不能分享她的想法,拉姆齐先生对自己说,他就只好想自己的心事了。他想继续思考下去,对自己讲着休谟陷在泥塘里的故事,他想大笑。但那么担心安德鲁是没道理的。他像安德鲁那么大的时候,经常在乡间跑上一整天,口袋里只装一块饼干,没有人担心他,也没人担心他会掉下悬崖。他说,如果天气好,他想花一天的时间出去走走。每天和班克兹跟卡迈克尔在一起,实在是够了。他想独自静静。她说好吧,她没有反对,这让他很不高兴。她知道他不会去的。他现在年纪太大了,口袋里只装一块饼干走上一天,已经不可能了。她担心的是孩子们,不是他。站在两丛剑叶兰之间,他望着海湾的远方想,好多年前,他还没结婚的时候,他还徒步走过一整天,在一家小旅馆里靠面包和奶酪充饥。他曾经一口气工作十个小时,一个老太太偶尔进来看看炉火。那里的乡村是他最喜欢的;沙丘一望无际,消失在黑夜之中。走上一整天也碰不到一个人。房子也很少见到,走上几英里也看不到一个村庄。你独自出去走走,可以好好冥想一番。那里有一小片沙滩，有史以来就人迹罕至。海豹竖起身体看着你。他有时候觉得，独自在那里的一个小房子里——他突然停下来，叹了口气。他没有权利这样做。他可是八个孩子的父亲——他提醒自己。如果希望改变目前的现状，他就猪狗不如了。安德鲁将来会比自己有出息。普鲁会是一个美人，她母亲说过。他们会略微阻挡一下洪流。他那八个孩子，加起来真是不得了呢。有了他们，他才不会彻底厌恶这个可怜的世界，因为在这样一个夜晚，他看着在远处消失的地平线，想着：这个小岛真是小得可怜，几乎一半淹没在了海水中。

"可怜的小地方。"他叹着气咕哝着。

她听见了。他说出了最伤感的话，但她注意到，每当他说出这样的话，他就会比以往更开心。所有这些玩弄辞藻都不过是游戏，她想，因为假如她说出他所说的一半，早就拿枪打爆自己的脑袋了。

这种玩弄辞藻的话让她很生气，她用实事求是的语气对他说，今晚的夜色非常美。他在抱怨什么？她问道，半笑半嗔，因为她猜得出他到底在想什么——如果他没有结婚，肯定能写出更好的作品来。

他说没抱怨什么。她知道他没有抱怨。她知道他没有什么可以抱怨的。他一把抓住她的手，送到嘴边，热情地吻着，让她感动得流下了眼泪，他很快松开了她的手。

他们转身不再看远处的海湾，两人手挽着手，沿着长满银绿色长矛形植物的小径走去。他的手臂与年轻人无二，拉姆齐夫人想，瘦削而结实，她很高兴地看到，他虽已年过花甲，却还这般健壮，还是这般无所拘束、乐观向上，确信世间有诸多可怕之事，居然没有沮丧之意，反而更加振奋。这难道不奇怪吗？她思忖着。在她看来，他确实有时候和别人不一样，天生对平常之物看不见、听不着、不表态，反而对非同寻常之事有着鹰一样犀利的眼光。他的理解力常常让她震惊。但是，他注意到那些花了吗？没有。他看到那景色了吗？没有。还有女儿的美、餐盘里的布丁或烤牛肉，他都注意到了吗？他与他们一起坐在餐桌旁，就像是在梦游。他习惯大声自言自语，或吟诵诗歌，而且恐怕愈演愈烈，甚至有时候会有点尴尬——

最明媚、最秀丽的，都离去吧！

他冲可怜的吉丁斯小姐大喊的时候，差点吓得她魂飞魄散。可是，即便拉姆齐夫人立即站在他这一边，与全世界所有愚蠢的吉丁斯们为敌，她想也要停下来休息一会儿，看看岸边那些是不是鼹鼠丘。她轻轻拉了一下他的胳膊，暗示他上山走得太快，她跟不上了。她弯下腰看的时候想，像他这样伟大的头脑，一定在各个方面都和我们有所不同。所有她认识的伟人都是这样。她断定有只兔子肯定是钻到鼹鼠丘去了。年轻人只要听他讲讲话，只需看看他，就会获益良多（虽然教室里的气氛比较沉闷，她几乎一进去就感到压抑）。但是，如果不打兔子，兔子的数量如何得到控制呢？她很纳闷。那可能是只兔子；也可能是只鼹鼠。反正是有什么东西在糟蹋她的夜来香。抬起头，在稀疏的树枝上方，她看到了一颗明亮的星星的第一次闪烁，想让丈夫也看看；因为此情此景让她感到强烈的喜悦。但是她忍住了。他从不看景物，即使看了，也只会说，可怜的小小世界，然后再叹口气。

就在那时，他说"太棒了"，是为了让她高兴，装出在赏花的样子。但是，她非常清楚，他并没有赏花，甚至根本没意识到那里有花。那只是为了哄她高兴……哎，那不是莉莉·布里斯科在和威廉·班克兹散步吗？她眯起那双近视眼，仔细看着渐行渐远的那两个背影。是的，确实是他们两人。难道这不意味着他们会结婚吗？是的，一定是的！这个主意太棒了！他们非要结婚不可！

第 十 三 章

　　他去过阿姆斯特丹，班克兹先生和莉莉·布里斯科一起走过草坪的时候说。他看过伦勃朗的画作，去过马德里。很可惜正赶上耶稣受难节，普拉多博物馆没有开放。他还去过罗马，布里斯科小姐还没去过罗马吗？噢，她真应该去———一定会是一次难忘之旅的——西斯廷教堂、米开朗基罗广场和帕多瓦市，还有乔托的雕塑作品。他妻子多年疾病缠身，所以他们出去旅游的机会非常有限。

　　她去过布鲁塞尔，去过巴黎，但只是坐飞机去看望一位生病的姑姑。她还去过德累斯顿，那里有太多的名画，她都没机会去看。但是，莉莉·布里斯科想，最好还是不要看那些名画了吧；看了那些名画，只会让人对自己的画愈加不满、绝望。班克兹先生认为，这样的想法可不能太过头了。他说我们不可能各个都成为提香，不可能人人都成为达尔文；同时他也怀疑，如果没有我们这些平凡普通的人，还会不会有提香或达尔文呢？莉莉想要恭维他一句：你不是平凡普通的人，班克兹先生；她本想这样说，但他并不想要恭维（她认为许多男人都想听恭维的话），她反而为自己这样的想法而感到不好意思了。所以，当他说自己的观点可能并不适用于绘画时，她什么也没说。莉莉抛开她刚才的小小虚伪，说道，不管怎样，她都会继续画下去，因为这是她的兴趣所在。对，班克兹先生说，他相信她一定会坚持画下去的；当他们走到草坪尽头的时候，他问她在伦敦是不是很难找到好的题材，而他们转过身恰好看到了拉姆齐夫妇。这就是婚姻吧，莉莉想，就是男人和女人一同看着小女孩扔球玩儿。她想：这就是那天晚上拉姆齐夫人要对我说的。她披着一

| 到灯塔去 |

件绿色披肩,他们夫妻二人紧挨着站在一起,看着普鲁和贾斯珀玩传球的游戏。没有任何缘由地,他们悟出了其中的含义,就像人们走出地铁或者按响门铃时突然感到的那样,拉姆齐夫妇突然具有了象征意义,具有了代表性;他们就这样站在黄昏中看着,成了婚姻的象征、夫妻的象征。紧接着,一瞬间的功夫,那超越了真实形象的象征轮廓又沉了下去,又变回了他们相遇时看着孩子玩球的拉姆齐夫妇。但是,仍有那么一刻,尽管拉姆齐夫人像往常一样面带微笑和他们打招呼(莉莉想,噢,她肯定在想我们就要结婚了),说道:"今晚我成功了。"她指的是班克兹先生终于答应不再跑回自己的住处,而是和他们一起共进晚餐,他的佣人菜做得非常地道;尽管如此,仍有那么一刻,当球高高抛到空中,他们的目光追着球,最后球消失了。看到天上那颗唯一的星星和挂着装饰的树枝,让人感到像事物裂成碎片,有种距离感和不可靠之感。随着光线越来越暗淡,他们都轮廓分明而优雅,彼此之间相隔很远。这时,普鲁从老远的地方飞奔回来(因为似乎凝重的气氛已经完全消失了一样),快速朝他们跑过去,用左手漂亮地接住了高高的球。她母亲说:"他们还没有回来吗?"就在此时,"魔咒"被解除了。拉姆齐先生现在感觉可以随意放声大笑了,笑休谟陷在了泥塘里,一个老太太要救他,但条件是他要念完主祷文才行;拉姆齐先生咯咯地暗自笑着慢慢走回了书房。拉姆齐夫人将逃离家庭阵营去玩扔球游戏的普鲁带回了家,问道:"南希和他们一起去了吗?"

第 十 四 章

（南希肯定和他们一起去了，因为南希为了逃避可怕的家庭生活，午饭后匆忙回小阁楼的时候，明塔·道尔向她伸出手，用无声的眼神请她一起去。她觉得自己必须得去。她并不想去，不想卷入他们之间的是是非非之中。他们走在通往悬崖的路上时，明塔一直拉着她的手。后来松开了，再后来又拉起了她的手。她想要什么？南希心里思量着。当然，人总会需要点什么东西；因为明塔拉起她的手握住不放的时候，南希很不情愿地看到整个世界在自己脚下延展开来，仿佛在迷雾之中看到了君士坦丁堡，不管你眼皮有多沉，都必须要问一问："那是圣索菲亚大教堂吗？""这是金角湾吗？"因此，明塔拉起她的手的时候，南希自问："她想要什么呢？是那个吗？"可那是什么呢？（南希低头看着展开在脚下的生活）发现迷雾中到处浮现着一个个尖塔和圆顶；那些东西很显眼，却没有名字。但他们跑下山坡，明塔松开了她的手，所有这一切，圆顶、尖塔，以及迷雾中凸现的所有东西，全都沉入迷雾之中，不见了。

安德鲁发现，明塔非常善于行走。她穿的衣服比大多数女人的实用。她穿着超短连衣裙和黑色灯笼裤。她可以纵身跳入溪流之中，跟跄着过河去。他喜欢她的鲁莽，但他知道这样不行——她这样愚蠢的行为早晚会让她送命。她好像无所畏惧——公牛除外。只要在田里一看到公牛，她就会举起双手尖叫着飞奔起来，而这样恰恰会惹怒公牛。但她丝毫不怕承认这一点，大家都知道。她知道在公牛面前她是个胆小鬼。她说，她觉得自己还是个婴儿的时候，肯定是在摇篮里被公牛抛起来过。她似乎从不在乎自己说什么或做什么。

这时,她突然窜到悬崖边上,开始唱起歌来:

你那该死的眼睛,你那该死的眼睛。

所有人都不得不跟着她一起大声唱着合唱部分:

你那该死的眼睛,你那该死的眼睛……

但是,如果在他们回到岸上之前潮水就涌上来,淹没了所有抓螃蟹的好地方,后果将不堪设想啊。

"后果不堪设想。"保罗一跃而起,表示同意。他们打着滑走下悬崖,保罗一直说着旅行指南中的话:"这些岛屿拥有花园式的美丽景色和数不胜数的海洋珍宝,备受游客青睐。"但是,这样可不行啊,这样高声喊着"你那该死的眼睛",安德鲁小心翼翼地走下悬崖,心里想着,这样拍着他的后背,叫他"老兄",等等等等,这些都不行啊。带女人一起出来散步,真是糟糕透顶了。他们一上岸就分开了,他脱下鞋子,将袜子卷起来塞进鞋里,淌着水去了"鸡屁股"岩,让保罗和明塔这一对儿自便吧;南希独自涉水爬上自己的岩石,搜索着自己的小水潭,也让那一对儿自便了。她将身体蹲得很低,摸着像一块块果冻一样的黏在岩石壁上的海葵,感觉像光滑的橡胶。她沉思着,将水潭想象成大海,将鲦鱼想象成鲨鱼和鲸鱼,用手挡住阳光,让这个小小的世界被乌云笼罩,像上帝一样将黑暗和凄凉带给无知又无辜的芸芸众生,又猛地将手拿开,让阳光一泻而下。在纵横交错的白色沙滩上,某个大海怪带着缘缨、披着金属臂铠,昂首阔步(她仍在继续扩大着水潭)走进了山腰上的大裂缝。接着,她目光悄悄滑过水潭,落在了荡漾的水天相接之处,落在地平线上在汽轮冒出的青烟中摇曳的树干上。随着那股力量汹涌而来又注定褪去，她神情变得恍惚了，辽阔之感与狭小之感（水潭又缩小了）同时涌入心底，这两种强烈的感觉让手脚被缚住，动弹不得，她自己的身体、她自己的生命，以及世间所有人的生命，都永远变成了虚无。她就这样蹲伏在水潭边，听着海浪，陷入了沉思。

这时，安德鲁大喊着涨潮了。于是，她跳着脚，水花四溅地涉过浅浅的海水回到岸边，跑上沙滩。由于冲动和好奇心使然，还想看看一块岩石后面迅速移动的是什么，噢，天啊！保罗和明塔正在那儿拥抱呢！很可能还在亲吻。她生气，她愤怒。她和安德鲁穿上鞋袜，气氛死一般的静，谁也不说什么。实际上，他们俩还在赌气呢。看到小龙虾或者什么东西的时候，她本该叫他的，安德鲁嘟囔着说。然而，他们两人都觉得这并不是自己的错。他们本不希望发生这极其讨厌的事儿。不管怎样，南希是个女人，这让他很生气；而安德鲁是个男人，这也让南希很生气。他们干脆利落地系好了鞋带，扣系得特别紧。

直到他们爬回悬崖顶端，明塔才大叫着说自己弄丢了祖母给的胸针——那是她祖母的胸针啊，她仅有的一件饰品——是一枚柳叶，（他们肯定还记得）用珍珠镶成的。他们肯定看到过，她说着，眼泪顺着脸颊流了下来，那胸针可是祖母一直用来别住帽子的，她用了一辈子，现在却被她弄丢了。她宁愿弄丢其他任何东西也不愿丢了这枚胸针啊！她要回去找，他们都回去找。他们这儿戳戳，那儿看看、瞧瞧。大家都把头压得低低的，生气地嘟囔着。保罗·莱利发疯一样在他们坐过的岩石周围寻找着；当保罗让他"在这点和那点之间仔细找一找"时，安德鲁想，这样乱哄哄地找一枚胸针，根本无济于事。潮水涨得很快，顷刻之间就会淹没他们刚才坐过的地方。现在想找到胸针，比见鬼都难。"我们要上不了岸了！"明塔突然非常害怕,尖叫了起来。好像真有什么危险似的!就像到处都是公牛一样——她根本无法控制自己的情绪,安德鲁想。女人总是这样。

可怜的保罗不得不安抚她一下。两位男士(安德鲁和保罗立刻变得非常男人,与平时判若两人)简单商议了一下,决定将莱利的手杖插在他们俩刚刚坐过的地方,等潮水退去之后再回来找。现在也只能这样了。他们让她放心,如果胸针在那儿,明天早上还是会在那儿,但在回悬崖顶端的路上,明塔一直在啜泣。那是她祖母的胸针;她宁愿把其他任何东西丢了,也不想丢这枚胸针,然而南希感觉,尽管她可能真的很在意自己丢了胸针,她的哭泣也并不完全是为了这个。她哭泣,还有其他原因。她觉得大家不如都坐下来哭吧。但她也不知道为什么要哭。

保罗和明塔一起走在前面,他安慰着她,说他自己擅长找东西是出了名的。他小的时候就找到过一块金表。明天天一亮他就起来,肯定会找到的。他想象着天还黑着的时候,海滩上只有他一个人,可能还很危险。然而,他开始告诉她说,他一定会找到的,她说她不想听他黎明就起床这类的话;胸针已经丢了,她很清楚;下午戴胸针的时候就有预感了。他暗自决定不告诉她,但明天一大早大家还在熟睡的时候他就会悄悄溜出去,如果找不到,就去爱丁堡给她买一枚和原来那个差不多但更漂亮的。他要向她证明自己的能力。待他们来到山顶,看到山下小镇的灯火突然一盏接一盏地亮起来,就像事情将要一件接一件地发生一样——结婚,生孩子,买房子;他们走到高大灌木成荫的大路上时,他又想,他会和她一起过退隐的生活,他会一直牵着她的手一起走下去,她会紧紧依偎在自己的身边(就像现在这样)。他们在十字路口转弯的时候,他想,他们刚刚的经历多令人震惊啊,他一定得跟谁说一说——当然是和拉姆齐夫人说了，因为他一想起刚才的情景和自己所做的事情就心惊肉跳。他向明塔求婚的那一刻，无疑是他生命中最紧张的一刻。他要直接去找拉姆齐夫人，因为他感觉，是她促使自己这样做的。她让他觉得，自己无所不能。从来没有人如此看重自己。但是，她让他相信，无论想做什么，他都可以做到。今天一整天，他都感觉到她的目光一直盯着他、追随着他（尽管她一句话也没说），仿佛在说："是的，你可以的。我相信你，我期待你的好消息。"他所有这些感觉都是她给的，他们一回去（他寻找着海湾上方那栋房子的光亮），他就直接去找她，对她说："我做成了，拉姆齐夫人；这都多亏了你。"拐进通往房子的小巷，他看到楼上窗户里流动的灯光。他们一定是回来得太晚了。大家都准备吃晚饭了。整栋房子灯火通明，黑暗之后的灯光令他双眼感觉很充盈，沿车道走近房子的时候，他像个孩子一样对自己说：灯光、灯光、灯光；等他们走进房子，他神情呆板地四下看着，茫然地着重复着：灯光、灯光、灯光。（"老天保佑，"他用手整理一下领带，对自己说，"我可千万不能让自己出洋相。"）

第 十 五 章

"是的,"普鲁想了想,回答母亲的问题说,"我想南希是和他们一起去了。"

第 十 六 章

　　这么说来,南希和他们一起去了,拉姆齐夫人想着。她放下发刷,拿起梳子,听见有人敲门,她说"进来"(贾斯珀和罗斯走了进来),心里琢磨着,南希和他们在一起,出事的可能性是更大一点还是更小一点呢?不知为什么,拉姆齐夫人觉得出事的可能性会更小。她这么想非常没道理,只不过出大事的可能性本来就很小。他们总不会都被淹死吧。她又一次感到自己要独自面对她的宿敌——生活。

　　贾斯珀和罗斯说,米尔德莱德问要不要等一会儿再开晚餐。

　　"就算是英国女皇也不等。"拉姆齐夫人斩钉截铁地说。

　　"就算是墨西哥女皇也不等。"她冲贾斯珀笑着补充说道;因为他和母亲都有个坏习惯:他也喜欢夸张。

　　贾斯珀把母亲的话告诉了米尔德莱德;要是罗斯愿意,她说,可以帮忙选一下该戴什么首饰。十五人一起用餐,不能总这么等下去啊。她现在开始恼火了,这么晚还不回来;他们太不考虑别人的感受了;除了为他们担心,她还很生气为什么他们偏偏要在今天晚上晚回来。事实上,她希望今天的晚餐尽善尽美,因为威廉·班克兹终于答应和他们一起共进晚餐了,而且米尔德莱德还准备了自己的拿手好菜——法式焖牛肉。完美的晚餐取决于饭菜做好后立即端上桌。牛肉、月桂叶、红酒——都要掌握得恰到好处才行。做好了再等着,那是绝对不可能的。然而,他们偏偏就在今天晚上出去,而且这么晚还不回来,就只能把饭菜再端出去,只能再热一热;法式焖牛肉彻底糟蹋了。

　　贾斯珀为她选了一条猫眼石项链,罗斯选了一条金项链。哪一条更配她的黑色礼服呢？到底哪一条呢？拉姆齐夫人心不在焉地说着，看着镜中自己的脖子和肩膀（却没有看脸）。两个孩子还在翻着她的首饰。她向窗外望去，看到了一向都让她觉得很好玩儿的一幕——白嘴鸦在选择栖息在哪一棵树上。每次他们似乎都会改变主意，重新又飞到空中，因为，她想，这只老白嘴鸦，这位白嘴鸦爸爸，她叫它老约瑟夫，性格古怪、很难相处。他这只邋邋遢遢的老鸟，翅膀上的羽毛已经掉了一半。她曾见过的破落老绅士，头戴着高顶礼帽在酒吧前吹号，就是他这个样子。

"看呐！"她笑着说。那两只鸟还真打起来了。约瑟夫和玛丽在打架。不知怎的，他们两个又都飞到了空中，黑色翅膀扇动着空气，划出了优美的半月形弧线。翅膀不停地扑闪着、拍打着——她总是找不到让自己满意的准确方式来形容——在她眼中，这一幕再美不过了。看那儿，她对罗斯说着，希望罗斯能比自己看得更清楚些。孩子往往比大人观察得更仔细。

可是，该戴哪一条呢？首饰盒的每一格都打开了。戴那条意大利金项链，还是詹姆斯叔叔从印度带回来的猫眼石项链？要不，就戴那条紫水晶项链？

"选呀，亲爱的宝贝们，选呀。"她说道，希望他们两个能快一点。

但是，她任由他们慢慢挑选；尤其是任凭罗斯拿起这个，又拿起那个，把首饰放在黑色礼服上看看效果，因为挑选首饰这个小小仪式，每天晚上都要举行一次，她知道，这是罗斯最喜欢的。为何如此重视为母亲选首饰这件事，她总是有自己的某种秘密理由。理由是什么呢？拉姆齐夫人想着，站在那儿一动不动，任由罗斯选一条项链为她戴上；她发现自己过去像罗斯这么大的时候，对母亲也有某种难以言说的感情，深深地埋藏在心底。拉姆齐夫人想，这种感觉，就像所有其他的自我感触一样，会让人伤感。我们能够回报的太少了；罗斯对她的感情，与拉姆齐夫人本身的实际情况，远远不成比例。罗斯会长大成人；她估计，心怀这样深刻的感情，她会吃苦的；这时，她说自己已准备妥当，大家都下楼去吧。贾斯珀，因为是绅士，要伸出手臂让她挽着，而罗斯，身为女士，要拿上手帕（她递给她手帕），还有别的吗？噢，对了，可能有点冷，披上披肩吧。"为我选一款披肩吧。"她说，因为这会让罗斯非常高兴，这孩子注定要受这份累的。"看，"她在楼梯口的窗前停下来说道，"它们又来了。"约瑟夫落在了另一棵树的树梢上。"你不觉得它们不想让翅膀被打断吗？"她对贾斯珀说。他为什么要对可怜的老约瑟夫和玛丽开枪呢？他在楼梯上来回倒换着双脚，感觉自己受到了谴责，倒也并不严厉，因为她并不了解打鸟的乐趣；不知道鸟是没有感觉的；虽是自己的母亲，但她完全生活在另一个世界，不过他很喜欢她讲的约瑟夫和玛丽的故事。她能让他大笑。可是，她怎么知道它们是玛丽和约瑟夫呢？难道她以为每天晚上都是同样那些鸟飞到同样这些树上来吗？他问道。但是，她就像其他所有大人一样，突然对他一点儿也不在意了。她在听大厅中人们喧闹的谈笑声。

"他们回来啦！"她大声说道，感觉放宽了心，但更多的是恼火。之后她又想，那件事发生了吗？她要下楼去，他们会告诉她的——但是，不行。有这么多人在，他们什么也不会跟她说的。所以，她必须下楼开始晚餐，耐心等待着。她像个女皇，看到自己的臣民聚集一堂，俯视着他们，款款走到人群中，默默接受着他们的致敬，接受他们的忠诚和朝拜（她走过的时候，保罗一动不动，两眼目视前方）。她走下楼来，穿过大厅，微微点头向大家致意，仿佛他们未能说出口的话她都接受了：他们向她的美致敬。

但是，她停下了脚步。有股烤糊的味道。他们是不是把法式焖牛肉煮得溢出锅了？她想，千万不要啊！铿锵有力的铜锣声庄严权威地宣布，分散在各处的人们，阁楼上的，卧室里的，在自己的小角落里读书的、写字的，最后梳一下头的，穿衣服的，都放下手头所有的东西，把零碎东西放在盥洗台和梳妆台上，小说放在床头柜上，收好私人日记，大家都到餐厅里用餐吧。

第 十 七 章

但是，我这一生都做了些什么呢？拉姆齐夫人心想。她在餐桌一端主妇的位置就座，看着一个个餐盘的白色圆圈。"威廉，坐在我旁边。"她说。"莉莉，"她疲倦地说，"坐那边吧。"他们有那个——保罗·莱利和明塔·道尔；而她，只有这个——长长的餐桌、餐盘、刀叉。餐桌的另一端远远地坐着她的丈夫，佝偻着身体，愁眉苦脸。愁什么呢？她不知道。她也不在乎。她不明白自己当初怎么就对他产生了好感或爱慕。她为大家盛着汤，感觉自己走过了所有繁华，经历了所有世故，超然于整个世间，仿佛有个旋涡——就在那儿——你可以进去，也可以不进去，而她没有进去。她想，一切都结束了。他们陆续走进餐厅，查尔斯·坦斯利——"请那边就座，"她说——奥古斯都·卡迈克尔——坐了下来。与此同时，她消极地等待着有人回应她，等待着发生什么事情。但是，她一边盛着汤一边想，这种事人们是不说的。

想到两者之间的风马牛不相及，她扬了下眉毛——她想的是这件事，而做的是另一件事——盛着汤——她越来越强烈地感觉到自己是处于那旋涡之外；或者说，好像阴影笼罩，一切都失去了颜色，她看到了事物的本来面目。这个房间（她四处看了看）太简陋了。无论哪个地方，都没有美感可言。她忍住不看坦斯利先生。似乎什么也没有融合在一起。他们都各自分开而坐。所有使气氛融洽、使谈话进行下去、引出新话题这样的事，全靠她来做。她再次感到男性的无能，这是事实，没有任何敌意，因为如果她不做，就没有人会去做。因此，她轻微晃动了一下身体，就像手表停了的时候我们轻轻晃一下一样，感觉那熟悉的脉搏又开始了跳动，就像手表又开始滴滴答答地走起来——一、二、三，一、二、三。她这样一遍一遍地重复、聆听，庇护、呵护着依然微弱的脉搏，就像用报纸护着微弱的火苗一样。最后，她朝威廉·班克兹的方向鞠了一躬，默默地对自己说——可怜的人啊！既没有妻子，也没有儿女，除了今晚之外每天都独自在旅馆中吃饭；在对他的同情之中，她的生命又恢复了活力，有足够的力量支撑她继续前进。她开始尽女主人的职责，就像一个疲惫的水手，看到风鼓起船帆，却不愿再度起航，而是在想如果沉船了，他要随着旋涡转啊、转啊，沉入海底去安息。

"看到你的信了吗？我让人给你放在大厅了。"她对威廉·班克兹说。

莉莉·布里斯科望着她的思绪飘入了陌生的无人之地，想要追随他人到那里是不可能的，只是看着他们离开，就会让人不寒而栗，因此总是尽量用目光跟随着他们，就像我们看着渐渐远去的船只，直到船帆消失在地平线上。

莉莉想，她现在看起来那么苍老，那么疲惫，又是那么遥不可及。然而，她转过身朝威廉·班克兹微笑着，仿佛那船调了头，阳光又照耀在船帆上；莉莉现在可以放心了。想来蛮有趣的，她为什么要同情他呢？她对他说信在大厅时，给人的感觉就是同情。她似乎在说，可怜的威廉·班克兹，仿佛她的疲惫一半是出于对他人的同情，她内在的生命力、她重新生活的决心，都源于同情。莉莉想，这不是真的，这是她自己的误判，是直觉，是根据自己的需要做出的判断，没有考虑别人的需要。他一点都不可怜。他有工作，莉莉对自己说道。就好像突然发现了宝藏一样，她记起自己也是有工作的。闪念之间，她看到了自己的画，心里想：对啊，我应该把树往中间移一点，这样就不会出现让人尴尬的空白了。就这么办。这个问题一直让我大伤脑筋。她拿起盐罐，放到桌布的一朵花的图案上，借此来提醒自己要挪一下那棵树。

"邮件并不能带给人什么有价值的东西，但人们却总是很期待收到信，真是奇怪。"班克兹先生说。

查尔斯·坦斯利想，他们说的什么乱七八糟的话啊。餐盘已经被他扫光，勺子放在了餐盘的正中间。莉莉想（他坐在她的对面，背后就是窗户，正好在视域的正中间），他好像下定决心一定要把饭菜吃到嘴里。他从头到脚都那么贫乏，那么古板，又那么赤裸裸地令人反感。但是，尽管如此，事实依然是，如果你看着这个人，几乎很难讨厌他。她喜欢他的眼睛；那是一双蓝色的眼睛，深邃而令人生畏。

"你写得信多吗，坦斯利先生？"拉姆齐夫人问。莉莉猜想，她也同情他吧，因为拉姆齐夫人就是这样的人——她总是同情男人，就好像男人们缺了什么东西——女人就从不缺什么，就好像她们拥有什么东西似的。他给母亲写信；除此之外，他觉得一个月也写不了一封信，坦斯利先生简短地回答道。

因为他不想说那些别人想让他说的废话。他不想让这些愚蠢的女人在他面前摆出一副恩赐的样子。他一直在房间里读书，现在来到楼下，感觉这一切都那么无聊、肤浅、浅薄。他们干吗都穿得这么正式？他穿着平常衣服就下来了。他没有什么正装。"邮件并不能带给人什么有价值的东西"——她们总是说诸如此类的话。她们也让男人说这样的话。他想，基本上就是这样，一年到头她们也得不到什么有价值的东西。她们什么也不做，只是说啊说、吃啊吃。这是女人的错。女人靠自己的"魔力"，还有她们的愚蠢，让文明成为不可能。

"明天去不成灯塔了，拉姆齐夫人。"他表明了自己的观点。

他喜欢她；他钦佩她；他还在想着修排水管的工人抬头看着她的情景；但是，他觉得有必要说明自己的看法。

他可真是她见过的最难看的人了，莉莉·布里斯科想，尽管他的眼睛很好看，但看看他的鼻子，再看看他的手。那么，她为什么那么在意他的话呢？女人不会写作，女人不懂画画——这话从他嘴里说出来，又有什么关系呢？反正显然这并非他的本意，而是因为对他有用才说的。为何她像风中的玉米秆一样深深弯下了腰，如此卑躬屈膝，唯有付出巨大努力、承受巨大痛苦才能挺直腰板呢？她必须再提醒一下自己：桌布上有个小树枝的图案；还有我的画；我一定得把树往中间移；这是大事——其他都不重要。她能不能不纠结于那一句话？她问自己，能不能不发脾气、不争论？如果想要小小报复一下的话，嘲笑他不就行了吗？

"噢，坦斯利先生，"她说，"拜托你带我和你一起去灯塔吧，我一定会非常喜欢的。"

她在说谎，他看得出来。不知为什么，她说着并非本意的话，就是想惹恼他。她在嘲笑他。他穿着一条旧法兰绒裤子，没有别的裤子了。他感觉自己是个粗人，孤独又寂寞。他知道她出于某种原因在捉弄自己；她并不想和他一起去灯塔；她鄙视他，普鲁·拉姆齐也鄙视他；所有人都鄙视他。但是，他不想被女人当猴耍，因此，他坐在椅子上，故意转过身去看着窗外，突然非常不礼貌地说："明天风浪太大，你会吐的。"

她让他说出这样的话来，而且拉姆齐夫人也听到了，这让他感到很恼火。他想，如果他独自在房里工作、看书，那该多好啊。只有独处的时候，他才会觉得舒服、自在。他从来不借债；自十五岁起，就没有花过父亲一分钱；他还用自己的积蓄帮助家人；他还供着妹妹上学。然而，他仍然希望自己能客气地回答布里斯科小姐的问题；他希望刚才的话没有那样冒失地说出来。"你会吐的。"他希望自己能和拉姆齐夫人说点什么，能证明他不是一个没人情味的老学究。大家就是这样看他的。他转身看着拉姆齐夫人，但她正和威廉·班克兹聊着天，他们聊的那些人他从来都没听说过。

"好，端走吧。"她自己打断了和班克兹先生的谈话，简短地吩咐女仆道。"我上一次见到她，肯定是十五——不对，二十年前的事了。"她说着，又转过身去面对着他，好像一分钟也舍不得耽误，因为她对他们所谈的内容非常感兴趣。所以，今天晚上他真的收到她的信了！卡丽现在还住在马洛吗？一切都还是老样子吗？噢，一切她都清楚地记得，仿佛就发生在昨天一样——河上泛舟，冷得直发抖。但是，只要曼宁一家制定了计划，就一定会按计划执行的。她永远也忘不了，赫伯特在河边用茶匙打死了一只黄蜂！他们的生活仍在继续，拉姆齐夫人沉思着，像幽灵一样穿梭在二十年前冰冷的泰晤士河畔那间客厅的桌椅之间；但是现在，她的魅影穿梭在他们之中；这简直让她着迷，仿佛，尽管她自己已不再如从前，但这么多年来当年那一天依然停留在那儿，变得平静而美丽。"是卡丽亲自给你写的信吗？"她问道。

"是的，她说他们在建一间新弹子房。"他说。不！不！这绝不可能！建一间新弹子房！这在她看来根本不可能。

班克兹先生没觉得这件事有什么好奇怪的。他们现在很阔绰。他问要不要代她向卡丽问好呢？

"噢，"拉姆齐夫人微微一惊，说道。"不了。"她补充说道，想起自己并不认识这个建新弹子房的卡丽。但是，好奇怪啊，她重复道，他们竟然还在那儿生活，这让班克兹先生觉得很有趣。他们一直在那儿生活了那么多年，而她居然几乎一次都没想起过他们，一想到这儿，她就觉得很奇怪。同样是这么些年的岁月，她自己的生活中发生了多少事啊。然而，可能卡丽·曼宁也没有想起过她呢。这种想法很是奇怪，又很让人不快。

"人们走着走着就疏远了。"班克兹先生说，然而，他感觉到了一丝欣慰，因为他觉得毕竟曼宁一家和拉姆齐一家他都认识。他并没有与人疏远，他这样想着，放下汤匙，擦了擦嘴唇，动作一丝不苟，胡须也刮得很干净。在这方面，可能他算是非同寻常了，他想；他从不让自己过一成不变的生活。各个圈子里，他都有朋友……这时，拉姆齐夫人不得不打断一下，告诉女佣把饭菜热一热。这就是他喜欢独自用餐的原因。这样一次次被打断，真让他恼火。威廉·班克兹想，好吧，这就是有朋友的代价。他继续保持彬彬有礼的绅士风度，只把左手的手指伸开放在桌布上，就像机械师在空闲之余审视一件磨得锃亮、只待使用的工具。倘若他拒绝来用晚餐，会伤她的心的。但是，对他来说，真是不值得。看着自己的手，他想，如果自己吃饭的话，现在基本上快吃完了；他就可以去工作了。是啊，他想，这样真是太浪费时间了。孩子们还在陆陆续续往餐厅里面走。"我希望有谁可以跑上楼去罗杰的房间一趟。"是拉姆齐夫人在说话。他想，这些家庭琐事，和另外一件事情——工作——相比，多么无聊啊。现在他坐在这儿，手指敲着桌布，但他本来可以扫一眼他的书。可以肯定地说，这太浪费时间了！然而，他想：她是我的老朋友了。对她也算是衷心一片。但是现在，此时此刻，她的在场对他没有任何意义；她的美丽对他没有任何意义；她和小儿子坐在窗前——没有任何意义，什么意义也没有。他只想一个人待着，只想拿起那本书来读。他感觉很不舒服；这样坐在她身边，居然对她没有任何感觉，他感觉自己背叛了她。事实上，他并不喜欢家庭生活。人正是在这种状态之下会问自己，人为什么而活着？我们会问自己，为什么要如此不辞辛苦，只为人类物种的延续吗？这么做值得吗？

我们这个物种有什么吸引人之处吗？没什么太吸引人之处啊，他看着那几个邋遢男孩子想。他最喜欢的卡姆估计还没起床。愚蠢的问题，没有结果的问题，如果忙起来有事可做，谁也不会问这样的问题。人类的生活应该是这样吗？人类的生活应该是那样吗？从来没有时间去想这些。但是现在，他在问自己这类问题，因为拉姆齐夫人在吩咐仆人，还因为想到拉姆齐夫人很惊讶于卡丽·ü宁居然还活着，他突然想到，友谊，哪怕是最美好的友谊，也是非常脆弱的，人总会疏远的。他又开始自责了。他就坐在拉姆齐夫人的身边，却对她无话可说。

"真抱歉。"拉姆齐夫人终于转过身来对他说道。他感觉自己面部僵硬，沉闷无趣，就像一双靴子被水泡过，晾干之后就很难再把脚塞进去了。然而，他必须要把脚塞进去。他必须让自己开口说话。如果不是他特别小心，她一定会看出他的背叛，看出他并不在乎她，那一定是很让人伤心的，他想着。于是，他很有礼貌地朝她鞠了一躬。

"你一定非常讨厌在这么乱糟糟的地方用餐吧。"她拿出了社交姿态说道。每当她心烦意乱的时候就会这样。就像开会时言语不合，为了团结大家，主持人就会建议大家都讲法语。可能大家讲不好法语，法语中可能也没有能表达讲话人思想的词汇，尽管如此，讲法语还是能够建立某种秩序、取得某种一致的。班克兹也用同样的语言回答她说："不，完全没有。"而坦斯利先生对这种语言一无所知，哪怕说的是单音节词他也听不懂，所以当时就怀疑他们的话说得不真诚。他想，拉姆齐一家人真是废话连篇；他为找到了新的证据而感到欣喜，他要把它记录下来，哪天念给一两个朋友听听。在那样一个畅所欲言的社交圈子里，他要用嘲讽的语气描述"住在拉姆齐家"的事，说说人们有多么废话连篇。他会说，偶尔一次还是值得的，但仅此一次。他还会说，女人们太烦人了。当然，拉姆齐娶回来个漂亮老婆，又生了八个孩子，这辈子算完了。大概就这么形容吧，但是现在，眼下，他坐在一把空椅子旁动弹不得，脑子里什么想法也还没有成型，只有零星的只言片语。他感到极其不舒服，连身体上都不舒服。他希望有人能给他一个机会让他表达自己的声音。他迫切需要这个机会，在椅子上动来动去，看看这个，又看看那个，想要插一嘴，但嘴巴张开又闭上了。他们在谈论渔业。怎么就没有人问一问他有什么想法呢？他们对渔业了解多少啊？

这一切，莉莉·布里斯科都看在眼里。他心中焦急如焚，而惯例却不允许这个年轻人插入别人的谈话中，而她与他相对而坐，像拍 X 光片时透过肉把肋骨和腿骨看清楚一样，她能穿过薄雾看出他的心思。但是，她眯起小眼睛，又想起了他是怎样嘲讽女人的，"不懂画画，不会写作"，我干吗要替他解围呢？

她知道有一种行为准则，其中第七条（大概是）说，在这种情况下，无论女人当时在做什么，都理应去帮助对面那个年轻人，看穿他将肋骨和腿骨掩藏起来的虚荣心和表现自己的强烈愿望，缓解他的焦虑之情；同样，假使地铁突然起火，她以老处女式的公正想道，他们也有义务来救我们。那样的话，她想：我当然会期待坦斯利先生来救我出去了。但是，如果我们双方都不迈出这一步，结果会是怎样呢？她想着，就坐在那儿笑了起来。

"你并不打算去灯塔，对吧，莉莉？"拉姆齐夫人问道。"还记得可怜的兰利先生吗？他环游世界几十次了，但他告诉我说，我丈夫带他去灯塔那次，是他最难受的一次。你容易晕船吗，坦斯利先生？"她问道。

坦斯利先生举起了一把锤子，高高抛向空中；但是锤子落下来的时候，他意识到不能用这样一把利器去砸一只蝴蝶，因此只好说他这辈子从没晕过船。但是，就这么简单的一句话，就像火药一样，蕴含着太多的内容：他的祖父是渔民；他的父亲是药剂师；他完全凭自己的本事走到今天；他为自己感到自豪；他就是查尔斯·坦斯利——这个事实似乎大家都没有意识到；但总有一天每一个人都会看到的。他双眼怒视着前方。对这些养尊处优的人，他几乎有些可怜了，用不了多长时间，他就会用心中的火药把他们轰到天上去，就像一捆捆羊毛、一桶桶苹果。

"你能不能带我一起去，坦斯利先生？"莉莉紧接着问道，语气中透着善意，因为，如果拉姆齐夫人告诉她，实际上她确实对她说："亲爱的，我身处水深火热之中不知如何是好，你若不能缓解此时之苦，对那个年轻人说点什么好听的话，生活之船就要触礁啦——说实话，我现在已经听到了刺耳的摩擦声和隆隆声了。我的神经像紧绷的琴弦一样，一碰就啪的一声崩断了。"——拉姆齐夫人的这番话，是她用眼神表达出来的，莉莉·布里斯科当然只得第一百五十次放弃那项实验——如果不对那个年轻人好一点，结果会怎样——只能对他友善一点。

他正确判断了她情绪上的转变——她现在对他很友善——便不必那么自我了，告诉她说，自己在很小的时候就从船上掉到了水里；是父亲用钩头篙把他救了上来；他就是这样学会游泳的。他有一个叔叔在苏格兰海岸线的一处礁石上守护着灯塔，他说，他曾和他一起在那儿经历过一次风暴。他在大家谈话的间歇中说了这句话，声音很大，大家都能听见，他说有一次风暴时他和叔叔在灯塔上。啊，莉莉·布里斯科想，现在大家谈话形势有了好转，她能感觉到拉姆齐夫人对她的感激之情（因为现在拉姆齐夫人终于可以和自己聊一会儿了），她想：为了帮你，我还有什么没付出的呢？因为她刚才的话并不是真心话。

这是她常用的小伎俩——对人友善。她永远也不会了解他。他也永远不会了解她。人与人之间的关系就是这样，她想，最糟糕的是（班克兹先生除外）男女之间的关系。这些关系必然是极其虚伪的。这时，她看到了那只盐罐，刚刚放在那儿提醒自己的，想着明天早上要把树往中间移一点。一想到明天要画画，她兴致陡然升高了，坦斯利先生正说话的时候，她不禁笑出了声来。如果他想说，就让他说上一整夜好了。

"可是，看守灯塔的人要在上面待多久呢？"她问道。他告诉了她。他真是见多识广。看到他心存感激，看到他喜欢她，看到他也开始高兴起来了，拉姆齐夫人想，现在她可以再回到那片梦幻之地了，那虚幻却让人神往之地，是二十年前马洛市曼宁家的客厅；在那里，你不着急，也不着慌，因为没有未来可担忧。她知道他们经历了什么，也知道自己经历了什么。这就像重读一本好书，她知道故事的结局，因为它发生在二十年前，而生活，即使现在还在像瀑布一样从这张餐桌上一泻而下，天知道会流向何方，在那儿却是封存着的，如一潭湖水，平静地躺在两岸之间。他说他们建了弹子房——这可能吗？威廉会不会接着说曼宁家的事呢？她想让他说下去。但是他不会——不知什么原因，他没那个心情了。她试着让他说下去，但他没有回应她。她总不能强迫他吧。她有点失望了。

"孩子们太失礼了。"她叹着气说道。他说不守时之类的并不是什么大毛病，等到孩子们长大就好了。

"真是这样就好了。"拉姆齐夫人这样说着，完全是为了避免冷场。她想，威廉怎么变得像老姑娘一样谨小慎微了。他很清楚自己的背叛，也知道她想说点更亲密的话题，但他此刻却没那个心情，只觉得生活中的不如意都涌上了心头，他只是坐在那儿，等待着。可能其他人在聊什么有趣的话题吧？他们在聊什么呢？

在聊渔汛期收成不好；在聊渔民都搬走了；他们在聊工资啊、失业啊；哪个年轻人在抨击政府。威廉·班克兹想，当你不愿意谈私人生活的时候，能听到这样的话题让人深感宽慰。他听到那人说着"本届政府最可耻的法令之一"之类的话。莉莉在聆听，拉姆齐夫人也在聆听，大家都在聆听。但是，莉莉已经觉得烦了，感觉缺点什么；拉姆齐先生也觉得缺点什么。拉姆齐夫人将披肩往上拉了拉，也觉得缺点什么。所有人都俯身聆听着，想："老天保佑，不要让别人看透我的心思。"因为每个人都在想："其他人都是这样想的：政府针对渔民的政策让他们很愤慨，可是我完全无动于衷。"但是，或许，班克兹先生看着坦斯利先生想，那个人就在这里。人们一直在等待他的出现。总会有机会的。领袖随时都会挺身而出；他是个天才，无论在政治上还是其他方面，都堪称天才之人。班克兹先生想，可能我们这些老古董会觉得他极其讨厌；他尽量给自己留有余地，因为他身体上有某种奇怪的感觉，就像脊背的神经高度敏感时的感受一样，他知道自己是嫉妒他，嫉妒他的工作、他的观点、他的科学。因此，他并不能做到完全开明、公正，因为坦斯利先生似乎在说：你们浪费了自己的生命，你们是个彻头彻尾的错误。可怜的老古董们，你们已经被时代甩在了身后，没有任何希望了。这个年轻人的语气似乎非常坚定；他的方式很不礼貌。但是，班克兹先生告诉自己再观察观察：他勇气可嘉，他能力超群，他实事求是。或许，坦斯利在抨击政府时班克兹先生想，他的话还是很有道理的。

"现在请告诉我……"他说。于是，他们争论起了政治问题，莉莉看着桌布上的叶子图案；拉姆齐夫人听任两位男人去争论，很奇怪自己为什么对这样的谈话感到如此厌烦。她看着坐在餐桌另一端的丈夫，希望他能说点什么。一个词就好，她对自己说。因为，如果他说一句，情况就会全然不同。他总能抓住问题的要害。他关心渔民和他们的收入。他为他们着想，常常难以入眠。只要他一开口，就会大不相同；那时人们就不会想：老天保佑你不要看出我毫不关心，因为有人关心了。这时她意识到，正是由于她崇拜他，才期待他能说点什么，她感觉仿佛有人对她夸赞了她丈夫和他们的婚姻，她脸上泛起了红润的光泽，但她自己没有意识到，其实是她自己夸赞了丈夫。她看着他，想从他脸上看出这一点；他看上去应该是气宇轩昂的……但是，根本不是这样！他还是一副愁眉苦脸的样子，阴沉着脸，横眉怒目，义愤填膺。这到底是因为什么呢？她真不明白。能有什么事呢？只不过是可怜的老奥古斯塔又要了一盘汤嘛——仅此而已。真是太过分了，太讨厌了（他从餐桌对面向她示意），奥古斯都竟然又开始喝汤了。他很讨厌自己吃完的时候还有人在吃。她看见愤怒如一群猎犬蹿进他的双眼，蹿上他的眉梢，她知道他顷刻之间就会爆发，然后——但是谢天谢地！她看见他尽力克制自己，就像猛踩了刹车一样，他的整个身体似乎迸出了火星儿，但一个字也没有说出来。他依然阴沉着脸坐在那儿。他一言不发。他要让她自己观察。让她因此举而表扬他！可是，为什么可怜的奥古斯都非要再来一份汤呢？他就碰了一下艾伦的胳膊，说："艾伦，请再来一盘汤。"拉姆齐先生的脸就拉下来了。

　　为什么不行呢？拉姆齐夫人问道。如果奥古斯都想要，他们当然可以再给他来一盘汤啊。拉姆齐先生很痛恨人们贪恋美食，朝她皱起了眉头表示不满。他讨厌所有像这样拖上几个小时的事。但是，拉姆齐先生要让她看看，尽管眼前这一幕让人很不愉快，他依然克制着自己。但是，干吗要表现得这么明显呢？拉姆齐夫人问道（他们分坐在长长的餐桌两端，四目相对，来回传递着问题与答案，彼此都非常清楚对方的意思）。拉姆齐夫人想，每个人都能看得出来。罗斯在盯着父亲看，罗杰也在盯着父亲看；她知道他们两人马上就要笑出来了,因此,她立即说(确实也是时候了):"点上蜡烛吧。"他们两个立刻跳了起来,跑去餐柜里摸蜡烛了。

他为什么总是不能掩饰自己的感受呢?拉姆齐夫人想着,不知道奥古斯都·卡迈克尔是不是注意到了。可能他注意到了,也可能没注意到。看到他坐在那儿喝汤时镇定自若的样子,她不禁对他心生敬佩。如果想喝汤,他就要一盘汤。不管人们嘲笑他还是生他的气,他都会这样做。他不喜欢她,这她知道;但是,某种程度上正是由于这个原因,她很敬佩他,看着他喝汤的样子,他的身形在逐渐暗淡的光线中显得硕大、平静、雄伟,一副若有所思的样子,她不知道他有什么感觉,为何他总是那么满足而尊贵;她想起他对安德鲁疼爱有加,会叫他到自己的房间去,安德鲁说,他给他看了些东西。他会一整天都躺在草坪上,大概是在思考他的诗歌吧,让人觉得他像一只猫在观察鸟,当他找到合适的词就会大手一拍。这时她丈夫会说:"可怜的老奥古斯都——他是个真正的诗人。"这句话从丈夫嘴里说出来,算是很高的赞誉了。

八支蜡烛在餐桌上依次排开,火苗先是忽闪了一下,之后便向上伸直,照亮了眼前长长的餐桌,以及正中央的一盘紫色和黄色的水果。她是怎么做到的啊,拉姆齐夫人很奇怪,因为罗斯在带粉色细纹的角质贝壳果盘中摆放了葡萄、梨、香蕉,让她想起了从海底捞上来的纪念品,想起了海神尼普顿的宴会,还有挂在酒神巴克斯肩上那串带着叶子的葡萄(有一副画是这样画的),周围是豹皮和闪着金色光芒的火红火把……这果盘突然出现在烛光之下,看起来又大又深,就像一个小小世界,她想:你可以拿起手杖上高山、下低谷,她还很高兴地发现(因为这果盘暂时让他们有了同感),奥古斯都也在盯着这个果盘大饱眼福,像蜜蜂一样一头扎进去,闻闻这朵花儿,闻闻那个穗儿,大快朵颐之后,又回到了自己的蜂巢。

这就是他看的方式,与她看的方式很不同。但是,观看这个动作本身,将他们两个联系在了一起。

现在,所有蜡烛都点亮了,烛光使餐桌两侧的人的面庞距离更近了,使他们成了围桌而坐的一个整体,这是之前他们在暮光之下时所没有的感觉,现在夜晚被玻璃窗关在了外面,外面的世界透过玻璃窗很难看得真切,而室内的一切如涟漪般轻轻晃动着,仿佛是井然有序的一片干燥之地;室外则是一片水中倒影,事物晃动着、消失了。

在场的所有人都立刻起了某种变化,仿佛这一切真的发生了一样,大家都意识到,所有人都是小岛上一个山谷中的整体;大家有一个共同的事业,就是对抗外面流动的世界。拉姆齐夫人一直心神不宁地等着保罗和明塔回来,觉得很难静下心来处理事情;此时,她觉得自己的心神不宁已经变成了期待,因为他们现在一定回来了。莉莉·布里斯科试图分析这突如其来的欢喜的缘由,和在网球场那一刻相比较而言,那时坚固性突然消失,他们彼此之间距离非常遥远;而现在,那么多烛火照耀着家具少得可怜的餐厅和没有窗帘的窗户,又出现了同样的效果。烛光照在每个人面具一样的脸上,有些重负被卸掉了;她感觉到,什么事情都有可能发生。他们现在总该来了吧,拉姆齐夫人望着门口想;就在这时,明塔·道尔、保罗·莱利和一个双手捧着一个大盘子的女佣一起走了进来。他们回来得太晚了,实在是太晚了,明塔说着,他们分别在餐桌两端就座。

"我把胸针弄丢了——我祖母的胸针。"明塔说道,声音中还有悲恸之情,她棕色的大眼睛依然泪光盈盈。她坐在拉姆齐旁边,时而目光低垂,时而又抬起头看着,拉姆齐一下子生了侠义之心,善意地戏谑起她来。

她怎么能那么傻呢,他问道,怎么能戴着首饰去爬岩石呢?

她装出被他吓到的样子——他聪明得让人害怕,她第一次坐在他身边的那个晚上,他聊起了乔治·艾略特,她就着实被吓到了,因为她把《米得尔马契》第三卷落在了火车上,不知道后来结局如何;但是后来和他聊得还不错,她让自己显得比实际上更无知,因为他喜欢对她说她是个傻瓜。因此,今晚他这样直截了当地嘲笑她,她并不害怕。更何况,她一走进来就知道奇迹出现了:她的头顶笼罩着一层金色薄雾。有时候金色薄雾会出现,有时候不会出现。她从不知道为什么它会出现,也不知道为什么又会消失,或者,如果她走进来的时候头顶有金色薄雾笼罩的话,从男人看着他的方式,她一下子就会知道。是的,今天晚上,她头顶有金色薄雾笼罩,非常显眼;从拉姆齐先生对她说不要那么傻时的神态来判断,她就知道了。她坐在他旁边,微笑着。

那件事肯定发生了,拉姆齐夫人心想;他们订婚了。有那么一刻,她产生了一种以为再也不会有的感觉——嫉妒。因为他,她的丈夫,也感受到了——明塔的容光焕发;他喜欢这些女孩子,这些面色红润的金发姑娘,她们有点盲目,有点狂野,有点轻率,不"刮汗毛",也不像他说可怜的莉莉·布里斯科那样"小气"。她们有某种她所没有的特质,某种光彩,某种浓烈,这能够吸引他,让他开心,让他对明塔这样的女孩情有独钟。她们可能会给他理发,也会给他编表链,或者打断他的工作,大喊着(她听见过她们喊他)"快来啊,拉姆齐先生;现在该他们尝尝我们的厉害了。"于是他就会跑出去打网球。

但是,实际上,她并不嫉妒,只是偶尔当她照镜子的时候,看到自己容颜老去时会有点愤恨,这可能是她自己的错。(修花房的账单,还有其他所有的事。)她很感激她们和他打趣("你今天抽了多少袋烟了,拉姆齐先生?"等等),这样他似乎又变成了年轻人，变成了一个对女人依然很有吸引力的男人，不受生活所累，没有被苦难之重所压倒，没有被世间烦扰所击垮，没有因成败荣辱而颓废，而是恢复了她当初认识他那时候的模样，依然是那样瘦削、潇洒、殷勤；他扶她下船，她记得；行为举止很讨人喜欢，就像那样（她看着他，他看起来可真年轻，逗着明塔）；至于她自己——

"放在那儿吧。"她说着，一面帮那个瑞士厨娘把装焖牛肉的大陶罐轻轻放在了自己面前——就她自己而言，她还是比较喜欢呆头呆脑的人。保罗必须得坐在她旁边。她给他留了位子。真的，她有时候想，她最喜欢呆头呆脑的人了。他们不会拿论文来烦你。那些聪明绝顶的男人啊，他们错过太多东西了！哎呀，他们变得多么枯燥乏味啊！在保罗落座时，她想，他身上有非常迷人之处。他的言谈举止非常讨她喜欢，还有他高挺的鼻梁、明亮的蓝眼睛。他还非常体贴人。他会告诉她——既然现在大家又开始聊了起来——发生什么事了吗？

"我们回去找明塔的胸针了。"他说着，挨着她坐下了。"我们"——这就够了。这个词他说得很费力，而且音量也升高了，由此她可以判断，这是他第一次用"我们"这个词。"我们"这样，"我们"那样。他们一辈子都会这样说，她想道；这时，玛莎略带炫耀地掀开大陶罐的盖子，橄榄、油、肉汁的香味扑鼻而来。厨娘做这道菜整整花了三天的功夫。拉姆齐夫人把勺子伸进软软的肉汤中，为威廉·班克兹挑选一块特别鲜嫩的肉，心里想着，可一定要当心啊。她仔细端详着这道菜，陶罐的内壁闪闪发亮，褐色和黄色的肉块混在一起，很是美味，再加上月桂叶和调味酒，她想：就用这道菜来庆贺这桩好事吧——她心里突然有种奇怪的欢庆节日的感觉，既异想天开又柔情蜜意，仿佛两种感觉同时升腾在心中，一种高深莫测之情——还有什么比男人对女人的爱更严肃、更威严、更感人呢？在这爱的怀抱之中孕育着死亡的种子；与此同时，这些相爱的人们，那些进入梦幻世界的人们，两眼发光，必须带上花环，让人们围着他们嘲弄地跳舞。

"这道菜做得太成功了。"班克兹先生说着，暂且把刀放下。他一直吃得很专心。肉汁很浓，肉质很嫩。火候掌握得恰到好处。在这深山野岭的地方，她怎么能做出这么好的菜来呢？他问她。她这个女人真是不简单。她知道他所有的爱慕和尊敬又都回来了。

"是祖母留给我的法国菜谱。"拉姆齐夫人说着，声音中难掩喜悦之情。当然是法国的，英国所谓的烹调术简直让人憎恶（大家都表示赞同），就是把卷心菜放在水里煮，烤肉硬得像肉皮，美味可口的蔬菜皮都要削掉。"蔬菜的全部营养，"班克兹先生说，"全在皮里面呢。" 再说这也太浪费了，拉姆齐夫人说。一个英国厨师扔掉的那些食材，够养活一家法国人了。由于她意识到威廉对她的爱慕又回来了，一切又都处理妥当，她心中的悬念也已经解开，现在她可以随意欢呼、随意嘲弄别人了。她开怀大笑，手舞足蹈，不禁让莉莉觉得，她坐在那儿说着蔬菜皮的事，所有的魅力又都显现出来了，多么幼稚，多么可笑。她身上还有某种让人害怕的东西。她让人无法抗拒。她总是能达到自己的目的，莉莉想。现在这件事她已经办成了——保罗和明塔看来已经订婚了。班克兹先生也来参加晚宴了。她只是简单、直接地祈愿，就给他们都施了法术；莉莉对比了她精神的富足和她自己精神的贫瘠，认为在一定程度上，正是对这种奇怪又可怕的东西的信念（她的脸被烛火照亮了——看起来不再年轻，但依然光芒四射），让今天的男主角保罗·莱利浑身颤抖，但又心不在焉，若有所思，默不作声。拉姆齐夫人，莉莉感觉到，在说起蔬菜皮的时候是在赞扬它、崇拜它；她伸出手放在上面，给它温暖，保护着它，但它发生了之后她却不知为何大笑起来，将她的牺牲品，送上了神坛，莉莉想道。现在，它又回来了——这种情感，爱的共鸣。她坐在保罗的身边，感到自己是多么不起眼！他热情洋溢，好似燃烧的火焰；她高冷刻薄；他注定要去远航；她已在岸边停泊；他已扬起风帆，义无反顾；她如独居隐士，被世人遗忘——即使是灾难，她也愿意在他的灾难中求得一份，因而她腼腆地问："明塔什么时候丢的胸针？"

他非常迷人地笑了，那笑容笼罩在回忆的面纱之下，萦绕着梦幻的色彩。他摇了摇头。"在海滩上的时候。"他说道。

"我要找到它，"他说，"我要早点起床。"由于不想让明塔知道，所以他压低了声音，眼睛看着她坐的方向，她正笑呵呵地坐在拉姆齐先生身边。

莉莉非常强烈地渴望帮助他，想象着清晨的海滩上，是她猛然找到了虚掩在石头下面的那枚胸针，这样她自己也加入了水手和冒险家的行列。可是，对她的提议他会如何回答呢？事实上，她带着一种很少流露出来的情感说："让我和你一起去吧。"他笑了，他的意思是行还是不行——总有一种吧。但是，关键的不是他的意思——是他那古怪的轻笑，仿佛在说：想跳崖你就跳好了，我可不在乎。他当着她的面，把那热切的爱意变成了恐怖、残忍、无耻。他那笑声灼伤了她，她看着坐在餐桌另一端的明塔，在拉姆齐先生面前楚楚动人，不禁为她暴露在爱的毒牙之下而感到恐惧，同时也为自己感到庆幸。她看到了桌布上的那个盐罐，对自己说，反正自己用不着要结婚，谢天谢地；她不必自取其辱；她可以免于被削弱。她要把那棵树往中间多移一点。

事情就是如此的复杂。发生在她身上的事，特别是待在拉姆齐家的经历，使她同时强烈地感受两种截然不同的事：你的感受是一回事；我的感受是另一回事；而现在，两种感受在她心中纠结搏斗；

这种爱慕是那么美，那么令人振奋，使我在爱的边缘颤抖；主动提出去海滩找一枚胸针，这完全不是我的做事风格；但这也是人类最愚蠢、最原始的情感，能把那个如美玉般优雅的年轻人（保罗的面庞很精致）变成大街上手持铁撬的恶棍（他趾高气扬，傲慢无礼）。然而，她对自己说，自开天辟地以来，爱的颂歌就一直在传唱；爱的花环堆积如山；如果你问一问，十个人中有九个都会说，爱正是他们唯一的渴望；而女人，从她自己的经验来看，总是有这样的感觉：这并不是她想要的；没有什么比爱情更乏味、更幼稚、更残忍；然而，爱情又非常美好，人人都离不开它。那怎么办？怎么办呢？她问道，有点期待其他人继续讨论这个话题，就好像在这样的讨论中，你提出了自己的观点，但明显还差得很远，留待他人继续讨论下去。因此，她又听着大家都在讨论什么，说不定在关于爱情的话题上他们会给她一点启发呢。

"再有，"班克兹先生说道，"有一种液体英国人叫作咖啡。"

"哦，咖啡啊！"拉姆齐夫人说。然而，更严重的问题是纯正黄油和干净牛奶的问题（莉莉可以看得出来，她现在兴致正浓，说话的语气非常激动。说起英国乳品业中的不正当做法，说起牛奶送到家门口时已经变成了什么样子，她口若悬河，情绪激动；这件事她已做过深入调查，正当她要证明自己的说法时，坐在中间的安德鲁带头，就像火苗在一簇簇荆豆上跳跃一样，全桌的人都突然笑了起来；她丈夫也笑了；大家在嘲笑她，火焰包围着她，逼迫她弃甲卸炮，她唯一的反击就是让班克兹先生看一看全桌人对她的嘲笑和揶揄，以此为例来证明抨击英国公众的偏见会有什么下场。

然而，她记得莉莉在坦斯利先生的事情上帮过自己，而且现在莉莉并未在嘲笑她的人之列，她便有意将她与其他人区别对待；她说："反正莉莉是同意我的观点的。"这样便把莉莉拉了进来，让她有点慌乱，还有点吃惊。（因为她正在思考着爱情的话题。）莉莉和查尔斯·坦斯利，拉姆齐夫人之前一直在想，他们两个都置身事外。他们两个都因另外两个人的光环而备受煎熬。显然，他感觉自己完全被冷落了；只要有保罗·莱利在，没有哪个女人会看这个可怜的家伙一眼。不过，他还有自己的论文啊，是关于某个人对某些事情的影响的：他能照顾好自己。而莉莉就不同了。在明塔的光环之下，她显得黯然失色；她身穿一条小灰裙，再加上一张皱巴巴的小脸，还有一双单眼皮小眼睛，比平时更加不引人注意了。她的一切都那么小。然而，拉姆齐夫人需要她的帮助时（因为莉莉应该替她作证，她谈论奶制品问题并不比丈夫谈论靴子谈论得多——他说起靴子，一说就是一个小时），把她和明塔对比，觉得到四十岁时莉莉会比明塔更好。莉莉身上有一丝特别之处，有一个特别的闪光点，有她的独特之处，让拉姆齐夫人着实非常喜欢。但是，恐怕男人不会喜欢，除非是年纪大得多的，比如威廉·班克兹。再说，他是关心她的，拉姆齐夫人有时候觉得，妻子已然过世，他也许是关心她的。当然，他没有"恋爱"；很难说这是哪一种感情，这样的例子也很常见。噢，真是瞎琢磨，她想。威廉一定得和莉莉结婚。他们两人有那么多共同之处。他们两个都那么高冷，又都过于自信。莉莉非常喜欢花。她一定要安排他们两个一起好好出去散散步。

真是愚蠢，她居然安排他们两个隔桌相对而坐。明天可以想想办法补救一下。如果天气好，他们应该出去野餐。没有什么不可能的，也没有什么不合适的。就在刚才（大家还在讨论靴子的话题，她让自己的思绪游离一会儿，想道，不能再这样下去了），刚刚她才有了安全感；她像老鹰一样在空中盘旋；她想，就像一面旗子在喜悦的气氛中飘动，那喜悦流淌在她身体的每一根神经里，是那么甜蜜，那么庄严，毫不喧闹，因为那喜悦来自于她的丈夫、孩子和朋友，她看着大家在吃着饭；所有的喜悦都来自于这份深沉的静谧（她正要给威廉·班克兹再盛一小块肉，又往陶罐里面看了看），现在似乎并没有什么特别的理由，那喜悦停留在那里，就像一缕轻烟，一层向上升腾着的雾气，将大家安全地聚拢在一起。大家不必说一句话，也无话可说。喜悦，萦绕在他们周围。她一边小心翼翼地帮班克兹先生盛一块特别特别鲜嫩的牛肉，心里感觉那喜悦是永恒的；那天下午在别的事情上她就已经有这种感觉了；事物之间都是有关联的，都是相对稳定的；她的意思是，有些事情不因时间而改变，任时间怎样流走，时光飞逝，岁月穿梭，仍如红宝石般闪耀着光芒（她看了一眼映着摇曳烛光的窗户）；而今晚，她又一次感受到了今天白天的那份宁静与安详。她想，正是这样的时刻，构成了永恒。这一刻将会成为永恒。

"是的，"她向威廉·班克兹确认，"还有很多，足够大家吃了。"

"安德鲁，"她说，"盘子放低一点，否则我会弄洒的。"（法式焖牛肉做得真是太完美了。）这时，她放下勺子，感觉这就是事物中心的那块宁静之所，让人可以活动或休息；你可以时而等一等，听一听（大家盘子里都有牛肉了）；也可以时而像只老鹰一样突然从高空落下，肆意地开怀大笑，绞尽脑汁去想坐在餐桌另一端的丈夫说的一千二百五十三的平方根是多少，那恰好是他火车票的号码。

那都是什么意思呢？直到今天，她也不知道。平方根？那是什么玩意儿？儿子们知道。她靠拢了过去，听着他们在说什么：立方、平方根；他们在讨论这些东西；还有伏尔泰和斯达尔夫人、拿破仑的性格、法国的土地制度、罗斯伯里伯爵、《克里维回忆录》。男人的智慧令人钦佩，结构错综复杂，上下左右交错纵横，就像横跨在建筑上的钢铁大梁；有了他们撑起整个世界，她完全可以放心地置身于其中，甚至还能闭上眼睛，或者眨着眼睛，就像个小孩子躺在枕头上,冲着窗外层层叠叠的树叶眨眼睛。这时,她惊醒了过来。男人们依旧在建构着自己的智慧。威廉·班克兹正在称赞威弗利的小说。

他每半年就会读一本,他说道。这句话怎么让查尔斯·坦斯利生气了呢?他赶忙插进来(拉姆齐夫人想,这都是因为普鲁对他不友好)痛斥威弗利的作品,但他对此一无所知,丝毫不了解。拉姆齐夫人这样想着,与其说是在听他说话,不如说是在观察他。从他说话的方式她就知道怎么回事——他就是要凸显他自己,如果不当上教授或娶个妻子,他会一直这样,每逢开口就"我——我——我"个没完没了。实际上,他对可怜的瓦尔特爵士亦或简·奥斯丁,也是这样痛斥一番的。"我——我——我。"他想的只有他自己,总想着让别人记住他,从他说话的声音、他强调的语气,以及他的心神不定,她就能看得出来。等到功成名就的一天,可能就好了。不管怎么样,他们又谈开了。现在她不必再听了。她知道这不会持续太久的,但是就在那一刻,她的双眸清澈见底,似乎要沿着餐桌揭开每个人的面具,轻而易举地透视每个人的内心和感受,就像悄悄钻入水下的一束光线,无论是水中的涟漪还是芦苇,无论是游动的鲦鱼还是悄无声息突然出现的鳟鱼,都照得通体发亮,悬浮在水中颤抖着。就像这样,她也能看透眼前这些人;她能听见他们的心声;但是,无论他们说什么,都有一个共同的特点,仿佛他们的话就像鳟鱼在游动一样,同时还能看到涟漪和砂砾,左边有点什么东西,右边有点什么东西;所有事物构成一个整体;而在她活跃的现实生活中,她却总是一网捕捞然后再分门别类;她会说自己喜欢威弗利的小说,或者自己从未读过他的作品;她会催着自己不断向前走;但现在她什么都不说。此时此刻,她处于悬浮暂停的状态。

"呃,可你觉得一部作品会流行多久呢?"有人问道。仿佛她头上安装了天线，伸在外面不断颤抖着，一旦拦截到只言片语，就会引起她的关注。这就是她截取的只言片语。她闻到了对丈夫有危险的气味。这样的问题几乎肯定会引出一些让他觉得自己很失败的话来。他的著作会流行多久呢？——他马上就会这样想。威廉·班克兹（他丝毫没有所有这些虚荣心）笑了起来，说他从不在意时尚的变化。谁能说得出——文学作品，或者其他任何事物——有什么是恒久的？

"让我们欣赏我们真正欣赏的东西吧。"他说。在拉姆齐夫人看来，他的正直实在令人钦佩。他似乎从未想过：这对我会有什么影响？可是，如果不是这样的性情，就一定要得到赞赏，一定要让人鼓励，自然你就会开始（她知道，拉姆齐先生已经开始了）觉得不自在；你会希望有人说："噢，可你的作品会一直流传下去的，拉姆齐先生。"或者说些类似的话。这时，他有些恼怒地说，不管怎样，司各特（还是莎士比亚？）我一辈子都会读的，很明显地反映了自己的不自在。她想，不知为什么，大家都有点不自在了。明塔·道尔直觉很灵敏，很爽快、可笑地说，她认为没有人真的喜欢读莎士比亚的作品。拉姆齐先生冷冷地说（但他的心思已经不在这上面了），很多人说他们喜欢，实际上很少有人真的那么喜欢。不过，他又补充说，有些戏剧还是可圈可点的；拉姆齐夫人看到眼下算是没什么大问题了，他会嘲笑明塔，而明塔，拉姆齐夫人看到，意识到了他太在意别人对自己的看法，就用自己的方式照顾好他，想办法称赞他。但她还是希望丈夫不需要这样，可能都是她的错，他才会需要这样的。不管怎样，她现在终于可以听听保罗·莱利说说他小时候读过的书了。他说，那些书经久不衰。上学的时候，他读过一些托尔斯泰的作品，其中一本他一直都记得，但忘记叫什么名字了。俄国人的名字是不可能记得住的，拉姆齐夫人说道。"伏

103

伦斯基。"保罗说。他记得这个人物,那是因为他一直都觉得一个反面人物叫这个名字太合适了。"伏伦斯基,"拉姆齐夫人说:"噢,是《安娜·卡列宁娜》。"但他们也没有再聊下去;书不是他们擅长的话题。不是的,查尔斯·坦斯利可以在一秒钟内就把他们拉回书这个话题上来,但他的话中总是有顾虑:这话该不该说呢?我有没有留下一个好印象呢?结果,人们了解他比了解托尔斯泰还要多。可是保罗说话就事论事,从不说他自己。就像所有笨人一样,他也有种谦虚的品德,会考虑你的感受,这一点至少她觉得很讨人喜欢。他现在所思考的就既不是他自己,也不是托尔斯泰,而是她会不会冷,她有没有觉得穿堂风太大,她想不想吃梨。

她说,她不想吃梨。事实上,她一直小心守护着果盘(自己却全然不知),希望谁也不要碰它。她的目光沿着水果的弧线和投射的阴影上下移动着,先看看苏格兰低地葡萄绚丽的紫色,又看看贝壳果盘凸出的坚硬棱角,时而让紫色衬托黄色,时而将圆形与弧形对比;她不知道自己为何要这样,也不知道为何每次这样做都感觉内心更加宁静;噢,他们这样做太煞风景了——后来,一只手伸了过来,拿走了一个梨,搅扰了她的兴致。她惋惜地看着罗斯。她看罗斯坐在贾斯珀和普鲁中间。自己的孩子居然能摆出这样漂亮的果盘,多奇怪啊!

看见他们并排坐在那儿,她自己的孩子,贾斯珀、罗斯、普鲁、安德鲁,感觉真奇怪;几乎听不见他们说话,但是他们在讲着自己的笑话,她猜,从他们抽动的嘴唇可以看得出来。他们的笑话与其他任何事都没关系,他们要站起来回到自己的小屋去笑个痛快。她真希望那个笑话不是关于他们父亲的。她想,不会,不会的。那会是什么笑话呢?想到这儿,她颇觉伤感,因为她觉得,好像他们总是等她不在的时候才开怀大笑。他们总是板着脸,面无表情,把一切都藏在面具一样的脸庞后面，他们不会轻易加入到别人的谈话中；他们就像观察员、检验员，有点高出成年人，或者与成年人界限分明。但是，今天晚上她看着普鲁，现她与往常不同了。她正慢慢走下来，迈出向成人世界靠近的第一步。她脸上微微发亮，仿佛是坐在对面的明塔的光环，她脸上的兴奋与对幸福的期待，映衬到了普鲁脸上，仿佛男女之间的爱情像太阳一样从桌布边缘升起，普鲁并不知道那是什么，只是低下头去迎接它。普鲁一直看着明塔，既羞赧又好奇，拉姆齐夫人看看这个，又看看那个，在心中对着普鲁说，将来你也会像她一样幸福的。你会比她幸福得多，她补充说道，因为你是我的女儿，她是说：她自己的女儿一定要比别人家的女儿更幸福。但这时晚餐结束了，要离席了。人们只是在玩弄着盘子里的东西而已。她还要等一会儿，她丈夫在讲着什么故事，大家还在笑呢。他在和明塔说关于一次打赌的笑话。过了一会儿，她站了起来。

她喜欢查尔斯·坦斯利，她突然想道。她喜欢他的笑。她喜欢他对保罗和明塔生那么大的气。她喜欢他的尴尬窘迫。毕竟，这个年轻人懂得可真多。至于莉莉，她将餐巾放在餐盘旁边，心里想，莉莉总是有自己的笑料。她从来不让人担心。她等了一会儿。她将餐巾塞在餐盘边上。现在他们笑完了吗？还没有。那个故事又引出了一个新故事。她丈夫今晚兴致极高，估计是希望弥补一下老奥古斯都之前喝汤时的不快，所以把他拉了进来——他们在讲上大学时两个人都认识的一个人的故事。她看着窗户，玻璃完全成了黑色，烛光显得更亮了。她看着窗外，感觉人们谈话的声音是那么奇怪，仿佛是教堂中做礼拜的声音，因为她没有听他们具体说什么。人们突然迸发出笑声，之后是一个人（是明塔）在单独说话，这让她想起了某个罗马天主教堂里成年男子和男童用拉丁语大声祷告的情形。她继续等着。她丈夫又说话了，他在背诵着什么。从节奏和丈

| 到灯塔去 |

夫悲喜交加的语气,她听得出那是一首诗:

> 走出闺房吧,来到这花园小径,
> 鲁莉安娜·鲁丽莉。
> 月季花怒放,枝头黄蜂嗡鸣。

诗句(她在看着窗外)听起来仿佛窗外水面上浮动的花朵,与屋内的人们完全隔绝,仿佛那不是出自某人之口,而是自己出现的一样。

> 我们所有的过去与未来
> 是生命之树,是黄了又绿的树叶。

她不明白是什么意思,但是,那诗句就像音乐,仿佛是她自己说出来的,就在自己身外,说得那么轻松,那么自然,道出了她一整晚的心声,而实际上她所说的却是完全不同的话语。不用看她就知道,桌边每个人都在听着这个声音:

> 不知你是否感觉到
> 鲁莉安娜·鲁丽莉,

那声音一如她自身的感觉,宽慰而愉悦,她仿佛终于听到了最自然的话语,是诗句自己在吟诵。

但那声音停止了。她四下看了看,强撑着站了起来。奥古斯都·卡迈克尔已经站了起来,手里拿着的餐巾看起来就像个白色大长袍。他站在那儿吟诵:

你是否看到国王骑着高头大马
穿过草坪和雏菊花海
头顶棕榈叶华盖,乘着雪松御驾,
鲁莉安娜·鲁丽莉,

她从他身旁走过的时候,他微微转向了她,重复着最后一句:

鲁莉安娜·鲁丽莉,

他向她鞠躬行礼,仿佛在向她致敬。不知为何,她感觉他一反常态,开始喜欢她了;她感觉既宽慰又感激,向他回了礼。他为她打开门,她走了出去。

现在,必须把这一切向前推进一步。她一只脚踩在门槛上,等了好长一会儿,眼看着那一幕渐渐消失。于是,她继续向前走,挽起明塔的胳膊,离开了餐厅。就在此时,那一幕变了,呈现出了不同的样子;她回头再看最后一眼;她知道,那已经是过去的事了。

| 到灯塔去 |

第 十 八 章

　　还是像往常一样，莉莉想。拉姆齐夫人总在某个特定时刻有非做不可的事；她根据自己的原因突然决定必须要做的事情，比如现在大家这样站着讲笑话，不知道是要去吸烟室，还是去客厅，还是去阁楼。这时，只见在熙熙攘攘的人群中，拉姆齐夫人挽着明塔的胳膊，想着："对，现在是时候去做那件事了。"于是她匆忙离开，神神秘秘地自己去做什么事了。她刚刚离开，大家就开始有点涣散了；他们犹豫、徘徊着各奔东西，班克兹先生拉着查尔斯·坦斯利的胳膊去了露台，继续他们晚餐时讨论的政治话题。于是今晚的整体格局改变了，重心完全向另一个方向倾斜；莉莉看着他们离开，听着他们说一两个关于工党政策的词，心里想，他们仿佛已经登上了轮船驾驶台，正在确定航行的方向；谈话从诗歌转到了政治，给她的感觉就是这种；班克兹先生和查尔斯·坦斯利离开了，其他人还站在那儿看着拉姆齐夫人独自在灯光中走上楼去。莉莉想，她走得这么急，是要去哪儿呢？

　　其实，她并没有跑，也没有急匆匆；她实际上走得非常慢。喋喋不休地说了那么久，她很想静静地站一会儿，把那件特别的事挑出来，那件重要的事，把它分离出来，与其他事情分开，剔除掉所有的情感，清理掉所有零零碎碎的东西；把它抱在胸前，送到仲裁法庭，那里有她为裁定此类事情而设定的法庭，经过法官的秘密审议来裁定，这件事是好事？还是坏事？是对的？还是错的？我们要去往何处？如此等等。这件事令她颇为震惊，她调整着自己，下意识地扶着外面的榆树枝来稳住身体，这有点不合情理。她的世界在变化：树枝静止不动。这件事给了她一种动感。一切都有其秩序。她一定要把事情一件一件处理好，她想着，不知不觉间赞赏起了榆树的安详与尊贵，现在又欣赏起了榆树枝在风吹拂下那上扬的优美动作（就像船头随波浪翘起来）。现在起风了（她站了一会儿，向窗外望着）。起风了，树叶间时不时露出一颗星星，星星本身似乎也在抖动着放射出光芒，仿佛要从树叶的缝隙中闪现。是啊，那件事做完了，完成了；就像所有的事做完之后一样，变得庄严起来。现在没有了唠叨声和情感因素，让人想起它时觉得似乎一直都是如此，只是现在显现了出来，而一旦显现出来就都归于稳定了。他们还会再来的，她想，不管他们能活多久，都会回来的，回到今天晚上，回到今晚的月光，还有这晚风、这房子，还有她。一想到不管他们能活多久都会把她织入心田，她就感觉受宠若惊，她最禁不住别人的奉承话了。她一边上楼一边深情地想，这个、这个、还有这个；她笑着，对楼梯平台上的沙发（她母亲的）笑着，对摇椅（她父亲的）笑着，对赫布里底群岛地图笑着。所有这些都会在保罗和明塔的人生中再次鲜活起来；"莱利夫妇"——她一遍一遍地念着这个新名字，一只手扶着育婴室的门，感觉由于感情的原因，自己的感受与他人的感受融为一个整体，仿佛这隔板墙突然变薄了，大家的情感（那感觉是慰藉和幸福）汇聚成了一条溪流，椅子、桌子、地图，都是她的，也是他们的；是谁的并不要紧，在她死后，保罗和明塔会继续传下去。

她稳稳地转动把手，以免发出声响，然后走进房间，轻轻抿起了嘴唇，仿佛是要提醒自己千万不能出声。但是，她一进来就发现，自己这样小心根本没必要，这让她很生气。孩子们还没有睡觉，这非常让人生气。米尔德莱德应该再细心点。詹姆斯还大睁着眼睛睡意全无，卡姆还坐得笔直，米尔德莱德光着脚站在地上。已经快十一点了，他们还在聊天。在聊什么事呢？又在聊那个讨厌的头骨。她告诉过米尔德莱德把它拿走，但是，她显然给忘了；现在的结果是，卡姆还醒着，詹姆斯也还醒着，他们几个小时前就该睡着了，却还在争吵不休。爱德华怎么这么鬼迷心窍，给他们寄来这个讨厌的头骨？她真够傻的，居然让他们挂在了墙上。钉得很结实，米尔德莱德说，头骨挂在房间里，卡姆睡不着觉，而只要她一动那头骨，詹姆斯就尖叫。

卡姆必须得睡觉了（有两个大犄角，卡姆说）——必须得睡觉了，要梦见漂亮的宫殿哦，拉姆齐夫人挨着她坐在床边时说着。卡姆说，她看见满屋子都是犄角。是真的。不管他们把灯放在哪儿（不点灯，詹姆斯睡不着），总会有头骨的影子。

"可是你想想，卡姆，那不过是一头老猪啊，"拉姆齐夫人说道，"一头漂亮的黑猪，就像农场里的猪一样。"不过，卡姆觉得它太可怕了，从房间的各个方向朝她扎过来。

"那这样吧，"拉姆齐夫人说，"咱们把它蒙上。"孩子们都看着她走到储物柜旁，迅速打开了一个个小抽屉，却没发现什么可用的东西，便匆匆解下了披肩，一圈一圈地把它绕在头骨上，然后又回到卡姆身边，挨着她躺在枕头上，说现在多好看啊，小仙女们一定会喜欢的，就像一个鸟巢，像她在国外见过的漂亮的大山，还有山谷和花朵，铃儿叮当响，鸟儿唱着歌，还有小山羊和羚羊……她说得很有节奏感，能感觉到这些话在卡姆的脑海里回荡，卡姆在跟着她重复，就像大山，像鸟巢，像花园，那里有小羚羊；她的眼睛睁开又闭上，拉姆齐夫人继续说着，语调更平缓，更有节奏感，更难听出什么意思，她说着就要闭上眼睛好好睡觉了，会梦到大山、山谷、流星、鹦鹉、羚羊、花园等所有美好的东西。她一边说着，慢慢抬起头，声音越来越平缓，最后，她坐了起来，看见卡姆睡着了。

她走到詹姆斯的床边，轻声说，现在詹姆斯也要睡觉了。"你看，"她说，野猪的头骨还在那儿；他们没有动它；他们就是按他希望的那样做的；它就在那儿，一点儿也没有受到伤害。他确定了头骨还在披肩下面。但是，他还想问她点别的事。他们明天会不会去灯塔？

"不行，明天去不了。"她说，但马上，她又向他保证，下次天气好了就去。他很听话，躺了下来，她帮他盖好被子，但是，她知道他永远也不会忘的，她感觉很生查尔斯·坦斯利的气，生丈夫的气，也生自己的气，因为她燃起了他心中的希望。接着，她去摸披肩，把窗户又往下拉一两英寸，听到了风声，呼吸了一口夜晚那毫无感情的、清凉的空气，小声对米尔德莱德道了声晚安，便离开了育婴室，让舌簧慢慢伸进锁槽里，然后走了出去。

她希望他不要在孩子们头顶的地板上把书摔得啪啪响，她想着，心里还想着查尔斯·坦斯利有多么让人生气。因为这两个孩子睡眠都不好，太容易兴奋了，由于他说了有关灯塔的那些话，她觉得他有可能在孩子们要睡觉的时候笨拙地用胳膊肘把一摞书碰掉在地上。她估计他已经上楼去工作了。尽管他看起来很凄凉；尽管他走了之后她感觉松了口气；尽管明天她会尽量对他好一点；尽管他对她丈夫相当不错；尽管他的言谈举止实在还不够绅士；尽管她喜欢他的笑——她边想着这些边走下楼来，注意到现在通过楼梯处的窗户可以看到月亮——秋收后第一次金黄色的满月——于是她转过身来，这时人们看到她站在他们上方的楼梯上。

"那是我的母亲。"普鲁想。明塔应该看看她；保罗也应该看看她。她感觉，这就是事物的本质，仿佛世间只有一个这样的人，那就是她母亲。就在刚才她与别人聊天时觉得自己长大了，可现在一下子又变回了孩子，他们刚才所做的就是一场游戏，她不知道母亲是认可还是谴责这样的游戏；她想，这是个绝好的机会，让明塔、保罗、莉莉都看看她，感觉自己有这样的母亲是件非常幸运的事，她永远也不要长大，永远不要离开家。于是她像个孩子似的说："我们刚才正想去海滩看海浪呢。"

一瞬间，拉姆齐夫人没有任何缘由就一下子变成了二十岁的小姑娘，兴高采烈的。她突然有了狂欢的心情。当然他们要去啦，他们一定要去，她笑着大声说道；她快步跑下最后三四级台阶，不停地笑着，开始一个一个地道别，帮明塔披上外套，说真希望能和他们一起去，他们不会太晚吧？谁有表吗？

"保罗有。"明塔说道。保罗拿出一个小巧的软皮表盒，轻轻一倒，滑出一块漂亮的金表给她看。他把表拿在手心里给她看的时候，感觉到："她全都知道了。我什么都不必说了。"他给她看表就是在对她说："我做到了，拉姆齐夫人，这多亏了您。"看见他手里那块金表，拉姆齐夫人觉得，明塔真是太幸运了！她要嫁给一个用软皮表盒装着金表的男人了！

"我真希望能和你们一起去！"她大声说道。但是，有种强大的力量使她并没有和他们一起去，至于那种力量到底是什么，她从没有想过要问问自己。当然，她不可能和他们一起去。但是，如果不是因为另外那件事的话，她就真的和他们一起去了；想想觉得她这个想法（嫁给一个用软皮表盒装着金表的男人，该有多幸运啊）很可笑，她嘴角挂着微笑走进了另一个房间，她的丈夫正坐在那里看书。

第 十 九 章

她自言自语道，当然了，她走进房间，是为了取某样东西才不得不到这儿来的。首先她要找个靠近台灯的椅子坐下，但是不止这个，尽管她并不知道、也想不起来她到底还想要什么。她看着丈夫（她拿起了毛袜，开始织了起来），知道他不想被人打扰——这很明显。他所看的内容令自己非常感动。他似笑非笑，她知道他在努力克制自己的情感。他在飞快地翻着书页像在表演——可能在想着自己就是书中的人物。她心想，不知道那是本什么书。噢，她知道了，是一本瓦尔特老爵士的书。她调整了一下灯罩，让光线落在她织的毛袜上。查尔斯·坦斯利一直都说（她抬头看看，仿佛在等着听楼上传来书掉在地板上的声音）——他一直都说现在人们都不读司各特了。于是她的丈夫就会想："人们也会这样评价我的。"所以，他就去拿了一本司各特的书来读。如果他得出结论认为查尔斯·坦斯利所言"不虚"，他也会接受有关司各特的论断。（她看得出来，他在一边看书一边掂量、思索、比较。）但是，他并没有考虑他自己。他总是对自己感到不安。这让她很担忧。他总会担心自己的著作——会有人读吗？写得好吗？为什么不能写得更好呢？人们会怎么评价我呢？她不想再这样想下去，晚餐的时候人们说起名誉和著作是否会持久，他突然那么生气，不知道大家有没有猜出来是为什么，不知道孩子们有没有笑话他。她猛地将毛袜拉直，嘴角和额头出现了一道道细小的纹路，就像用金属工具雕刻出来的一样。她就像一棵树，原本还在摇摆、颤抖，现在她变得很安静，就像风停了，一片片树叶都沉静下来。

| 到灯塔去 |

　　她想，这些都不重要。伟人、伟大的作品、声誉——谁能说得准呢？对这些她一所无知。但是，对自己，他是有自己的原则的，他真诚——比如说吃晚餐的时候，她一直凭直觉想着：他要是说句话该有多好啊！她完全相信他。她现在不想这些，就像一个人在潜水的时候，一会儿经过一根水草，一会儿又经过一根稻草、一个水泡，她不断向深处游去，又感觉到在大厅里大家都在聊天时她的那种感受。我想拿点东西来着——我要进来拿点东西的，她越潜越深，闭上了眼睛，却不知道到底想要什么东西。她等待了片刻，一边织一边琢磨晚餐时他们说的那些话，"月季花怒放，枝头黄蜂嗡鸣"，那些话慢慢地开始有节奏地在她耳边荡漾着，就像用灯罩遮着的一盏盏灯，一盏红色、一盏蓝色、一盏黄色，照亮了她心中的黑暗。那些灯仿佛离开了悬挂的横杆，飞来飞去，或高声呼喊着，回声阵阵；所以，她转过身，从旁边的桌上摸了一本书。

　　我们所有的过去，
　　我们所有的未来，
　　是生命之树，是黄了又绿的树叶。

　　她喃喃自语，毛线针插在毛袜上。她翻开书，随意地这儿读一句，那儿读一句，感觉自己时而向前爬，时而向上爬，推推挤挤地拨开弯弯罩在头顶的花瓣，所以她只知道这朵是白色的，那朵是红色的。开始时，她并不知道这些诗句到底是什么含义。

　　　　疲惫的水手们，掌好舵，乘着你们的松木小舟，朝这
　　里开过来吧！

　　她读完这句诗，翻到下一页，晃动着身体，从这边跳到那边，从这行又跳到另一行，就像在花枝间跳动，从一朵红白相间的花跳到另一朵红白相间的花。后来，有个微弱的声音惊醒了她——是她的丈夫拍了一下腿。他们的眼神交汇了一秒钟；但是，他们彼此都不想说话。他们没有什么话可说，但似乎有某种东西从他那里传递到了她那里。她知道，是那本书的生命，是那本书的力量，是书中惊人的幽默令他拍打起了大腿。不要打扰我，他似乎在说，什么都不要说；就在那儿坐着吧。他继续看着书，只有嘴唇在动。书占据了他的内心，书让他坚强。他忘记了今天晚上所有小小的不愉快；忘记了大家都在没玩没了地吃吃喝喝的时候他要一直坐在那儿陪着，使他难以名状地烦躁；忘记了他对妻子的恼怒；忘记了人们对他的书避而不谈，就好像他那些书根本就不存在一样，让他非常生气和介意。所有这些他统统都忘掉了。现在他觉得，至于谁能到达Z（如果人的思想就像字母一样从A到Z的话），跟他一毛钱关系都没有。有人会到达Z的——如果不是他自己，那就会是别人。司各特的实力和清醒的头脑、他对简单朴素事物的青睐、他笔下的渔民，以及马可贝吉特小屋里那个可怜疯狂的老头，都让他感觉那么有活力，感觉如释重负，因而他感觉到了精神的振奋和胜利的喜悦，不禁流下泪来。他把书举高了一点，将脸挡住，任泪水往下淌；他左右摇晃着脑袋，完全忘了自己的存在（但他还会产生一两个关于道德、法国小说、英国小说、司各特的束手束脚的想法，他的观点可能和别人的观点一样有见地），读到可怜的斯蒂尼溺水而亡、马可贝吉特那么痛苦（这是司各特最擅长的写作手法），以及小说给他带来的极大喜悦和生命的活力，让他忘记了自己的烦恼与失败。

还是让他们自己去慢慢改进吧，看完这一章的时候他这样想道。他感觉自己一直在和某个人争论，而他占了上风。他们不管说了什么观点，自己都不能进一步完善；而他自己的立场也就更加稳固了。他又在脑海中将内容回忆一遍，认为相爱的人们写得都很无聊。哪个写得很无聊,哪个写得超赞,他将一个个放在一起比较时想着。但是,他必须再读一遍。他不记得小说的整体轮廓了。他现在还不能下定论。于是,他沿着另外一条思绪想下去——如果年轻人不喜欢读这样的书,他们自然也不会喜欢他的著作。他不应该抱怨,拉姆齐先生这样想着,努力克制着自己想对妻子抱怨年轻人都不崇拜他的想法。但是,他决定了:他不再去烦扰她。他就坐在这儿看着她读书。她读书的样子看起来非常安详。一想到大家都走了,只剩他们两个人,他就很高兴。他想,生活的全部意义不仅在于与一个女人同床共枕,思绪又回到了司各特和巴尔扎克,回到了英国小说和法国小说上。

拉姆齐夫人抬起头,就像一个半睡半醒之人,似乎在说,如果他想要她醒来,她愿意醒来,真的愿意;要不然,她可不可以接着睡,再睡一小会儿,就一小会儿?她在花枝间跳动,这边看看,那边看看,手捧捧这朵花,又捧捧那朵花。

也不赞美玫瑰花的绯红浓艳,

她读着读着,感觉自己在向上攀爬,爬到了山顶,到了顶峰。多么惬意啊!多么宁静啊!白天所有的零碎琐事全都像被磁铁吸走了一样;她的思绪就像被清扫过,一尘不染。这时,生命的精髓突然呈现在她的手中,美丽、理智、清晰、完整,被她捧在手中——这首十四行诗。

但是,她慢慢感觉到了丈夫在看着自己。他嘲弄似的冲她笑着,似乎在温柔地笑话她在大白天居然睡着了,但同时他又在想,接着读吧。你现在看起来不那么伤感了,他想道。他不知道她在读什么,夸大了她的无知和单纯,因为他总是认为她不太聪明,根本不是爱读书的人。他不知道她是否明白读的是什么。可能不明白吧,他想。她美得惊人。在他眼中,她的美,如果有这种可能的话,是与日俱增的。

> 而你走了,俨然还是严冬,
> 我与这众花嬉戏,若寄情于你的影子,

她读完了。

"怎么了?"她说着,抬起头来,和他一起微笑着,仿佛还在梦中。

"我与这众花嬉戏,若寄情于你的影子,"

她喃喃地说着,将书放在了桌上。

她开始织起了毛袜,心里想着,自从上次见到他独处以来,都发生了什么事情?她记得自己换衣服、看月亮;晚餐席间安德鲁的餐盘端得太高;威廉说了点什么让她感到沮丧;树上的鸟儿;楼梯平台上的沙发;孩子们还没有睡着;查尔斯·坦斯利的书掉在了地板上,把孩子们吵醒了——噢,不,这是她自己杜撰的;保罗有一个软皮的表盒。她该告诉他哪一件呢?

"他们订婚了,"她说,开始织着毛袜,"保罗和明塔。"

"我猜到了。"他说。关于这件事,没有太多可说的。她的思绪还在起起伏伏,随着诗句上下荡漾着;读完斯蒂尼的葬礼那一段,他已然感觉活力四射、坦荡豪放。这时,她感觉自己希望他能说点什么。

说什么都行,什么都行,她继续织着毛袜,心里想道,只要说点什么就好。

"能嫁给一个用软皮表盒装金表的男人,多好啊。"她说道,因为这是他们两个在一起时喜欢讲的那种笑话。

他哼了一声。对于这桩婚事,他的看法和对以往其他婚事的态度是一样的:小伙子配不上那姑娘。她脑子里慢慢浮现了一个问题:为什么总是希望别人结婚呢?其中的价值和意义何在?(他们现在所说的每一个字都会是真心的。)说点什么吧,她想道。她只是希望听到他的声音。因为她感觉那阴影、那将他们包裹起来的东西,又开始向她逼近了。说点什么吧,她看着他乞求着,仿佛在向他求助。

他默不做声,来回晃着表链上的指南针,想着司各特的小说和巴尔扎克的小说。但是,他们在不知不觉地向一起靠拢,距离越来越近,透过因他们之间的亲密感而变得朦胧的墙壁,她能感觉到他的思想就像一只高举的手,遮住了她的思想;现在她的思绪转向了他讨厌的方向——转向了他所谓的"悲观主义"——因此,他开始有些烦躁了,尽管他什么都没说,只是将一只手举到额头处,把一绺头发捻了捻,又任由它掉下来。

"今天晚上你织不完了。"他指着她手中的毛袜说道。这就是她想要的——他用言语中的粗暴来表达对她的责备。她想,如果他说悲观是不对的,那就很可能真是不对的;这桩婚姻会很美满的。

"是啊,"她将毛袜平铺在膝盖上,说,"织不完了。"

还有什么事呢?因为她感觉他还在盯着她看,但是他的眼神不一样了。他想要点什么——他想要的东西,她一直都很难给予;他想让她对他说,她爱他。而这,不,她做不到。于他而言,说话是件非常容易的事,而她则不然。有些话他能说出口——她绝对不行。因此,自然一直都是他在说,而他会不知怎的突然很在意这一点,会因此而责备她。他称她为狠心的女人;她从未对他说过她爱他。

但是，不是这样的——不是这样的。只是因为她从不会表达自己的感受。他的外套上没有面包屑吗？没有什么她能为他做的吗？她站起身来，走到窗前，手里拿着红褐色的毛袜，因为想避开他的视线，还因为她现在并不在乎他看到她在凝望灯塔了，让他看吧。因为她知道，她转身的时候，他的头也跟着转了过来；他还在看着她。她知道他在想什么：你比任何时候都更美了。她自己也感觉自己很美。"难道你不能对我说一次你爱我吗？"他心里想的是这个，因为他有点激动了，由于明塔的事和他的著作，再加上天色已晚，而且还为去灯塔的事争吵过。但是，她做不到；她说不出口。她知道他在望着自己，她一句话也没有说，拿着毛袜转过身来看着他。她看着他，笑了起来。虽然她什么都没有说，但他知道，他当然知道，她是爱他的。这一点他无法否认。她笑着向窗外望去，说道（心中暗自思忖：此刻的幸福无与伦比）——

"是啊，你说得对，明天会下雨。"她虽未说出口，但他已然明了。她看着他，脸上挂着微笑。因为她又胜利了。

| 到灯塔去 |

第 二 部
时 光 流 逝

第 一 章

"看来,将来是什么样子,我们必须耐心等待了。"班克兹先生说着,从露台走了进来。

"外面太黑了,几乎什么也看不清。"安德鲁说道。他刚从海滩上回来。

"简直分不清哪里是海,哪里是陆地。"普鲁说道。

他们走进屋内,脱下了外套,莉莉问道:"那盏灯要亮着吗?"

普鲁说:"如果大家都进来了,就不用亮着了。"

"安德鲁,"她喊道,"把大厅里的灯熄了吧。"

灯一盏接一盏地熄灭了,只有卡迈克尔房里的灯又亮了很久,因为他喜欢躺在床上读一会儿维吉尔的作品。

第 二 章

　　灯已经全部熄灭，月亮也沉了下去，淅淅沥沥的小雨敲打着屋顶，无边的黑暗压将下来。黑暗如洪水袭来，势不可挡，钻进钥匙孔和各个缝隙中，绕着窗帘悄悄流进了卧室，吞噬了一个个盆盆罐罐，又淹没了红黄色的碗形大丽菊，五斗橱那尖锐的棱角和坚实的柜体也都消失在了黑暗之中。在黑暗之中不仅分不清楚家具，甚至连人的身体和思想都几乎没有留下什么可供辨别，难以使人分清"这个是他"或者"这个是她"。偶尔看见有一只手抬了起来，仿佛要抓住或挡开什么东西，偶尔听见有人叹息，偶尔有人大笑，仿佛与这片空虚分享着一个笑话。

　　客厅里、餐厅里、楼梯上，到处都静悄悄的。只有一丝微风脱离了风的主体，穿过生了锈的合页和因海边空气潮湿而膨胀的木质建筑部分（房子已然摇摇欲坠了），从边边角角的地方闯进屋子来。几乎可以想象，气流进入客厅，又疑虑又惊奇，玩弄着半脱落的墙纸，吹得它呼啦啦作响，问那墙纸还能坚持多久，何时脱落下来。接着，那缕微风轻抚着墙面，故作沉思状，仿佛在问墙纸上那红黄色玫瑰是否会褪色，问（轻柔地问，因为时间全由自己掌控）废纸篓里撕毁的信件，问花朵，问著作，问敞开在眼前的一切：它们是盟友吗？它们是敌人吗？它们还能持续多久？

　　偶尔照进来一点光亮，那是天空中未被遮住的一颗星星，亦或漂泊的船只，亦或灯塔。那光亮苍白的脚步落在楼梯上、地毯上，指引着微风爬上了楼梯，在卧室门口小心翼翼地探头探脑。但是在此处，它们必须停下来了。其他任何事物都可能会消失、陨灭，但在这里的却坚如磐石。光影流动,微风四处寻觅,弯向床边轻声低语,你可能会对它们说:"在这里,你什么都碰触不到,什么也破坏不了。"它们如困倦的幽灵一般,仿佛有羽毛般轻盈的手指和羽毛般坚韧的意志,它们看一看那紧闭的双眼和微微握住的手指,有气无力地系好外衣,便没了踪影。它们就这样探寻着,挤挤蹭蹭地进入楼梯上面的窗户,进入仆人们的卧室,进入阁楼上的小屋;又飘然而下,将餐桌上的苹果照得发白,抚摸着玫瑰花瓣,吹拂着画架上那幅画,扫过脚垫,将一点沙土吹散在地板上。最后,它们终于停了下来,一切都戛然而止,汇聚在了一起,齐声叹息;大家都发出无故的悲伤叹息,唯有厨房里的一扇门回应着,敞开了,但什么也没有进来,又砰的一声关上了。

[这时,一直在读维吉尔作品的卡迈克尔先生吹灭了蜡烛。此时已过了午夜。]

第 三 章

　　但是，夜晚到底是什么呢？是短短的距离，特别是黑暗这样快就淡去，鸟儿这样快开始歌唱、公鸡开始啼叫，或波谷深处泛出的淡淡绿色，就像一片翻转的树叶。然而，夜晚之后还有夜晚。冬季储藏了大量的黑夜，将它们一个个放出来，不偏不倚，不知疲倦。夜，越来越长，越来越暗。有时候的夜晚，会有星星和晶莹如玉盘的月亮高高挂在天空。秋天的树木，尽管已备受摧残，在星光下就像教堂阴冷的地窖中破旧的旗帜一样闪着光亮。那地窖里有刻着金字的大理石碑，记述着人们战死沙场、尸骨在遥远的印度沙漠中被太阳炙烤褪色的故事。秋天的树木在黄色的月光下闪着微光，那是收获季节的第一次满月之光，它让劳作不再辛苦，让作物的残株变得平滑，让蓝色的海浪轻柔地拍打着岸边。

　　这时，仿佛人类的忏悔和辛苦劳作感动了神灵，神灵拉开了天幕，露出了一只直立的兔子，孤孤单单，非常显眼；海浪退去，渔船轻摇，倘若我们值得拥有这一切，他们就永远都属于我们。但是，唉，神灵拉动绳索，合上了天幕；他不高兴了，一阵冰雹大作，打在他的宝贝上；宝贝打碎了，搅乱了，似乎再也不可能让它们恢复平静，碎片也不可能拼合在一起完好如初，杂乱的碎片中也不可能再清晰地读出至理名言。因为我们的忏悔只配得到这轻轻一瞥；我们的劳作也只配得到这短暂的喘息。

　　现在，夜晚狂风大作，破坏力极强；树木前俯后仰，树叶四处乱飞，在草坪上落了厚厚一层，排水沟里堆满了树叶，排水管也被落叶堵住了，潮湿的小路上撒满了树叶。大海也在翻涌着、咆哮着。

| 到灯塔去 |

倘若有谁睡不着觉，幻想着能在海滩上解开自己心中的疑惑，或能找到一个能分享他的孤寂的人，于是掀开被子下床，独自散步在沙滩上，他会发现没有哪位神灵能在眨眼之间让这夜晚井然有序，让这世界反映灵魂的航向。那只手在他的手中渐渐缩小，那声音在他的耳边怒吼。在这样一片混乱之中，那个要睡觉的人从床上下来寻找答案，但问夜晚那些问题——发生了什么事？为什么会这样？这是怎么回事？——看来是毫无用处的。

　　[一个昏暗的早晨，拉姆齐先生双臂张开，跌跌撞撞地沿着走廊走过来。但是，拉姆齐夫人已在前一天夜里突然离世。他张开双臂，却无人入怀。]

第 四 章

　　整栋房子空荡荡的，房门紧锁，床垫卷了起来；那一丝游荡的微风，作为大军的前锋一拥而入，吹过毫无遮拦的木板，啃噬着，吹拂着，在卧室和客厅里没有遇到能全力抵挡它们的东西，只有挂在墙上的帷幔轻轻拍打，木头吱吱作响，桌腿了无遮拦，长柄锅和瓷器上已经锈迹斑斑，失去了往日的光泽，甚至出现了裂痕。人们的衣物随意散落着——一双鞋，一顶射击帽，衣柜里几条褪色的裙子和几件外套——在这样空荡荡的房子里，只有这些还保留着人的形状，正是这些东西告诉我们，这里曾经多么热闹，多么有生机；曾经，忙碌的双手挂挂钩子，系系扣子；曾经，穿衣镜中映出姣好的容颜，映出一个空洞的世界，一个人影转过身来，闪过一只手，房门打开了，孩子们挤挤揉揉地跑进来又跑出去。现如今，日复一日，光影变幻，在对面的墙上呈现出清晰的图像，犹如倒映在水中的花朵。只有那些树在风中飞舞着，树影折射在墙上，一会儿又遮住了水塘，挡住了原本映在水塘里的光线；鸟儿轻拍着翅膀，形成一个柔和的黑影，慢慢掠过卧室的地板。

　　美统治着一切，和宁静一起构成了美自身的形状，这是生命远去之后的形状；这种美很孤寂，就像傍晚时分在火车车窗里看到的一个水塘，在傍晚的余晖中有些泛白，一转眼就消失了；尽管被人看到过，但水塘依然那么孤寂。卧室里，美与宁静手拉着手，浸润在盖着防尘罩布的水罐上、椅子上；四处窥探的风和湿冷的海风温柔地触摸着，揉蹭着，闻嗅着，一遍又一遍地重复着那些问题——"你们会消逝吗？你们会消亡吗？"——但并不会破坏这份宁静，那份漠然，那完美的整体，仿佛这些问题的答案不言自明：我们一直都会在。

似乎没有什么东西可以破坏这个形象，玷污这份纯真，也没有什么可以打扰笼罩在整栋房子里的寂静。一周又一周，空空荡荡的房间里，偶尔听见鸟儿渐渐低落的啼叫声、轮船上的汽笛声、田野里传来的嗡嗡声、犬吠声、人的喊声，统统都包裹在了房子的寂静之中。只有一次，一块木板裂开落到了楼梯平台上；午夜时分，随着一声巨响，木板断裂，犹如一块沉寂了几百年的巨石从山上滚落下来，轰隆隆地跌入山谷，披肩的一角松动了，来回晃动着。之后，寂静再次降临；暗影婆娑，光线折射在墙上，好像是在表达对自己的爱慕；当麦克纳布太太依照吩咐打开所有的窗户、打扫卧室时，她用浸泡在洗衣盆中的双手撕开了寂静的面纱，靴子踩在瓦板上嘎嘎响，将寂静碾得粉碎。

第 五 章

她趔趄着（就像大海里的轮船起起伏伏），眼神不定（因为她双眼不能直视，只能斜着瞟一眼，以示对这世间的轻蔑与愤怒——她是个没脑子的人，她知道）；她握紧楼梯扶手，很费力地上了楼，摇晃着身体从一个房间走到另一个房间，一路歌声不断。她擦拭着长长的穿衣镜，斜眼看着自己摆动的身影，唇间流淌出歌声——二十年前那歌声大概是舞台上一支欢快的曲子吧，曾经有人哼唱、随它翩翩起舞吧，但此刻，那歌声出自她一个头戴软帽、牙已掉光的老妈子之口，便失去了所有的意义，那是愚蠢、搞笑、固执的声音，被人践踏后又爬了起来。因此，她蹒跚着清扫、擦拭的时候，仿佛在诉说着生活就是漫长的痛苦和麻烦，每天起床又睡觉，把东西拿出来又收回去。快七十岁了，她眼中的这个世界，生活既不休闲也不舒适。她已经累弯了腰。还要多久呢？她浑身咯吱响，哼哧着跪在床下擦着地板自问道，这样的日子还要熬多久呢？但是，当她又一瘸一拐地站起来，慢慢直起身子，站在镜子前，再次斜眼看着镜子中的自己，目光从脸上滑过，避开自己的脸庞和心中的愁苦，茫然地笑着，又开始慢慢地蹒跚着走来走去，拿起垫子，放下瓷器，斜眼看看镜子，仿佛终于得到了安慰，仿佛她的挽歌中编织了一丝没有希望的希望。在盥洗盆旁边，她一定是想到了快乐的时光，比如和孩子们在一起的时光（然而两个是私生子，一个已弃她而去）、在酒馆里喝酒、翻着抽屉里的杂物。黑暗中必定有一条裂缝，朦胧深处必定有一个通道，可以让足够的光亮照进来，使她的脸在镜子中扭动着露出笑容，使她又开始干活的时候含糊不清地唱着古老的杂耍歌曲。同时，神秘之人、幻想之人，漫步在海滩上，搅搅水坑，看看石头，问自己："我是干什么的？""这是什么？"突然，他们找到了一个答案（答案是什么，他们说不清楚），让他们在风霜中也觉得温暖，在沙漠中也感到宽慰。但是，麦克纳布太太依旧像往常一样，喝着酒，扯着闲话。

第 六 章

春天,树上没有一片树叶可供摇曳,赤裸裸,明晃晃,犹如一个处女,她的贞洁使她凛然,她的纯洁让她蔑视一切。这个春天横陈在田野里,双目圆睁,非常警觉,全然不顾旁观的人们在做什么、想什么。

[那年五月,普鲁·拉姆齐挽着父亲的手臂,走进了婚姻的殿堂。人们说,还有什么比他们更合适的一对儿吗?他们还说,她看起来多漂亮啊!]

夏天渐渐临近,傍晚渐渐变长,睡不着觉的人们,满怀希望的人们,到海滩上散散步,搅动着水潭,想象着最奇怪的事情——血肉之躯变成了随风飞舞的微粒,星星在心中闪耀,悬崖、大海、白云和天空被放在一起,将内心散乱的幻想成外在的图形。在人们的思想之镜中,在不平静的水潭中,云朵不断变幻投射着阴影,夜梦依旧,却无法抗拒每一只海鸥、每一朵花、每一棵树、每一个男人和女人,以及这片苍茫大地所发出的奇怪暗示(但一旦有人质疑,它们就立即撤回):邪不胜正,幸福会蔓延,秩序会主宰世界;很难抵制强大的刺激,要四处寻找绝对的善,某种浓烈感情的结晶,它远离已知的乐趣和我们所熟悉的美德,与家庭生活的过程完全迥异,它独一无二、坚硬无比,明亮耀眼,就像砂砾中的钻石,能给拥有它的人带来安全感。此外,春天变得温柔又顺从,蜜蜂嗡嗡叫,小昆虫飞舞,春天披上斗篷,蒙上双眼,扭过头去,任阴云笼罩,细雨纷飞,仿佛领悟了人类的苦难。

[那年夏天,普鲁·拉姆齐因产后患病而去世了,人们都说,

这真是一场悲剧。人们说，没有人比她更应该得到幸福。]

现在，盛夏的酷暑之中，风又派了探子潜入这栋房子。飞虫在暖洋洋的房间里织网；窗户旁边长出了野草，在夜里有条不紊地敲打着玻璃窗。灯塔射出的光束曾经大摇大摆地照在黑暗中的地毯上，勾勒出地毯上的图案；而此时，当夜色降临，借着柔和的春光和月色，灯塔的光束温柔地滑进屋来，仿佛是在爱抚，悄悄流连，深情注视，又含情脉脉地回到这里。但是，就在这短暂的爱抚之时，那道长长的光束投射在床上，突然巨石开裂，披肩的另一个角也松动了，就么垂在那儿，来回晃动着。通过短短的夏夜和长长的夏日，当空荡荡的房间似乎也在附和着田野里的回声和苍蝇的嗡嗡声轻声低语，那垂下来的长长的幕罩一角微微晃动，漫无目的地摆动着；当阳光在房间里投下窗格的影子，房间里洒满了昏黄色，所以，当麦克纳布太太突然推门进来，又趔趄着走来走去，拂去尘土，清扫地板，看上去就像一条在射进了阳光的水中游动的热带鱼。

夏日午后，尽管空空的房子可能酣睡正欢，仍会有不祥的声响传来，就像铁锤有规律地打在垫着毛毡的东西上发出的闷响，但一次次的震动已然使披肩更加松动，震裂了茶杯。偶尔听到橱柜里传来玻璃杯的叮当声，仿佛有个巨大的声音痛苦地尖叫起来，橱柜里的平底玻璃杯也跟着颤动起来。接着，又是一片沉寂；就这样一夜又一夜过去，有时在光天化日之正午时分，玫瑰花开得正艳，日光照在墙上，投射出清晰的影子，仿佛有东西掉下来发出砰的一声响，跌入了这片沉寂、这片漠然、这片完整之中。

[一枚炮弹爆炸了。在法国，二三十个年轻人被炸得血肉横飞，其中就有安德鲁·拉姆齐。上苍仁慈，他当场就死去了。]

在那个季节，人们去海滩散步，问大海和苍天它们向人们汇报着什么信息，它们证实了什么幻象，人们不得不考虑通常神灵眷顾人们的征象——海上日落、黎明时的鱼肚白、月亮升起、月光下的渔船、孩子们抓一把草相互打闹着——与这欢快、这宁静不协调的因素。比如，灰白色的轮船像幽灵一样悄悄地来，又悄悄地走；平静的海面上出现略带紫色的斑点，仿佛有什么东西在水下看不见的地方出脓流血。它们突然闯入这样一个景象，激发最庄严的思索，得出最让人宽慰的结论，让人们停住了脚步。要若无其事地对它们视而不见，否定它们在这风景中的意义，这是很难的；当你继续漫步在海边，很难再惊叹外在美是内在美的体现。

　　人类取得的进展中，大自然会予以补充吗？人类开始的事情，大自然会把它完成吗？大自然心怀同样的得意之情看着人类的痛苦，纵容着人类的卑鄙行为，默许着人类所受的煎熬。那个到沙滩上与人分享、完成心愿、孤独地寻找答案的梦，不过是镜中的映像而已，而镜子本身不就是更崇高的力量睡在下面时，于沉寂中形成的光滑表面吗？焦躁、绝望，却又不愿离去（因为美丽呈现出了特有的魅力，起到了安慰作用），再漫步海滩已然不可能了；独自沉思也不会持久；镜子已经破碎。

　　[那年春天，卡迈克尔先生出版了一本诗集，取得了出人意料的成功。人们都说，那场战争重新激起了人们对诗歌的兴趣。]

| 到灯塔去 |

第 七 章

　　一夜又一夜，夏去冬至，风暴的肆虐和晴朗天气似箭一般的静默，都各自安好，无人打扰。在这栋空荡荡的房子里，从楼上的房间听（如果还有人听的话），只能听到在无边的混沌之中闪电伴着雷鸣翻滚起伏，风浪还在尽兴玩耍，就像一群无形的大海怪从未穿过理性之光，一个爬上另一个的脊背，不分白天黑夜地跳啊，冲啊（因为不管白天黑夜，月月年年，他们都在一起，没有固定的形状），玩着愚蠢的游戏，直到最后在无比的混乱和放纵的贪欲之中，仿佛整个宇宙都在漫无目的地搏斗、翻滚。

　　春天，花园的石瓮里开满了随风飘来的各种花草，仍然是一如既往地欢快。先是紫罗兰，然后是水仙。但是，白日的宁静与明亮像夜晚的混沌和喧闹一样奇特，树木矗立在那儿，花朵也矗立在那儿，看看前方，看看上方，却什么也没有看到，没有眼睛，很是吓人。

第 八 章

麦克纳布太太弯腰摘了一把花,准备带回家,她觉得这并没有什么大碍,反正这家人也不会回来了,有人说他们再也不会回来了;这栋房子可能会在米迦勒节前后卖掉。她清扫的时候,把花放在了桌子上。她很喜欢花。这些花都这么糟蹋了,太可惜了。就算卖掉这栋房子(她双手叉腰站在穿衣镜前),也需要有人照料才行——肯定是的。这么多年了,房子里连个人影都没有。书和其他东西都发霉了,由于战争不断,也由于很难雇到帮手,这房子并没有像她希望的那样好好打扫过。现在靠一个人的力量收拾好是不可能了。她岁数太大了,两条腿总是疼。那些书都得拿出来摆在玻璃上晒一晒;大厅里墙皮都剥落了;书房窗户外面的雨水管被堵住了,水渗进了屋子里;地毯也已破得不成样子了。但是,他们应该自己过来的;应该派人过来看看。因为衣橱里还有衣服;每个卧室里都有留下的衣服。这些东西她该怎么处理呢?衣服上面都生了蛀虫——是拉姆齐夫人的衣物。可怜的夫人啊!她再也不需要这些东西了。他们说,她死了;好多年前,死在了伦敦。还有她收拾花园时穿的那件灰色的旧斗篷(麦克纳布太太伸出手指摸了摸)。她依然能看见那个情景:她端着洗好的衣物从车道上走过来,看到拉姆齐夫人弯着腰侍弄着那些花(如今的花园破败不堪,花草疯长,兔子从花圃里倏地跑过来又急忙逃窜)——她能看到她带着一个孩子,穿着这件灰色斗篷,还有靴子和鞋子;梳妆台上还有一把发刷和一把梳子,就好像她明天就会回来似的。(人们说,她死得非常突然。)有一次他们说要回来的,但是又推迟了,因为战争,还因为长途跋涉太不容易了；这些年他们从没有回来过；只是寄钱给她；但从没写过信，从没回来过，却还希望一切都像他们离开时的模样，唉，真是的！哎呀，梳妆台的抽屉里塞满了东西（她拉开了抽屉），手绢、一截一截的丝带。对，她端着洗好的衣物从车道上走过来的时候，能看见拉姆齐夫人。

"晚上好，麦克纳布太太。"她会这样说道。

拉姆齐夫人待她一向都很和蔼，女儿们也都喜欢她。但是，从那时到现在，变化多大啊（她关上抽屉）；许多家庭失去了最亲爱的人。她死了；安德鲁少爷牺牲了；普鲁小姐也死了，人们说，是生第一个孩子的时候死的；不过，这些年里，每个人都失去过亲人。物价飞涨，再也没有降下来过。她还清楚地记得她穿那件灰色斗篷的样子。

"晚上好，麦克纳布太太。"她说着，又让厨娘给她留一盘牛奶羹——她觉得她端着那么重一篮子衣服从镇上一路走过来，肯定想喝一点。她现在仿佛还能看见她，弯着腰侍弄着花儿（麦克纳布太太一瘸一拐地走着，拂去尘土，铺平床单，仿佛看到一位夫人身穿灰色斗篷，弯腰侍弄着花儿，又游荡到卧室的墙上、梳妆台上、盥洗台上；她的样子有点模糊，忽隐忽现，就像一道黄色光束或者望远镜末端的光圈）。

厨娘叫什么名字来着？米尔德莱德？还是玛丽安？——大概是这么个名字吧。唉，她记不清了——她确实老爱忘事儿了。厨娘是个脾气暴躁的人，所有红头发的女人都这样。她们在一起的时候有很多欢声笑语呢。她在厨房里总是很受欢迎，能逗大家笑，确实是这样。那时候可比现在好多了。

她叹了口气；这么多活，她一个女人可干不完。她左右摇晃着脑袋。这间当初是育儿室。哎呀，这里太潮了；墙皮开始往下掉了。

他们干吗要挂一个野兽的头骨呢？都已经发霉了。阁楼里到处都是老鼠。雨水也流了进来。但是，他们从没有派人来过，从没有回来过。有些门锁也掉了，门砰砰地响着。傍晚的时候，她自己一个人都不愿意上来。她一个女人，要干的活太多了，太多了，太多了。她的腿咯吱咯吱响着，她低声抱怨着。她砰的一声关上了门。她转动钥匙，把门关好，锁好，只留下一栋孤零零的房子。

第 九 章

　　房子被遗弃在那儿，没有人住了。它就像一个贝壳被丢在了沙丘上，里面灌满了干盐粒，没有了生命的痕迹。漫长的黑夜似乎已经降临；一丝海风轻轻吹来，湿冷的气息四处摸索着，似乎已经胜利了。长柄锅锈迹斑斑，坐垫也已经腐烂。蟾蜍探头探脑地爬进屋子。摇摆的披肩依然有气无力、无所事事地晃动着。食品储藏室的地板中间钻出了一棵蓟草。燕子在客厅里筑了巢；地板上洒满了稻草；墙皮大块大块地掉了下来；屋顶的椽子裸露了出来；老鼠叼着这个，叼着那个，躲到护壁板后面去啃咬。龟甲蝶冲破了蝶蛹，急促地拍打着翅膀撞在玻璃窗上。罂粟花的种子飘到了大丽菊花丛中；草坪上高高的野草在风中如波浪阵阵；玫瑰花丛中高大的菜蓟如鹤立鸡群；花瓣边缘有着不同颜色的石竹花在卷心菜丛中盛开；平日里的野草轻轻拍打着窗户的声音，在冬夜里变成了粗壮的树木和带刺的野蔷薇咚咚的敲击声，夏日里它们将整个房间都映衬成一片青翠。

　　现在，有什么力量能够阻止大自然的繁育生长与冷漠无情吗？是麦克纳布太太的那个梦见一位夫人、一个孩子、一盘牛奶羹的梦吗？她的梦就像阳光照在墙上的一个亮点，飘忽着消失了。她已经锁好了门；她走了。一个女人，干不了这些活儿，她说。他们从没有派人来过。他们从没有写过信。抽屉里的东西腐烂了——就这样扔着不管，真是太可惜了，她说道。这地方已经走向了破败。只有灯塔射出的光束偶尔照进来一小会儿，它的目光在冬季漆黑的夜晚突然落在床上、墙壁上，平静地看着那蓟花、那燕子、那老鼠、那稻草。现在，什么都阻挡不了它们，什么也不会再阻止它们。让风吹吧；让罂粟花自己繁殖，让石竹和卷心菜去杂交吧；让燕子在客厅里筑巢吧；让蓟草在地板间钻出来吧；让蝴蝶在扶手椅上褪色的印花棉布上自顾自地晒太阳吧；让破碎的玻璃和瓷器散落在草坪上，被杂草和野莓纠缠覆盖吧。

因为现在那一刻已经到来，那个犹疑不定的时刻：黎明颤抖、黑夜停歇，哪怕飘落一根羽毛，天平也会倾斜下来。只需一根羽毛，这栋正在下沉、倒塌的房子就会翻过去，一头跌入黑暗的深渊。在破败的房间里，野餐的人们会点火烧上一壶水；恋人们会到这儿来寻找幽会之所，躺在光秃秃的地板上；牧羊人将晚餐存放在石砖上；流浪汉到这里来过夜，为了抵御严寒而衣不解带。屋顶就要塌下来了；野蔷薇和铁杉封住了小路，爬上了台阶，遮住了窗户；若是再这样疯长下去，就盖上了石墩；如果有人迷路后闯进来，只能通过荨麻丛中的一株剑叶兰或者铁杉丛中的一片瓷器来判断，这里曾经有人居住过，这里曾经有过一栋房子。

如果那根羽毛飘落下来，如果压沉了天平，整栋房子就会跌入深渊，化为废墟。但是，还有一股力量在支撑着，这连它自己也没有太意识到。它侧目斜视，步履蹒跚；在行使自己职责的时候并没有什么隆重的仪式和庄严的赞歌。麦克纳布太太呻吟着，巴斯特太太身体嘎吱嘎吱地响，她们都老了，身体太僵硬，双腿也很疼。她们终究还是拿着扫帚和提桶来了，她们有活要干了。因为突然一位小姐来信了：麦克纳布太太能不能把房子收拾好呀？她能不能把这件事做了？能不能把那件事做了？一切都那么急。他们可能会来度夏；他们什么都等到最后才做，现在却希望一切都完好如初。麦克纳布太太和巴斯特太太拿着扫帚和提桶，缓慢、吃力地擦啊、刷啊，阻止了房子继续腐烂下去；从时光之池中挽救着即将沉没的物件，

| 到灯塔去 |

一会儿救上来一个盆,一会儿救上来一个柜子;一个上午就捞上来威弗利的整套小说和一套茶具;下午又让一个黄铜炉围和一套不锈钢火钩重见了天日。巴斯特太太的儿子乔治负责抓老鼠和修剪草坪。他们还找来建筑工人帮忙,修好了吱吱响的折页、嘎吱叫的门栓,还有因受潮发胀而砰砰响的门。她们两个女人一会儿弯腰,一会儿起身,嘴里嘟囔着,还唱着歌,噼噼啪啪,一会儿到了楼上,一会儿又到了酒窖,好像这个地方正在经历着一场艰难的新生。哎呀,这么多活啊!她们抱怨着。

她们有时会在卧室里或者书房里喝一口茶;中午休息的时候一双老手还紧握着扫帚把儿,脸上挂着污渍。她们一会儿战胜了水龙头和浴缸;一会儿打赢了更加艰难的一战,然后扑通一声坐在椅子上。那长长的一排排的书,曾经那么乌黑亮泽,现在长了白色霉斑,生出了灰白色的蘑菇,还藏匿着鬼鬼祟祟的蜘蛛。麦克纳布太太感受着茶杯的温度,感觉那望远镜又自己送到了她的眼前。在一个光圈之中,她看到了骨瘦如柴的拉姆齐老先生;她端着洗好的衣物走过来时,老先生正在草坪上摇着头,估计是自言自语吧。他从未注意过她。有人说他死了,有人说她死了,到底是谁死了呢?巴斯特太太也说不准。那个少爷死了,这一点她很确定。她在报纸上看到过他的名字。

现在厨娘也来了,米尔德莱德,或者玛丽安,大概是这么个名字——是个红头发的女人,脾气火爆,就像所有红头发女人一样。但如果你知道与她的相处之道的话,会觉得她也很和蔼。她们在一起时欢声笑语可多着呢。她会给麦琪留一盘汤,有时候还会留一口火腿,或者随便什么剩下来的东西。那时候,大家日子都过得很好,需要的东西什么都有(她喝口热茶,轻松愉快地坐在育儿室炉围的柳条扶手椅上,回忆就像一个线球,一点点散开)。那时候总是有

138

很多事做，这栋房子里常常住着客人，有时候多达二十个，洗洗涮涮直到午夜之后。

巴斯特太太（她从来都不认识他们；那时候她还住在格拉斯哥）放下茶杯，觉得很是奇怪，他们干吗要挂一个野兽的头骨在那儿呢？肯定是在国外打猎时弄到的。

很可能是，麦克纳布太太说道。她还徜徉在回忆之中。他们有朋友在东方国家；先生们留在这里，女伴们都身穿晚礼服。有一次在餐厅门口，她见过他们全都坐在那儿吃晚饭。她敢说，得有二十人，个个珠光宝气，她提出留下来帮忙清洗餐具，好像一直干到了后半夜。

巴斯特太太说："唉，他们会发现这里变样了。"她把身子探出了窗外，望见儿子乔治拿着长柄大镰刀在割草。他们很可能会问，这草坪是怎么回事啊？想想吧，老肯尼迪本应该负责种花的，但他从马上摔下来之后，腿就一直很不好；后来大概一年，或者至少大半年也没有人管了；再后来就是戴维·麦克唐纳负责此事，可能也派人送了种子过来，但谁知道他们有没有种下去呢？他们会发现，这里和以前大不一样了。

她望着儿子用长柄大镰刀割草。他干起活来是一把好手——属于话不多的那种人。唉，他们必须要去收拾柜子了，她想道。两人很吃力地站了起来。

经过几天在屋子里辛苦忙碌、在屋外切割刨挖，终于，掸帚不再轻拂玻璃窗，整栋房子的窗户都关上了，房门也都锁上了，大门砰的一声关闭了。收拾停当了。

这时，仿佛淹没在之前洗刷、清扫、割草、修剪草坪的声音之中的那个隐隐约约的旋律又出现了，那旋律时断时续，偶尔能听到，偶尔又听不到；时而一声犬吠，时而一声羊咩。没有规律，断断续续,但彼此之间似乎又相互关联。昆虫在哼鸣;割下来的草在颤抖,虽已割断,又仿佛彼此共属;金龟子刺耳的嗡嗡声,车轮的嘎吱声,一高一低,却神秘地彼此关联。耳朵要很费力地将这些声音汇聚到一起,总是在即将达到和谐的时候却又听不太清楚,从未完全达到和谐。终于,在一天傍晚,这些声音一个个沉寂了,那和声消退了,寂静降临了。日落之后,事物的轮廓不再那么清晰可见,宁静如一层薄雾般慢慢升起、四处蔓延;风也住了;整个世界轻摇着进入了梦乡。这里一盏灯也没有,只有透过树叶间的绿光,或者窗户旁的白色花朵上泛出的灰白色。

[九月的一个深夜,莉莉·布里斯科让人把她的旅行包提到了这栋房子前。]

第 十 章

和平真的来了。和平的喜讯从海上传到了岸上。再也不会惊醒它的睡梦，只会哄它沉沉睡去，不管睡梦中的人做着多么神圣、多么睿智的梦，再也无须计较——大海还在喃喃着什么别的吗？——莉莉·布里斯科躺在整洁安静的房间里，头枕在枕头上，听着大海的声音。敞开的窗户传来了大自然美妙的喃喃之语，它是那么轻柔，让人听不清楚它具体在说什么——但是，既然意思已经明了，听不清又有什么关系呢？——像是在恳求着睡梦中的人们（这栋房子又住满了人；贝克威思太太在，卡迈克尔先生也在），即使不能真的下楼到海滩上来，至少也要打开百叶窗向外看看啊。他们会看到：黑夜身披紫袍飘然而下；头戴王冠，权杖上镶满了珠宝，眼里露出孩子般的神情。如果他们还在犹豫（莉莉一路上已经很累了，几乎一躺下就睡着了；但是卡迈克尔先生在烛光下看书），如果他们还是拒绝，说黑夜的壮丽如雾气般虚无，露珠也比他更强大，他们宁愿去睡觉；那个声音轻轻唱起了自己的歌，丝毫没有怨言或争论。海浪也温柔地拍打着岸边（莉莉在睡梦中听见了）；月光轻柔地洒下来（似乎要透过她的眼睑）。眼前所有的一切，仿佛又回到了多年前，卡迈克尔先生想着，合上书睡着了。

当黑夜的帷幔在房子周围拉开，在贝克威思太太、卡迈克尔先生、莉莉·布里斯科身边拉开。当他们躺在床上，黑暗层层覆盖在眼前，那声音确实可能会再次响起：为何不接受这一切，满足于这一切，默许这一切，顺从这一切？茫茫大海有节奏地拍打着小岛，发出叹息声抚慰着他们；黑夜包裹着他们；任何人与事都不会打搅他们的美梦,直到鸟儿开始歌唱,黎明将那尖细的声音编织进亮白色之中。马车嘎吱嘎吱响,不知从哪儿传来了犬吠声,太阳摘下了黑暗的帷幔,揭开遮在他们眼前的面纱,莉莉·布里斯科在睡梦中微微动了一下,一把抓住了毯子,就像一个人掉下悬崖时用力抓住悬崖边上一撮草皮一样。她双眼睁得大大的,她又回到了这里,她想道。她直挺挺地坐在床上,没有了一丝睡意。

第 三 部
灯　塔

第 一 章

　　那么，这是什么意思呢？这一切能有什么含义呢？莉莉·布里斯科问自己；既然现在只有她自己在，不知道她是不是应该再去厨房倒一杯咖啡，还是应该在这儿等。这是什么意思呢？——这句时髦话是她从一本书里看到的，刚好适合她现在的心境，因为来到拉姆齐家的第一个早晨，她还没有整理好心情，只能让这样一句话回荡在耳边，以掩盖她内心的空白，直到忧郁的感觉慢慢减少。因为那么多年过去了，拉姆齐夫人也已经去世，如今重返故地，她究竟有何感受？什么也没有，什么也没有——她什么都表达不出来。

　　昨天晚上她到的时候，天色已经很晚，周围是一片神秘的黑暗。现在醒来，坐在早餐桌旁的老位子上，但已是孤身一人。而且，现在天色尚早，还不到八点钟。他们计划去远游——大家要去灯塔，拉姆齐先生，卡姆，还有詹姆斯。他们早就该出发了——得赶上涨潮什么的。可是卡姆还没有准备好，詹姆斯也没准备好，南希又忘了预订三明治，这让拉姆齐先生很生气，摔门走了。

　　"现在去灯塔还有什么用？"他大发雷霆。

　　南希不见了踪影。他在露台上来回踱着步，非常愤怒。好像听

| 到灯塔去 |

见整栋房子里都回荡着门砰砰响的声音和他咆哮的声音。现在南希又突然进来了,环顾着房间,眼神很奇怪,半茫然半绝望地问道:"要带点什么去灯塔呢?"就好像这是件她完全没有信心能做好的事,现在却要勉强自己去做。

是啊,要带点什么去灯塔呢?!若是在其他时候,她会适当建议带点茶叶、烟草、报纸什么的。但是,今天早上,一切都太怪异了,像南希的那个问题——要带点什么去灯塔?——竟然在她心中打开了一扇扇门,开开合合,砰砰乓乓,让人头晕目眩,目瞪口呆,不禁一直在问:要带点什么呢?该怎么办呢?我干吗要在这儿坐着呢?

莉莉独自坐在那儿(因为南希又出去了),桌子上摆放着廉价的咖啡杯,她感觉自己和其他人完全隔绝开来,所能做的就只是观望、提问、琢磨。这房子,这地方,这晨光,一切都那么陌生。她感觉自己并不属于这里,和这里没有任何关系,什么事情都有可能发生,而不管发生什么事——外面有脚步声,有个声音在喊("不在橱柜里,在楼梯平台上。"有个人喊道)——都是个疑问,好像通常将东西连在一起的纽带已被割断,所以它们一会儿飘到这儿,一会儿荡到那儿。她看着空空的咖啡杯想,一切都那么漫无目的,乱成一团,太离奇了。拉姆齐夫人去世了,安德鲁牺牲了,普鲁也去世了——尽管她一遍遍重复着这些话,内心却没有激起任何情感。在这样的早晨,我们大家聚在这样的房子里,她眼睛望着窗外说道,风和日丽,天气晴好。

第 二 章

　　拉姆齐先生从她身边走过的时候，突然抬起了头，盯着她看，眼神激动又狂热，但却非常犀利，仿佛他只看你一秒钟，只看一眼，便是永恒；她拿起空咖啡杯装出喝咖啡的样子，躲避他的视线——躲避他对自己的要求，把他专横的要求再多搁置一会儿。他冲她摇了摇头，迈着大步走开了（她听见他说"独自一人"，还听见他说"死了"），就像这个奇怪的早上其他所有事情一样，这两个词语也有了象征性符号，写满了灰绿色墙面。她觉得，如果她能把这两个词语串到一起，写成个句子，就能悟出其中的真谛了。老卡迈克尔先生脚步轻快地走了进来，倒了杯咖啡，端起杯子又出去坐着晒太阳了。这种古怪离奇很是吓人，同时也令人兴奋。去灯塔、要带点什么去、死了、独自一人、对面墙上灰绿色的光、空空的椅子，这些零零散散的部分，如何才能整合在一起呢？她问道。仿佛她在桌上构建的形状太过脆弱，任何干扰都会将它打碎，所以她转过身，背对着窗户，以免拉姆齐先生与她对视。她一定要想办法逃脱，找个地方独处。突然，她想起来了。十年前她坐在这儿的时候，桌布上有个小树枝或者树叶的图案，当初就是看到这个图案才找到了灵感。当时她在创作一幅画，前景的布局出了点问题。当时她说将树向中间移一点。那幅画她一直都没有完成。多年来，那幅画一直在她脑海里纠缠。现在，她想把它画出来。颜料在哪儿呢？她想着。颜料？对了。昨天晚上她将颜料放在大厅了。她要马上行动起来。拉姆齐先生还没转过身来，她就迅速站了起来。

　　她给自己搬来一把椅子，以她老处女特有的精准动作，将画架

145

支在草坪边上，距离卡迈克尔先生不太近，但也不太远，仍在他的保护范围之内。对，十年前她就是站在这儿的。那儿是墙，那是树篱，那棵树，问题是各个事物之间的关系是什么？多年以来，她心中一直在思考这个问题。看来她心中已经有了答案：她现在知道要怎么办了。

但是，拉姆齐先生这样向她走过来，她什么也做不了。每一次他走近她——他在露台上来回走着——破坏就靠近了，混乱也靠近了。她根本画不下去。她弯下腰，转过身，拿拿这块抹布，挤挤那管颜料。但是，她这么做也只能挡开他一会儿。有他在，她什么也干不了。因为只要她给他一点点机会，只要他看到她有一会儿空闲时间，朝他那边看一眼，他就会没完没了了，像昨天晚上那样对她说：“你看我们大家变化都很大吧。”昨天晚上，他站起来，在她面前停下，说了这句话。尽管六个孩子——他们以前总是用英国国王和女王的名字称呼他们——红头发的谁谁谁，美丽的谁谁谁，邪恶的谁谁谁，冷酷的谁谁谁——都瞪着眼睛坐着，谁也不说话，但她能感觉到他们镇定外表下的愤怒。好心的老贝克威思太太说了句话来打圆场。但是，这栋房子里每个人都各自怀着互不相干的强烈情感——整个晚上她都有这种感觉。尽管这里已经够混乱的了，拉姆齐先生还要站起来握着她的手说：“你看我们大家变化都很大吧。”大家谁也没有动，也没有人说话；但是，他们仿佛是被他逼着坐在那儿等他把话说出口的。只有詹姆斯（当然，是脸色阴沉的詹姆斯）怒气冲冲地看着台灯，卡姆则拿手绢在手指上绕着。这时，他提醒他们明天要去灯塔。他们一定要在七点半前准备好，在大厅等着。然后，他把手扶在门上，停了下来；又回过身转向他们。他们不想去吗？他质问道。如果他们胆敢说不想去（他倒也有点希望他们说不想去），他一定会很悲伤，一下子跌入绝望的苦海。他太有做秀的才华了。他看起来就像个被放逐的国王。詹姆斯倔强地说了声"想去"。卡姆吭吭哧哧地,让人听了难受。想去,想去,他们两个都会准备好的,他们说道。她突然感觉,这简直就是一场悲剧——她并不是指棺罩、遗骸、寿衣,而是孩子们受到了胁迫,他们的精神受到了压抑。詹姆斯十六岁,卡姆可能十七岁。她环顾四周,仿佛在找一个不在场的人,大概是在找拉姆齐夫人吧。但是,她只看到了好心的贝克威思太太在灯下翻看着她的素描。后来,她感觉有点累了,思绪仍在随着大海上下起伏着,离开了这么多年的老地方,散发出来的气息让她难以自持,烛光在眼前摇曳着,她感觉迷失了自己,不断下沉。今晚星光璀璨,夜色很美;他们上楼的时候,听见海上传来的阵阵涛声;他们走过楼梯平台处的玻璃窗时,很惊喜地发现月亮像一个大大的圆盘,亮得发白。她一躺下就睡着了。

她将干净的画布固定在画架上,把它当作一道屏障,虽弱不禁风,但她希望能够抵挡拉姆齐先生,抵挡住他的苛求。他转过身去的时候,她尽量看着画:那儿有一根线条,那儿有一片景物;但是,这样根本不行。让他待在五十英尺以外吧,别让他和你说话,连看也别让他看见你;可他总是无处不在,他的影响随处可见,他总是把自己强加于你。他让一切都改变了。她看不见色彩,看不见线条;即使他背对着她,她能想到的也只是:他马上就要过来指责我、向我提要求了,他想要的东西是她所不能给的。她放下了一支画笔,又选了另外一支。孩子们什么时候来呢?他们什么时候才会出发呢?她坐立不安,想到这个男人,她内心的愤怒油然而生:他从来不给予,只是一味地索取。而她则即将被迫给予。拉姆齐夫人就是一直给予的。给予,给予,给予,她已经死了——留下了这一切。真的,她很生拉姆齐夫人的气。她看着那树篱、那台阶、那墙壁,指间的画笔轻轻颤抖着。这都是拉姆齐夫人的事儿,可她不在了。而现在莉莉，已经四十四岁了，仍在浪费着时间，什么也做不了，就这么站在这儿，把画画当成了儿戏，画画本不该被当成儿戏的，这都是拉姆齐夫人的错。她不在了，她常坐的那个台阶现在空空如也。她不在了。

但是，为什么要一遍一遍重复这些呢？干吗总要提起那些她没有的感受呢？这其中有点亵渎的成分。她的心灵已经全部干涸了，枯萎了，耗尽了。他们不该请她来这儿的；她本不应该来的。四十四岁了，不能再浪费时间了，她想道。她讨厌把画画当儿戏。在这个充满冲突、毁灭、混乱的世界中，画笔是唯一可以信赖的东西——不应该当成玩具来玩，特别是明知不可为而为之，她很讨厌这样。但是，是他逼她的。他向她逼近时她似乎在说，不把我想要的给我，你就休想碰画布。现在他又来了，离她那么近，那么贪婪，那么激动。好吧，莉莉垂下了右手，绝望地想，快点了结了吧，那样会简单得多。当然，她可以凭着记忆模仿她在许多女人（比如拉姆齐夫人）脸上都见过的喜悦、狂想、屈从等表情，在这样的情况下她们心中会如火焰燃烧般躁动起来——她还记得拉姆齐夫人脸上的表情——突然心中充满无限的同情和得到回报的欣喜。她虽然不知个中缘由，但显然看出这赐予了她们人类所能获得的最大福佑。他来了，就站在她身旁。她要向他倾尽所能。

第 三 章

  他想着,她似乎有点枯萎了,看起来有点瘦削,弱不禁风,但也并非没有魅力。他喜欢她。曾经有人说她要嫁给威廉·班克兹,但后来就没有了下文。他妻子曾经很喜欢她。那天早饭的时候,他也有点失态了。后来,后来——他感觉,有时候有股强大的力量在推动着他,他自己也不知道到底是什么,促使他去接近任何一个女人、迫使她们,用什么办法他不在乎,他这种需要特别强烈,只要迫使他们给予他所需要的东西:同情。

  有人在照顾她吗?缺不缺什么东西啊?他问道。

  "噢,谢谢,什么都有了。"莉莉·布里斯科紧张地回答道。不行,她不能那么做。她本应该立即随着同情的海浪漂走的,但她感觉被压得喘不过气来,使她僵在那里不能动弹。一时的沉默让人感觉很糟糕。他们两人都望着大海。拉姆齐先生想,我在这儿呢,她为什么还要望着大海呢?她希望大海风平浪静,好让他们登上灯塔,她说道。灯塔!灯塔!说它干什么呢?他很不耐烦地想道。突然,在洪荒之力的驱动之下(他真的再也克制不住了),他发出了一声呻吟。世界上任何一个女人听到了都会为他做点什么、说点什么——唯有我除外,莉莉想着,这样自嘲着,大概我并不是个女人,而是一个性格乖戾、脾气暴躁、干瘪衰老的老处女吧。

  拉姆齐先生长长地叹着气,等待着。她不打算说点什么吗?难道她看不出来他想从她那儿得到什么吗?这时他说,想到灯塔去,他有一个很特别的理由——他妻子以前常常给他们寄东西的。有个可怜的小男孩得了髋关节结核病,是灯塔守护员的儿子。他深深地叹着气，意味深长地叹着气。莉莉只希望，他这如洪水般袭来的忧伤，这对同情的没玩没了的渴望，让她彻底向他缴械投降，即便是她缴械投降了他还是会有无尽的忧伤在等待着她，她只希望这一切都远离她，在她被彻底击垮之前，被引到其他地方去（她一直看着这房子，希望能有什么事情打破这种局面）。

"这样的远游，"拉姆齐先生说着，用脚尖蹭着地面，"真让人痛苦。"莉莉依然什么也没有说。（她就是块木头，是块石头，他对自己说道。）"太消耗精力了。"他一边说一边看着自己那双秀气的手，那伤感的眼神令她作呕（她感觉他在演戏，这个伟大的男人在做秀）。这太可怕了，太失礼了。他们怎么还不出来？她问道，因为她再也承受不住这沉重的痛苦，再也承受不了这沉沉的忧伤（他装作一副老朽的模样，站在那儿的时候甚至还踉跄了一下）。

她依旧什么也没有说，双目所及之处似乎所有事物都被一扫而光，再也没有什么可以谈论的了。看着拉姆齐先生站在那儿，你只能惊愕地感到，他凝视的目光似乎哀伤地落在阳光照耀下的草地上，似乎使草失去了色彩，落在卡迈克尔先生身上，仿佛给他罩上了一层黑纱，好像在这个苦难的世界中，这个家伙如此张扬，足以挑起人们最凄凉的情思了。卡迈克尔先生躺在帆布躺椅上读着一本法国小说，他面色红润，昏昏欲睡，一副安然自得的神情。看看他，他似乎在说："看看我吧。"唉，莉莉真希望那个大块头能飘到他们身边来。要是她把画架支在离他近一两码的地方就好了；如果有人，不管是谁，能制止拉姆齐先生这种情感的大迸发，制止他这样的伤心、悲叹就好了。她一个女人，激起了这样可怕的一幕；她一个女人，本应该知道如何处理这种事的。就这么站在那儿一言不发，对她来说是极为丢脸的一件事。她应该说——说什么呢？——噢，拉姆齐先生！亲爱的拉姆齐先生！画素描的老太太贝克威思太太心地善良，肯定立刻就会说出这样恰当的话来。但是莉莉不行。他们站在那儿，似乎与全世界都隔绝了。他这样强烈地自怨自艾，对同情的强烈需求就像水一样流注下来，在她脚下形成了一个个水坑；她感觉自己是个悲惨的罪人，所能做的只是将裙子提到脚踝处，以免沾湿了裙子。她就那么默不做声地站着，手里握着画笔。

谢天谢地！她听见房子里传来了声音。肯定是詹姆斯和卡姆来了。但是，拉姆齐先生仿佛知道自己的时间不多了，便将他的极度悲伤所带来的巨大压力全都压在形单影只的莉莉身上：他的年迈、他的体衰、他的孤寂。突然，他甩了一下头，很不耐烦，也很恼火——因为，从来没有哪个女人能抵制得了他的魅力。他注意到自己的鞋带开了。莉莉低头看着他的靴子想：靴子真不错，一双雕花大皮靴，就像拉姆齐先生穿的所有衣物一样，从磨损的领带到半扣着的马甲，都完全是他自己的风格。她看见两只靴子自己往他的房间走去，即使拉姆齐先生不在，它们也会表现出他的感伤、乖戾、急躁、魅力。

"那靴子真好看啊！"她惊叹道。她为自己感到羞愧。他要她抚慰他的灵魂，而她却夸赞他的靴子；他向她伸出流血的双手，袒露伤痕累累的心脏，要求得到她的同情，而她却欢欣雀跃着说："嗨，可是你穿的靴子多好看啊！"她抬起头，等着他突然大发雷霆，因为她知道自己活该灰飞烟灭。

没想到，拉姆齐先生笑了。他如蒙着帐幕一样阴郁的脸色和体衰之态，都从身上滑落了下来。啊，是啊，他说着，抬起一只脚给她看靴子，这是最上乘的靴子。英国只有一个人能做出这样的靴子来。靴子是人类的首要祸根之一，他说道。"靴匠的职业宗旨就是，"他愤愤地说，"折磨摧残人类的双脚。"靴匠还是顽固倔强、最有违常情的人。他的大半青春时光都在寻找按正常方法做出来的靴子。他要让她仔细看看（他抬起右脚，又抬起左脚），她以前从没见过

151

| 到灯塔去 |

这个款式的靴子。而且，皮料也是世界上最精细的。大多数皮料都像牛皮纸或纸板。他很得意地看着自己高高抬起的靴子。她觉得，他们似乎来到了一个阳光明媚的小岛，这里和平永驻，理性长存，太阳永不下山，这座受上天眷顾的小岛上到处都是上好的靴子。她心中对她有了好感。"让我来看看你会不会系鞋带。"他说道。他认为她那种不牢靠的系法实在不怎么样。他向她演示自己独创的系法。一旦系好，再也不会开了。他帮她系了三次，又解开了三次。

他弯腰帮她系鞋带，她也弯腰低头，血涌到脸部，她为何偏偏在这么不恰当的时刻，却被对他的同情折磨着，想着自己的冷酷无情（她曾称他为会演戏的人），感觉双眼发胀，眼里闪着泪花？看着他系鞋带的样子，她感觉他是个充满无尽忧伤的形象。他自己系鞋带，自己买靴子，在拉姆齐先生的人生之旅中，没有人能够帮助他。但是现在，她希望说点什么，本来有可能对他说点什么的，就在这时，他们来了——卡姆和詹姆斯，他们出现在露台上，两人表情严肃、愁容满面，肩并肩、慢吞吞地走了过来。

但是，他们为什么这样一脸愁容地就来了？她不禁有点生他们的气，他们本可以更开心点，而且他们现在要出发了，她自己没有机会给予他的东西，他们也可以给他啊。这时，她突然感到一阵空虚，一阵沮丧，她的感情来得太晚了。现在她的感情出现了，可是他却不需要了。他已经变成了一位非常尊贵的老者，什么也不需要她给予了。他将一个背包挎在肩上，把小包裹分给大家——有许多包裹呢，用牛皮纸包着，系得很不牢固。她感觉自己受到了冷落。他看起来就像一位队长，在为远征做着准备。他让卡姆去取件斗篷，然后，自己转过身，脚蹬做工精良的皮靴，迈着军人一样坚定的步伐，抱着牛皮纸包裹，带领孩子们沿着小路出发了。她觉得，两个孩子看起来好像被命运赋予了某项严肃的使命，他们年纪不大，顺从地默默跟在父亲身后，但暗淡的眼神让她感觉他们在默默忍受着他们这个年龄难以承受的苦楚。因此，他们走出草坪的时候，莉莉觉得，眼前这一队人马由某种共同的感情牵动着，尽管步伐不够坚定，劲头也不是很足，但他们就像一个小连队，大家紧紧地绑在了一起。说来奇怪，这一幕给她的印象非常深刻。他们经过的时候，拉姆齐先生很礼貌地，但冷冷地举起了手臂，向她行礼致意。

可这是怎样的一张脸啊，她想，立刻发现那份她未能给出去的同情因无法得以表达而使她苦恼。是什么让他的脸上出现这样的表情？她想，应该是夜复一夜的思考，思考餐桌的真实性。她继续想起在她不清楚拉姆齐先生究竟在想些什么的时候，安德鲁给她的那个象征性的答案（她想到，他是被一块弹片击中、瞬间毙命的），餐桌是幻象的、很严肃的东西，没有装饰品，质地坚硬，并且不漂亮，没有什么色彩，只有棱棱角角，朴素得不能再朴素了。但是，拉姆齐先生眼睛总是盯着餐桌看，从不允许有人分散他的注意力或者迷惑他，直到最后面部表情变得疲倦严峻，也具有了这种深深打动她的不加修饰的美。这时，她又想起（他走了，她依然站在原地，手里拿着画笔），烦恼也令他脸色难看——是些不太高尚的烦恼。他肯定对那餐桌有过疑虑，她猜想。那餐桌是不是真实的餐桌；是否值得他如此劳心费神；他到底能不能找到什么结果。她感觉他本就心有疑虑，否则他不会对别人有那么多需求。她怀疑这就是有时候他们在深夜讨论的话题，所以第二天拉姆齐夫人才会看起来很累的样子，而莉莉就会因为某件荒唐的小事对他发火。但是现在，没有人可以和他谈论那张餐桌，或靴子，或怎么系鞋带了。他就像一头狮子在寻找可以吞食的猎物，脸上有了一丝绝望，一丝夸张，这令她很惊恐，她不禁拉紧裙子裹住自己。接着，她又想起来，他突然恢复了生机，突然容光焕发（当她夸赞他的靴子的时候），突然恢复了活力，突然又关心起了世间的凡人小事。但这些都过去了，都变了（因为他一直都在改变，从不掩饰），进入了她所不了解的最后阶段，这让她对自己的暴躁易怒而感到羞愧，因为似乎他已经摆脱了烦恼，丢掉了奢望，放弃了被同情、被夸赞的希望，已经进入了另一个境界，仿佛是被好奇心牵引着，似乎在与自己或者他人进行着无声的对话，他在那个小小队列的最前面，慢慢走出了她的视野。多么特别的一张脸啊！大门砰的一声关上了。

第 四 章

他们走了，她想着，叹着气，感觉很宽慰，又很失望。她内心的同情似乎又飞回到脸上，就像一只弹回来的黑莓刺。说来奇怪，她感觉自己分裂成了两半，仿佛一半被吸引去了外面——风平浪静，雾霭沉沉（今天早上灯塔看起来仿佛非常遥远）；另一半依然坚定、顽固地定在草坪上。她看见画布，仿佛那画布飘了起来，洁白的画布兀自摊在她的面前。它冷冷地盯着她，似乎在指责她的匆忙和激动，如此荒唐又浪费感情；当她繁乱的感觉匆匆散去（他走了，她替他感到难过，但她什么也没有说），它立即将她召回，让平和在她心中蔓延；之后便是一片空虚。她茫然地看着画布，画布依然在毫不妥协地盯着她；她又看看花园。她记得有个东西（她站在那儿，皱巴巴的脸上那对单眼皮小眼睛眯了起来），在横七竖八相互交错的线条之间，在绿色的树篱上那些蓝色、褐色暗影中间，有点什么东西，留在了她的心中，在她心中打了一个结，只要空闲下来，她总会不经意间在脑海中勾勒着这幅画，无论是走在布朗普顿路上，还是在梳头的时候，总会觉得这幅画在眼前掠过，想象着解开那个结。但是，脱离画布轻描淡写地勾画，和真正拿起画笔画出第一笔，二者之间有着天壤之别。

有拉姆齐先生在场，她心情烦乱，拿错了画笔，画架也因为紧张而戳进了土里，角度也选错了。现在她调整好画架，在这过程中，不再让那些鲁莽和毫不相干的想法牵扯她的精力，不再让自己想着自己是个什么样的人，与别人有着这样那样的关系。她伸出手，拿起了画笔，画笔在空中停留了片刻，在忘我的痴迷状态中颤抖着，既痛苦又兴奋。从哪儿开始呢？——这是问题所在——在哪儿开始画第一笔呢？在画布上画下一条线，她就要承担无数的风险，要不断做出决定，一旦决定了就不能再更改。想法都很简单，一旦付诸实践，立即就变得非常复杂了；就像海浪，从悬崖顶上看下来觉得匀称漂亮，但在同海浪搏击的游泳的人眼中，海浪则只是险恶的漩涡和泛着泡沫的巨浪。尽管如此，风险总是要面对的；第一笔也必然是要画下去的。

她身体里有种奇怪的感觉，仿佛有股力量在催促着她前进，同时她又必须控制着自己，果断迅速地画出第一笔。画笔落了下去，在白色画布上轻轻抹上了一道褐色，留下了一道连续的色彩。她又画了第二笔——第三笔。她这样停一下，画一笔，像跳舞一样有节奏，仿佛停顿也是节奏的一部分，画一笔又是节奏的另一部分，一切都彼此相连。她这样轻快迅速地停停画画，画布上出现了连续的、怯生生的褐色线条，画笔所到之处，立即围起了一片空间（她感觉那幅画布正赫然显现在眼前）。在一个波谷里，她看到下一波越来越高的海浪正在压将过来。还有什么比这空间更令人生畏的吗？她想，又到这一步了。她向后退了一步，看着画布，仿佛脱离了闲言碎语，脱离了生活，脱离了与人的交往，来到她强大的宿敌面前——这个他者，这个真理，这个现实，突然从表象的背后出现，让她不得不重视起来。她有些不情不愿。为什么总是被硬拉出来拽走呢？为什么就不能让她安静一会儿，和卡迈克尔先生在草坪上聊聊天呢？不管怎么说，那还是一种严格的交流方式。其他被崇拜对象都很满足于别人的崇拜；男人、女人、上帝，都让人屈膝膜拜；但这种形式，哪怕只是关于一个在柳条桌上显现的一个白色灯罩的形状，也能让人投入无休止的争论，鞭策她进行一场注定会溃败的战斗。每当她将生命的流动性浓缩于一幅画中时，都会在一些时刻感觉自己赤身裸体（这是她的本性使然，亦或是因为她是女人，她不知道），似乎像个尚未出世的灵魂，一个没有肉体的灵魂，在风声赫赫的顶峰犹豫徘徊，无遮无拦地遭受着一阵阵猜疑之风的吹袭。那么她为什么还要做这些呢？她看着轻轻画上了一些连续线条的画布，这幅画可能会挂在仆人的卧室里，可能会卷起来塞到沙发下面。那么，画它又有什么用呢？她听到有个声音在说她不懂画画、不会创作，仿佛被卷入了经常出现的气流之中，过一段时间就在脑海里变成了经验，她一遍遍重复着一些话，却忘了最初出自谁人之口。

不懂绘画，不会写作，她单调地低声说着，想着该采取什么行动方案，心里很焦急。画上的一大片景物赫然出现在她的眼前，凸现出来，她感觉几乎压到了眼球上。这时，仿佛她身体各项机能所需的润滑剂自动喷了出来一样，她开始小心翼翼地在蓝色和琥珀色颜料中蘸了几下，这儿画一笔，那儿画一笔，但此刻画笔比原来沉重了，移动的速度也变慢了，仿佛下笔的节奏与她眼前所见景物的节奏合上了拍（她不停地看一眼树篱，又看一眼画布），因而，当她充满生命力的手微微颤抖时，那节奏足以强大到支撑着她继续下去。此刻，她对外界的一切全然不觉，忘记了她的名字、她的个性、她的外貌，不知道卡迈克尔先生是不是还在那里，在她的脑海深处升腾起各种景象、名字、格言、回忆、观点，就像喷泉喷射到耀眼的、讨厌得难以处理的空间上，而她将那空间用绿色和蓝色来处理。

她想起来了，查尔斯·坦斯利过去常常说，女人不懂绘画，不会写作。她当时就在这个位置画画，他从她身后出现，紧挨着她站在一旁，她非常讨厌这一点。"粗烟丝，"他说道，"五便士一盎司。"吹嘘着自己的贫穷和做人原则。（但是，战争已经磨平了她女性的尖刻。她想，可怜的人们，可怜的男人和女人，卷进了这样的混乱局面。）他走到哪儿腋下都夹着一本书———本紫皮的书，他在"工作"。她记得，他坐在耀眼的阳光下工作。吃饭的时候，他会坐在她视野的正中间。这时她想，在海滩上也有过这么一幕啊。你一定

157

还记得，那是一个刮风的早晨，大家都去了海滩，拉姆齐夫人坐在一块岩石旁写信。她一直在写啊、写啊。"噢，"她说，终于抬起头看见了海里飘浮的什么东西，"那个是捕龙虾的笼子吗？还是船翻了？"她的眼睛近视得很，所以看不清楚。于是，查尔斯·坦斯利变成好得不能再好了，他开始玩儿打水漂的游戏。他们找来扁平的小黑石子扔出去，让石子在海面跳跃着。拉姆齐夫人时不时抬头从眼镜上方看过来，冲他们笑着。他们说了什么她不记得了，只记得她和查尔斯一起扔石子，突然相处得非常融洽，拉姆齐夫人在望着他们。她想，拉姆齐夫人定是退后一步，眯着眼睛。（当她和詹姆斯坐在台阶上，原来的构想肯定做了很大调整，定有影子的。）当她想到自己和查尔斯打水漂，想到海滩上的整个情景，不知怎的，感觉这一切取决于拉姆齐夫人坐在岩石下，膝盖上放着一沓信纸写信。（她写了不知多少信，有时候信被风吹走了，她和查尔斯只捡回来一页。）但是，人类灵魂的力量是多么伟大啊！她想道。那个女人坐在那儿，坐在岩石下写信，就将一切都化解得非常单纯；让这些气愤、愤怒像破布一样脱落到地上；她将这个那个都汇聚到一起，从这痛苦的愚蠢和怨恨之中（她和查尔斯曾经发生了口角，相互攻击，就很愚蠢，还彼此心怀怨恨）她悟出了某种东西——比如海滩上这一幕，这友好、欢喜的片刻——这么多年过去了依然完好无损，她只需稍加回忆，坦斯利的记忆就会重新浮上心头，它几乎像一件艺术品一样封存在心中。

"像一件艺术品一样。"她重复着说道，目光从画布移到客厅的台阶上，又从客厅的台阶回到画布上。她必须休息一会儿了。她停下来，茫然地看看这个，又看看那个，而在灵魂的天空中盘旋着的那个老问题，那个巨大的一般性问题，总爱在眼下这样的时刻，趁她一直紧张的感官放松的时候，变得具体化，在她上空停下来，笼罩在她的头顶。生命有什么意义？仅此而已——一个简单的问题，这个问题会随着岁月的流逝而渐渐逼近你。伟大的神启始终没有出现。可能永远也不会出现了。但是每天都有小小的奇迹在发生，让人不断受到启发，就像在黑暗中不经意间擦亮了火柴。眼下就是个奇迹，这个、那个以及其他等等，她自己和查尔斯·坦斯利，还有那拍打着岸边的浪花，拉姆齐夫人将他们联系在了一起。拉姆齐夫人说，"生命在这里静止了。"拉姆齐夫人将那一时刻变成了永恒（就像在另一个领域，莉莉自己也努力将那一时刻变成永恒一样）——这件事具有神启的本质。在混乱之中也有形态；外部世界永不停歇地消逝和流动（她望着云朵浮动、树叶颤动），全都归于稳定。生命在这里静止了，拉姆齐夫人说。"拉姆齐夫人！拉姆齐夫人！"她一遍遍重复着。她得到这个启示，要归功于她。

四周一片寂静。房子里似乎还没有人走动。她看着房子熟睡在清晨的阳光下，窗户在树叶的映衬下呈现出了蓝色和绿色。她心中对拉姆齐夫人隐隐的思念似乎和这栋寂静的房子、那缕轻烟、早晨清爽的空气产生了共鸣。虽然朦胧而虚幻，却非常纯净，激动人心。她不希望有人开窗，也不希望有人从房子里走出来，只想独自一人继续这样遐想、画画。她转过身面对着画布。但是，由于受到某种好奇心的推动，由于她心中的同情没有得到释放而感到不痛快，她走到距离草坪尽头一两步的地方，看看能否看到海滩上扬帆起航的那一小队人马。在下面的海滩上飘浮着很多小船，有的船帆卷起，因为海面非常平静，有些慢慢地划走了，其中有一艘小船与其他船只的距离相当远。即使没有风，船帆也在慢慢升起。她确定坐在远处那艘沉默的小船上的就是拉姆齐先生、卡姆和詹姆斯。现在他们已经扬起了船帆；犹豫、退缩了几次之后，船帆涨满了。周围一片沉寂，她望着小船超过其他船只，从容地驶入了大海。

| 到灯塔去 |

第 五 章

　　船帆在他们头顶飘动着。海水发出咯咯的声响，轻轻拍打着两侧的船舷，阳光下的小船懒洋洋地一动不动了。偶尔吹来一丝微风，船帆像涟漪一样轻轻飘动着，但很快就停止了。小船纹丝不动，拉姆齐先生坐在小船正中央，很快他就要失去耐心了，他们看着父亲，詹姆斯这样想道，卡姆也这样想道。父亲坐在他们两人中间（詹姆斯掌舵，卡姆独自坐在船头），双腿紧紧蜷着。他讨厌这样浪费时间。果不其然，烦躁了一两秒钟之后，他对麦克利斯特的儿子说了几句很严厉的话，于是他拿出船桨开始划船。但是他们知道，只有小船飞一般地前进，父亲才会满意。他会一直期待着刮风，会很烦躁，还会低声唠叨，麦克利斯特和他儿子都会听到，会感到非常难受。是他让他们来的，他逼他们来的。他们心存怨气，真希望永远也不要起风，希望能有什么办法挫一挫他的锐气，谁让他不顾他们的意愿，逼着他们来呢。

　　往沙滩上走的时候，他们两个就一块儿在后面拖后腿，尽管父亲一直在无声地盼咐他们"快走，快走"。他们使劲儿低着头，仿佛是无情的狂风压得他们抬不起头来。和他谈谈，那是不可能的。他们必须来；他们必须照他的话办。他们必须拿着牛皮纸包裹跟在他身后。但是，他们一边走一边默默发了誓，一定要互相支持，履行那个伟大的盟约——抵抗暴君，至死不渝。因此，他们两人一个坐在船头，一个坐在船尾，一言不发。他们什么也不会说的，只是偶尔看看他。他蜷着双腿，皱着眉头，坐立不安，哼哼唧唧，喃喃自语，很不耐烦地期待着起风。但他们两个希望平静无风，希望挫一挫他的锐气，希望整个远行计划泡汤，这样他们就可以抱着包裹打道回府了。

但是现在，麦卡利斯特的儿子划出一小段距离后，船帆慢慢鼓了起来，小船加速了，船身平稳了，箭也似的飞驶出去。刹那间，仿佛刚刚的紧张得到了缓解，拉姆齐先生伸开双腿，取出烟袋，哼哧了一声递给了麦卡利斯特。他们知道，他现在感觉很满足，尽管他们吃了很多苦头，现在，他们可以这样快速航行几个小时了。拉姆齐先生会问老麦卡利斯特一个问题——很可能与去年冬天那场大风暴有关——老麦卡利斯特会跟他讲起那次风暴，他们两个会一起抽着烟斗，麦克利斯特手指间绕着一根涂了柏油的绳子打着结或解开扣儿，他儿子会默默地钓鱼，跟谁都不说一句话。詹姆斯不得不一直盯着船帆。因为如果他忘了，船帆缩拢了，颤抖了，小船就会慢下来，拉姆齐先生就会严厉地说："当心！当心！"老麦卡利斯特会在座位上慢慢转身。就这样，他们听见拉姆齐先生问了关于去年圣诞节那场大风暴的问题。"那艘船绕过那个岬角驶过来。"老麦卡利斯特在描述着去年圣诞节那场大风暴，当时十艘船都被迫开到了海湾里躲避风浪，他指着说当时看见这儿一艘，那儿一艘，那儿还有一艘（他环绕着海湾指着各个地方，拉姆齐先生头跟随着他手指的方向转。）他见到三个人紧紧抱着桅杆。后来，那艘船沉了。"我们终于把船推走了。"他接着说道（但是两个孩子分坐在船的两头，只是偶尔听到了一两个词。他们团结一心与"暴君"顽抗到底，两人默不做声，心中很是气愤。）终于，他们放下了救生艇，将船推到了岬角以外。尽管两个孩子只能偶尔听到一两个词，但他们一直都能感觉到父亲的存在——他身体向前探着，附和着麦卡利斯特的声音，抽一口烟斗，沿着麦卡利斯特所指的方向，这边看看，那边看看，回味着那场风暴、那个漆黑的夜晚以及渔民与风暴的搏斗。他喜欢夜晚男人在海滩上与狂风搏斗,挥洒汗水,与风浪斗智斗勇;他喜欢女人守在家中,坐在床前安抚孩子们睡觉,而男人出去搏击暴风雨,葬身海底。关于这一点,詹姆斯能看得出来,卡姆也能看得出来(他们看看他,又看看彼此),他们从他突然抬起头的动作、从他的全神贯注、从他说话的语气中看得出来。他在询问麦卡利斯特在风暴中被刮进海湾的那十艘船的时候,声音中有些许的苏格兰口音,让他听起来像个农民。十一艘船中有三艘船沉了。

他很自豪地看着麦卡利斯特所指的方向;卡姆不知为什么很为他感到自豪,她想,如果他当时在场,也会放下救生艇,也会去营救失事的船只。他是那么勇敢,那么有胆量。但是,她想起来了,她和詹姆斯之间有过盟约的,要与"暴君"顽抗到底。内心的委屈、苦楚让他们心头压抑。是他逼迫他们来的,他命令他们做这做那。今天早上天气这么好,他又这样拿自己的忧伤和权威压制着他们,让他们按照他的盼咐,拿着这些包裹到灯塔去,就是因为他自己想来,他为了自己高兴而祭奠死者,他们就得参加他的仪式,他们讨厌这样做,所以就在他后面磨磨蹭蹭,把一整天的快乐都给毁了。

风刮得更强劲了。小船倾斜着拨开海水,绿色的海水迅速向后退去,像瀑布,溅起飞沫,激起了急流。卡姆低头看着水花,看着蕴藏着宝藏的大海,小船行驶的速度令她着了迷。她和詹姆斯之间的纽带松弛了一点,他们之间的联盟开始松动了。她开始想,船走得真快啊,我们这是要去哪儿呢?小船快速行驶令她入了迷,而詹姆斯眼睛盯着船帆和地平线,表情严肃地驾驶着帆船。但是,他一边掌舵一边开始想,他可以逃跑啊,他可以甩掉这一切啊。他们可能会在什么地方靠岸,那时就自由了。他们两个人对视片刻,这速度和变化让他们有种逃脱之感和兴奋之感。但是,微风让拉姆齐先生也产生了同样的兴奋之感,当老麦克利斯特将手中的鱼线甩到水中的时候,他大声说道:"我们死去了。"随后又说:"各自孤独地死去。"随即他脸上又出现了往日的懊悔亦或羞赧,挺直了身体,朝岸边挥着手臂。

"看那座小房子。"他用手指着说道,希望卡姆能看一看。她很不情愿地直起身子看着。但是,哪个是呢?她看不出来远处的山坡上哪个是他们的房子。一切都显得那么遥远,那么宁静,又那么陌生。海岸看起来很优雅,很遥远,很虚幻。他们只行驶了一小段距离,但一切都显得那么遥远,看起来完全不一样了,显得很安详的样子,仿佛是在渐渐远去,你已经不再是其中一分子。哪个是他们的房子呢?她看不出来。

"但我在那惊涛骇浪之下。"拉姆齐先生低声说道。他看到了他们的房子;在看到的一刹那,他还看到在房中的自己;看到了自己走在露台上,孤身一人。他在石瓮中间徘徊,感觉自己老态龙钟,弯腰驼背。现在坐在小船上,他驼着背,蜷缩着身体,立刻扮演起了自己——一个孤独的老人,失去了妻子,失去了亲人,因此他召集了人们前来同情他。他坐在小船里,就像在为自己上演一出戏,表现出一副老朽、疲倦、痛苦的模样(他举起双手,看着它们瘦骨嶙峋的样子,以证实自己是在幻想);这样便有女人不断地对他表示同情,他想象着她们会怎样安慰他、同情他,所以他在幻想之中反映出了女人的同情所带给他的极致快乐,他叹了口气,语气温和、悲伤地吟诵着:

> 但我在那惊涛骇浪之下,
> 淹没在更深的漩涡之中,

他悲伤的诗句所有人都听得清清楚楚。卡姆吓得差点从座位上跳起来。她很震惊，也很愤怒。她的动作让父亲从梦幻中惊醒；他不由得颤抖了一下，停止了吟诵，惊声说道："快看啊！快看啊！"他语气很急切，连詹姆斯也转过头来，向后看着小岛。大家都在看着，他们都在看着小岛。

但是，卡姆什么也看不到。她在想，所有充满了他们生活气息与故事的小径与草坪，就这么消失了，就这么被抹去了，就这么成为过去，成为虚幻的东西。而现在，这才是真实的：小船，打着补丁的船帆；带耳环的麦卡利斯特；海浪的隆隆声——这一切才是真实。想到这儿，她低声自言自语道："我们死去了，各自孤独地死去。"因为父亲的话不断冲击着她的脑海。这时，父亲看到她茫然的眼神，便开始逗她。他问，她看不懂罗盘上标的方位吗？她分不清南北吗？她果真认为他们是住在那边吗？他又用手指给她房子的位置，就在那儿，在那些树旁。他希望她能把方向辨得更准确，于是说道："告诉我——哪边是东，哪边是西？"他的语气中一半是取笑，一半是责备，因为他不能理解一个不是傻瓜却看不懂罗盘上方位点的人的心思。然而，她就是看不懂。看着她凝视的目光，眼神茫然，现在又很恐惧，双眼盯着根本没有房子的地方，拉姆齐先生忘记了自己的梦幻；忘记了自己在露台上的石瓮中间徘徊；忘记了女人向自己张开的双臂。他想，女人总是这样头脑糊涂，无药可救。这一点，他永远都搞不懂，但是，事实就是如此。她也不例外——他的妻子，无论什么事，她都记不清楚。但是，他生她的气是不对的；况且，他不是很喜欢女人的糊里糊涂吗？这正是她们的独特魅力啊。我要让她对我微笑，他想道，她看起来很恐惧，太安静了。他握紧拳头，决定压低自己的声音，抑制住多年来随意支配、令人同情赞美的富于表现力的面部表情和手势。他要让她对自己微笑。他要找一些简单轻松的事来和她聊。但是，聊点什么呢？因为他总是埋头做自己的学问，完全不记得别人都聊哪类话题了。对了，有一只小狗，他们有一只小狗。今天谁在照顾小狗啊？他问道。詹姆斯看着姐姐的头映衬在船帆上，冷冷地想，肯定她现在要屈服了，就剩下我一个人与"暴君"抗争了。当初那个盟约就靠他一人去执行了，卡姆不会再与"暴君"顽抗到底了，他表情严肃地想着，望着她表情悲伤、阴沉、顺从的脸，就像有时候一朵云彩落在了碧绿的山坡上，气氛变得凝重，周围的群山也会笼罩上一种阴郁痛苦之感，仿佛这山川本身必须思考被云层遮住的黑暗山坡的命运，或同情，或幸灾乐祸，卡姆现在就是这样。她坐在大家中间，他们都那么平静、决绝。她也感觉自己头顶如乌云遮日，不知道该如何回答父亲有关小狗的问题，不知该如何抵制父亲的恳求——原谅我，关爱我；而詹姆斯俨然一个立法者，仿佛刻着永恒智慧的石碑就放在膝盖上（他一只手放在舵柄上，在她看来也有了象征意义），他在说着抵抗他，反抗他。他说得那么大义凛然。他们必须与"暴君"顽抗到底，她想道。在人类所有的优秀品德之中，她最尊敬的就是正义。她弟弟最神圣，父亲最会恳求。她坐在他们两人中间，凝视着岸边，完全不知道在罗盘上的方位，想着现在那草坪、露台、房屋都已被抹平，那里一片宁静，她想，该向哪一方屈服呢？

"贾斯珀，"她阴沉着脸说道，"他会照顾小狗的。"

"那，她打算给小狗起个什么名字呢？"父亲接着又问道。他小的时候也曾有只小狗，叫弗里斯克。她要屈服了，詹姆斯想道。他看着她脸上出现了一种表情，那种表情他还记得。他们都低头看着他们的编织物或者其他什么东西，突然抬起了头。他记得闪过一道蓝光，后来和坐在他身旁的一个人一起笑了起来，投降了，他非常生气。肯定是他母亲，他想，她坐在一把矮椅子上，他父亲就站在她身旁。在已被岁月尘封的一连串印象中，他开始搜寻，轻轻掀开一片片叶子,打开层层叠叠的记忆,不停地在脑海里搜索着;在各种气味和声音中搜索;在或粗哑,或空洞,或甜美的嗓音中搜索;一闪而过的灯光和轻轻拍打的扫帚;大海轻轻冲刷着岸边;一个人迈着大步走来走去,突然停下来,直挺挺地站在他们身旁。在回忆中搜寻之时,他注意到卡姆手指轻拂着海水,眼睛盯着岸边,什么也不说。不,她不会屈服的,他想道,她和别人不一样。好吧,拉姆齐先生决定,如果卡姆不回答他,他也就不再烦扰她了,于是便把手伸进口袋去摸一本书。但是,她愿意回答他,她非常希望挪走压住舌头的那块大石头,说:噢对,就是费里斯克,我就叫它弗里斯克。她甚至想说,是不是那条自己穿过沼泽回家的狗?但是,不管她怎么努力,也说不出那样的话来,她还坚守着和詹姆斯的盟约,但在不引起詹姆斯怀疑的情况下,她已然传递给了父亲一个很私密的信号,表达了她对他的爱。她手指轻拂着海水(这时麦卡利斯特的儿子钓到了一条鲭鱼,鱼还在甲板上蹦着,两鳃挂着血),看着詹姆斯平静地盯着船帆,偶尔看一眼地平线,想道:你是没有体会到啊,你没有体会到这种压力和感情上的分裂,这种巨大的诱惑。因为没有谁更能够吸引她的注意了,他那双手那么好看,还有他的脚,他的声音,他的话语,他的急躁,他的脾气,他的古怪,他的激情,他当着大家的面直言不讳地说"我们死去了,各自孤独地死去",还有他的冷漠。她父亲在口袋里摸索着,很快就找到书了。(他已经打开了书。)但是,她直挺挺地坐在那儿,看着麦拉里斯特的儿子又钓上来一条鱼,正将鱼钩从鱼鳃上摘下来,心里想道,让她依然难以忍受的是父亲那极度的目中无人和专横,如同她童年的一剂毒药,令她的童年充满了凄风苦雨,让她到现在还会半夜惊醒,愤怒地颤抖着,想起他命令的语气和蛮横无理的态度:"做这个""做那个",他的支配欲望似乎总是在说"向我屈服吧"。

因此,她什么也没有说,只是执拗地望着表面一片祥和的岸边,黯然神伤,仿佛那里的人们都已入眠;他们是那样的自由,如一缕轻烟,如幽灵一般来去自由,在那里,他们没有任何苦楚,她想道。

| 到灯塔去 |

第 六 章

　　莉莉·布里斯科站在草坪边上，断定那就是他们的船。就是那艘船，船帆是灰褐色的，她现在看见船好像贴在水面上，快速驶出了海湾。他坐在那儿，她想，两个孩子依然沉默不语，而她自己也够不到他。那份同情她未能给予他，成了她心头的负担，让她画不下去了。

　　她一直觉得他很难相处，她记得从来都做不到当面赞扬他。这使得他们之间的关系很中性，没有任何性别因素，不像他在明塔面前那般殷勤，几乎可以说是轻浮了。他会为她摘一朵花，会把自己的书借给她。但是，他觉得明塔会读他的书吗？她在花园里走到哪儿都拿着他的书，用叶子夹在里面做标记。

　　"还记得吗，卡迈克尔先生？"她看着这个老先生，很想问问他。但是，他把帽子拉下来盖住了半个额头；他睡着了，或者在琢磨，亦或是躺在那儿酝酿着词句，她想道。

　　"还记得吗？"她从他身边走过的时候，很想问问他，因为她又想起了拉姆齐夫人在海滩上的情景：木桶上下浮动着；信纸在空中飞舞着。这么多年过去了，在那之前和在那之后的事情都已经忘得一干二净，为何唯独那一幕还那么清晰，如铃声萦绕在耳边，如灯光闪耀，即使在很遥远的地方也能看见每一个细节？

　　"那是条船吗？还是个软木塞？"莉莉重复着说道。她转过身来看着自己的画布，还是那么不情愿的样子。谢天谢地，那片空白的问题解决了，她想着，重新拿起了画笔。那片空白仿佛在对她怒目而视，整幅画的平衡似乎只取决于这个砝码。画的表面应该明亮、

168

秀丽，如羽毛般轻柔，容易消散，各种颜色相互交融，就像蝴蝶的翅膀。但是，在画布之下的整体结构必须用铁螺栓固定在一起，它须是轻得仿佛一口气就能吹皱，重得一组骏马也拉它不动。她开始涂上一抹红色、一抹灰色，开始一笔一笔塑造这片空白；同时，她又似乎在海滩上，就坐在拉姆齐夫人身旁。

"那是条船吗？还是个木桶？"拉姆齐夫人问。她开始四处寻找着眼镜。找到之后，她静静地坐着，望着大海。莉莉在画画，气定神闲，仿佛打开了一扇门，她走了进去，站在教堂一样高耸的地方默默地凝视着，光线很暗，气氛凝重。喊声从遥远的世界传来。汽轮冒着屡屡烟雾消失在地平线上。查尔斯用石子打着水漂。

拉姆齐夫人静静地坐着。莉莉想，她很高兴能这样静静地休息，不必与人交谈，丝毫不用考虑人与人之间的关系，就这样躲清闲。有谁知道我们是什么样的人，我们有何感受？即使在很亲密的时刻，又有谁能说这就是真知？拉姆齐夫人可能会问（似乎这样的情况经常出现，就这样默默地坐在她身边）。一旦说出口，不就破坏了其中的美好了吗？沉默不是更能表达我们的内心吗？至少，那一刻是极富内涵的。她在沙土里挖了一个小坑，然后又将坑埋了起来，仿佛将这一刻的完美封存在里面。它就像一滴银水，只要蘸一下，就能照亮往昔的黑暗。

莉莉向后退几步，看着一整幅画。画这幅画，就像走在一条偏僻的小路上，你走啊，走啊，越走越远，最后终于只剩一人，站在一条窄窄的木板上，俯瞰着大海。莉莉蘸着蓝色颜料，同时也跌入了对过去的回忆之中。她记得现在拉姆齐夫人站了起来，该回去了——到午餐的时间了。于是大家一起从海滩往回走，她走在威廉·班克兹的身后，走在最前面的是明塔，丝袜破了个洞。她脚跟上那个粉色小圆洞在他们面前晃来晃去，仿佛是在炫耀着自己！她还记得，威廉·班克兹尽管什么都没说，但这小圆洞让他哀叹连连。在他看来，这是对女子气质的毁灭，是尘土，是杂乱，如同仆人离去，到中午还没有整理床铺——这些都是他最痛恨的。他有个战栗着摊开手指的习惯，仿佛是要挡住什么不堪入目的景象。现在他就在这样做着——将手挡在面前。而明塔继续在前面走着，很可能保罗来接她了，她就和保罗一起走进了花园。

莱利夫妇，莉莉·布里斯科想着，挤出绿色颜料。她搜索着对莱利夫妇的印象。他们的生活在她眼前呈现出一系列画面，其中一幕是黎明时分的楼梯上：保罗回来得早，早早就上床睡觉了；明塔回来得很晚，凌晨三点钟才回来，一副饱经风霜的样子，涂脂抹粉、穿得花花绿绿地出现在楼梯上。保罗穿着睡衣走出来，手里拿着拨火棍，担心有盗贼进入。明塔站在楼梯中间靠窗户的位置吃着三明治，苍白的曙光照在她身上，地毯上有一个洞。可是，他们说了些什么呢？莉莉思忖着，仿佛只看着他们她就能听到一样。他们定是在说着气话。保罗说的时候，明塔继续吃着三明治，样子非常让人恼火。他在责骂她，话语中充满了愤愤不平，醋意十足，但声音很低，不想吵醒孩子。他们已有两个儿子。他神情沮丧，面容憔悴；她艳丽如火，满不在乎。婚后一年左右，他们之间的关系就不亲密了。这场婚姻结果很不美满。

莉莉用画笔蘸了绿色颜料，想道，这样想象着他们在一起生活的画面，就是我们所谓的"了解"他们、"想着"他们、"喜欢"他们！这里面没有一个字是真的，全是她自己编造的，尽管如此，这就是她对他们的了解。她继续画着画，在回忆的隧道中摸索前行。

还有一次，保罗说他在咖啡厅里下象棋了。就凭这一句话，她就靠想象编造出了整套情节。她记得他说话的时候，她就一边想象着他给家里打电话，仆人说"先生，莱利太太不在家"，于是他决定也不回家了。她想象着他坐在某个阴暗场所的角落里，红色丝绒座椅上烟味浓重，那里的女招待和客人很熟络。他在和一个小个子男人下象棋，这个人住在瑟比顿，是个茶叶商，保罗对他的了解就只有这些。后来他回到家的时候，明塔不在。再后来，就是楼梯上那一幕，他手拿拨火棍，以为是盗贼（无疑也是为了吓唬她），他说话的语气很强硬，说她毁了他的生活。不管怎么说，当莉莉去里克曼沃斯附近的一处小别墅看他们的时候，他们之间的关系就非常紧张了。保罗带她到花园里去看他养的比利时巨灰兔，明塔跟在他们后面哼着歌，赤裸的手臂搭在他的肩上，唯恐他跟莉莉说点什么。

  莉莉觉得明塔讨厌兔子。但是，明塔从来没有表现出来。她从没说过讨厌在咖啡厅里下棋之类的话。她头脑太清楚、太谨慎了。我们接着来讲他们的故事吧——但是，现在他们已经度过了危险阶段。去年夏天，她在他们那里度过了一段时间，汽车抛锚了，明塔递给他工具修车。他坐在路边修车，而她递给他工具的方式——一本正经、直截了当、很友好——说明现在他们之间没事儿了。他们不再"相爱"，不爱了，他已经有了别的女人，一个很严肃的女人，头发编成辫子，手里拎着一个文件包（明塔说起她，心存感激，几乎是仰慕了），到处去开会，赞同保罗关于按土地价格征税和财产税的观点（这些观点越来越鲜明了）。他们的婚姻并没有破裂，他和那个女人的关系反而让他们的婚姻更牢固了。从他坐在路边、她递给他工具的样子来看，他们显然是非常要好的朋友。

  这就是莱利夫妇的故事，莉莉微笑着想道。她想象着自己把这个故事讲给拉姆齐夫人听，她一定很好奇莱利夫妇的最终结局。告诉拉姆齐夫人这桩婚姻并不成功，她会感到一丝得意。

  但是，已过世的人了，莉莉想道。她在构思的过程中遇到了一个困难，让她不得不停下来思考，倒退一步。唉，已经逝去的人啊，她低声说着，你同情他们，你将他们抛到脑后，甚至还有点鄙视他们，他们却在我们的怜悯之下。拉姆齐夫人已经退出了人们的记忆，消失了，她想道。我们可以不管她是否愿意，仍通过改进把她受局限的陈旧观念剔除。她渐渐退去，渐行渐远。在莉莉看来，她好像在时间长廊的尽头（清晨，她坐得笔直，外面花园里小鸟开始吱吱地叫着），嘲讽似的说："结婚吧，结婚吧！"与周围的一切都极不协调。你不得不对她说：所有的事情都未能如你所愿，他们那样很幸福；我这样也很幸福。生活彻底变了。有那么一刻，她的全部存在，甚至她的美，都仿佛落满了灰尘，成了明日黄花。莉莉站在那儿，太阳烤得她后背发烫，她总结着莱利夫妇的故事。有那么一刻，她感觉自己赢了拉姆齐夫人，因为她永远不会知道保罗去咖啡厅、有个情妇的事，永远不会知道他坐在地上，明塔递给他工具的样子，不会知道她自己站在这里画画，依然没有嫁人，更没有嫁给威廉·班克兹。

拉姆齐夫人已经把这件事计划好了。如果她还活着，也许还会极力促成这桩婚事的。那个夏天，她就已经是"最心地善良的人"。他是"他那一代人中第一位科学家，我丈夫说的"。他也是"可怜的威廉——我去看他的时候，发现他家里没有一件像样东西，真让人难过——连个帮他插花的人都没有"。因此，拉姆齐夫人让他们两个一起出去散步，并且用不易被察觉的淡淡的讽刺口吻对她说，她有着科学的头脑，她喜欢花，她非常严谨。拉姆齐夫人对婚姻的这种狂热是怎么回事呢？莉莉想着，在画架前面走来走去。

（突然，非常突然，就像一颗流星划过天空，一道火光仿佛在她脑海里燃烧起来，似乎是从保罗·莱利身上发出来，将他整个罩住了。那火焰冲向天空，就像远处海滩上的野人在庆祝什么。她听到了吼声和噼里啪啦声。方圆几英里之内，海面都被映成了红色和金色。空气中有点酒的芬芳，让她有些迷醉，因为她又有一种强烈的冲动，想从悬崖上纵身跳下去，想在海滩上找珍珠胸针的时候淹死在海里。吼声和噼里啪啦的声音令她心生恐惧和厌恶，仿佛在她看到吼声和噼里啪啦声的壮丽和力量的同时，也看到它正贪婪地吞噬着这栋房子的宝贵财富，那样子令人作呕，她感到憎恨。但是，这景象的壮观程度胜过了她所有的经历，就像大海尽头的荒岛上的烽火一样，年年岁岁永不熄灭，你只要说一句"相爱"，保罗的火焰就立即又升腾起来，就像现在这样。那火焰沉下来了，她笑着对自己说："莱利夫妇"；想起保罗去咖啡厅下象棋了。）

但她自己也只是侥幸逃脱啊，她想道。她看着桌布，想起要将树往中间移一点、永远不需要嫁人，她内心感到一阵巨大的喜悦。她感觉自己现在可以勇敢地面对拉姆齐夫人了——算是向拉姆齐夫人惊人的操控力致敬吧。做这个，她说道，然后你就做了。即使她和詹姆斯坐在窗前的影子，也充满了威严。她还记得，她忽视了母子关系的重要性，让威廉·班克兹大为震惊。难道她不欣赏他们的美吗？他问道。但是她记得，她给威廉解释说那并非不敬：那儿的光需要一点阴影，等等等等，他认真地聆听着，眼神看起来就像一个聪明的孩子。拉斐尔奉若神灵的题材，她并不想小觑。她并不是愤世嫉俗。恰恰相反。他能明白，这要归功于他科学的头脑——这种公正的智慧让她极为高兴，也给她了莫大的安慰。这样，她就可以和男人严肃地讨论绘画了。的确，友谊一直是她生命中快乐的源泉之一。她爱威廉·班克兹。

他们一起去过汉普顿宫，他是那么的绅士，总是自己到河边散步，以便给她留出充足的时间上洗手间。这就是他们之间关系的典型写照。很多话都不必说出口。一个夏天又一个夏天，他们漫步穿过汉普顿宫的一个个庭院，欣赏着建筑的布局和满园的花朵，他边走边给她讲着各种事情，讲透视法，讲建筑学；他会停下来端详一棵树，或者俯瞰湖水，或者夸一个孩子（这是他最大的悲哀——没有女儿），眼神模糊，表情冷漠。这种神态是很自然的，因为像他这样的人长期待在实验室里，一旦走出实验室，整个世界似乎都让他眼花缭乱。所以，他会走得很慢，抬起手遮住眼睛，停下脚步，仰起头，只为了深深呼吸一下空气。后来，他又告诉她说，管家休息了；他必须买一块新地毯铺在楼梯上。可能她会和他一起去买一块铺在楼梯上的新地毯吧。有一次，有件什么事让他说起了拉姆齐夫妇，他说第一次看见拉姆齐夫人的时候，她戴着一顶灰色的帽子；当时不过十九或者二十岁。她美得令人震惊。他站在汉普顿宫外，望着长长的街道，仿佛可以在喷泉中看到她的身影。

现在，她看着通往客厅的台阶，通过威廉的双眼，她看见了一个女人的模样，安静、祥和、眉眼低垂。她坐在那儿沉思着，考虑着（那天她穿着灰色衣服，莉莉想道）。她双眼低垂，永远也不会抬起眼睛来。是啊，莉莉想着，目不转睛地看着，我肯定见过她这个样子，但她穿的不是灰色；也不是这么沉静、这么年轻、这么安详。这个身影一下子浮现在她的眼前。她美得令人震惊，威廉说过。但是，美不是一切。美也有代价的——美来得太容易，来得太彻底。美让生活停止——让生活凝固。偶尔有点小小骚动，你也会忘了；脸上出现一点红晕或者有一点苍白、一点奇怪的扭曲、一点光亮或阴影，都让这张脸变得一下子难以辨认，然而却增加了点令人回味无穷的品质。在美的外表下，抹平这一切要简单得多了。但是，莉莉想，拉姆齐夫人把猎鹿帽戴在头上的时候、跑着穿过草坪的时候或者批评园丁肯尼迪的时候，她的脸上是什么样的表情呢？有谁能告诉她？有谁能帮她找到答案？

她很不情愿地从沉思中回过神来，发现自己心思已经不在画上，而是在看着卡迈克尔先生，她眼神茫然，好似在看着什么虚幻的东西。卡迈克尔先生躺在椅子上，双手合十搭在大将军肚上，没在看书，也没睡觉，而是像个填饱肚子就满足的动物在晒着太阳。他的书已经掉在了草地上。

　　她很想径直走到他面前对他说："卡迈克尔先生！"然后他就会像往常一样抬起头，那双朦朦胧胧的绿眼睛里充满了仁慈的目光。但是，人只有在知道想对别人说什么的时候才会去叫醒他。她不是想和他说一件事，她想说的是所有的事。零星的词语打断了思绪，搅乱了心情，什么也说不出来。"关于生命；关于死亡；关于拉姆齐夫人"——不，她想，她无法跟任何人说任何事。情急之下说出口的话，总是不能击中目标。话语会飘向一侧，偏离目标几英寸。于是，你放弃了，心中的想法又沉入心底；你就变得像许多中年人一样，谨小慎微，神神秘秘，皱纹爬上了眉间，神情中总有抹不去的忧虑。身体的这些情感，用语言怎能表达清楚呢？语言怎能表达那无边的空虚呢？（她看着通往的客厅的台阶；那几级台阶看起来非常的空虚。）这是身体上的感觉，不是心里的感觉。看着光秃秃的台阶，会让身体产生反应，这反应突然变得让人极其不快。一种想要却得不到的感觉让她周身感到坚硬、空虚、紧张。想要却得不到——想要、想要——这种想法让她心如刀绞，一再地折磨着她！噢，拉姆齐夫人！她在心中呼喊着，冲着坐在小船旁边的那个人影、那个依照她的样子想象出来的抽象的人影、穿着灰色斗篷的人影呼喊着，仿佛是在责怪她离开了，怪她离开之后又回来。原本觉得思念她是很安全的。是幽灵，是空气，是虚无，是一件无论白天或夜晚你都可以轻松玩弄的东西，那就是她；突然，她却伸出一只手，使劲儿绞着你的心脏。突然，客厅门口光秃秃的台阶、客厅椅子上的褶皱饰边、在露台上打滚儿的小狗、花园里所有舞动的花草、飒飒的风声,全部都变成了弧线和阿拉伯式蔓藤花纹,华丽地装饰在一个完全空虚的中心周围。

"这是什么意思呢?这一切你怎么解释呢?"她又转过身去,想问问卡迈克尔先生。因为今天清晨,整个世界似乎都融化成了一汪思绪的池水,一个现实的深湾,倘若卡迈克尔先生开口说话,你几乎可以想象得到这场景,池水表面还飘着一滴眼泪。那么之后呢?有什么东西会浮出水面。可能会伸出一只手,可能会闪出一把刀。当然,这都是些荒唐话。

她突然有个奇怪的想法,觉得那些话虽然她并没有说出口,他也能听得见。他这个老头,高深莫测,胡须上有些黄色斑点,他的诗歌,他那些令人费解的一切,仿佛是小船在无限满足的世界中平稳航行,所以她觉得,他只需躺在草坪上不动,垂下手臂就能让自己所有的愿望得到满足。她看着自己的画。这可能就是他的回答,很可能是的——"你""我""她",都会渐渐消失逝去;没有什么可以永驻;一切都在变化之中;只有文字不会变,只有绘画不会变。然而,这幅画会挂在阁楼里,她想道;会卷起来扔到沙发下面;但即便如此,即使是这样一副画,也是会变的。你可能会说,即使是这信笔涂鸦的东西,还不是那幅完成的画,而是那幅画的寓意,也会"成为永恒",她要这么说;或者只是无言地暗示出这层意思,因为文字一旦说出口,即使她自己听起来也觉得是在自吹自擂;看着自己的画,她很惊讶地发现,自己看不到那画了。她的双眼充满了一种滚烫的液体(起初她并没有想到是眼泪),她视线模糊了,那液体顺着脸颊滚落下来,但她一直双唇紧闭。她在其他方面总能完美地控制自己的情绪——噢,是的!——她总是能做到。刚刚是在为拉姆齐夫人落泪吗?可她并没有感到任何忧愁啊。她似乎又像在问老卡迈克尔先生。那是怎么回事呢?是什么意思呢?往事能自已伸出手来把你抓住吗？那刀刃能伤人吗？那拳头会握紧吗？难道就没有安全可言了吗？难道用心也弄不明白世间之道吗？没有指引，没有庇护，一切都是奇迹，只能从塔尖纵身跳向空中？即使对老年人来说，生活也就是这个样子吗？——步步惊心，出乎意料，不为人知？一时间，她感觉如果他们两人现在都站起来，就在此时此刻，就这样站在草坪上，要求解释为何生命如此短暂、如此费解，他们要义正辞严地说出来，像两个做好充分准备、无需隐藏的人。那时候，美可能会自动蜷缩起来，空间就会填满，空虚的华饰也会呈现出来；如果他们喊的声音足够大，拉姆齐夫人就会回来。"拉姆齐夫人！"她大声喊道，"拉姆齐夫人！"泪水滑下脸颊。

第 七 章

[麦卡里斯特的儿子拿起一条鱼,从鱼肚子上割下一小块儿肉,放在鱼钩上作诱饵。鱼残缺不全的身体(还活着)被扔回了大海。]

第 八 章

"拉姆齐夫人!"莉莉大声呼喊着,"拉姆齐夫人!"但是,什么也没有出现。她心中的疼痛在加剧。她想,痛苦居然可以让人变得如此愚蠢!幸好那个老头没有听到她的话。他依然很和蔼,很平静——或者如果你愿意的话——很庄严。谢天谢地,没有人听到她的喊声,否则就太尴尬了,疼痛快停下来、停下来!显然,她还没有丧失理智。从没有人见她走下那一小块木板,落入毁灭之水。她还是那个干瘪的老处女,手拿一支画笔站在草坪上。

现在,欲望之痛与强烈的愤怒(正当她觉得自己再也没有机会为拉姆齐夫人而痛苦的时候,愤怒又召回了。早饭的时候,看着那些咖啡杯,她有没有想念她呢?完全没有)渐渐退去;悲伤之后的宽慰就像解药,本身就是一副止痛的良药,但更神秘的是,她感觉有人在那儿,感觉拉姆齐夫人就在那儿,她暂且卸下这个世界压在她肩上的千斤重担,一身轻松地坐在她身旁(因为这就是美丽的拉姆齐夫人),然后她将白色花环戴在头上,走开了。莉莉又挤了几管颜料。她现在要解决树篱的问题。她看着拉姆齐夫人像往常一样迈着轻快的步伐穿过田野,消失在淡紫色柔和起伏的田野间,消失在风信子或百合花丛中。她看得那么真切,让自己感到很奇怪。这就是画家眼睛的独到之处。她得到拉姆齐夫人的死讯之后好几天,她都看到拉姆齐夫人这个样子,将花环戴在头上,确确实实地穿过田野而去,与她做伴的是一道影子。这样的景象,这样的片段,有慰藉的力量。不管她在哪儿画画,在乡间亦或在伦敦,这一幕都会出现在眼前,她会微睁着双眼,为她心中的幻象寻找一个支点。她

| 到灯塔去 |

低头看看火车，看看公共汽车，沿肩膀或脸颊选取一个线条；她看看对面的窗子；看看傍晚灯火闪亮的皮卡迪利。这一切都是茫茫死亡之原的一部分。但是，总会有什么东西——可能是一张脸，一个声音，一个叫卖着《旗帜报》《新闻报》的报童——闯入她的幻象之中，喝止她，唤醒她，要求她予以关注，最终也都能得逞。所以，她必须一次又一次地重新塑造这幻象。现在，她又被某种对距离和蓝色的本能需求所驱使，看着下面的海湾，把蓝色的层层海浪看作小山，将紫色天空看作多石的田野。像往常一样，某种不协调的东西引起了她的注意。海湾中央有个褐色小斑点。那是一艘小船。是的，她在一秒钟之内就意识到了。但那是谁的船呢？拉姆齐先生的船，她回想道。那个抬起一只手臂从她身边大步走过、表情冷漠、穿着漂亮靴子、率领着队伍、要她同情却被她拒绝的拉姆齐先生。小船已经行驶过了半个海湾。

今天早晨天气非常好，只是偶尔吹来一缕清风，大海和蓝天似乎连成了一体，仿佛船帆高高挂在天空，仿佛云朵掉到了海里。远处的海上有一艘汽轮冒着浓烟，在空中缠缠绕绕，装点着这幅图景。空气仿佛一块薄纱，网眼里轻柔地托着万物，只让它们温柔地摇过来、摇过去。天气晴好的时候时常会这样，悬崖仿佛能够感觉到船只，船只也能感觉到悬崖，仿佛它们向彼此传递着什么秘密信息。有时候，灯塔看起来距离岸边非常近，而今天早晨，薄雾笼罩下的灯塔看起来非常遥远。

"他们现在到哪儿了？"莉莉望着大海想道。那个腋下夹着一个牛皮纸包裹、默默从她身边走过的老态龙钟的男人，他到哪儿了？那条船在海湾的中央。

第 九 章

  他们什么都感觉不到,卡姆心里想着,望着海岸起起落落,在眼前越来越遥远,越来越宁静。她一只手伸进水里,随小船划出一道水路,心中将绿色旋涡和水纹编织成各种图案。她有些木然而沉重,想象着自己遨游在水下世界,一串串珍珠附在白色水花上,她的心灵在绿色光线照耀下发生了彻底变化,半透明的身体也仿佛闪现在绿色斗篷下。

  这时,涡流在她手边散开,水流停止了;整个世界充满了细微的嘎嘎吱吱的声音。可以听见海水轻轻拍打着船舷,仿佛就停泊在海港里。一切都显得那么近。詹姆斯两眼一直盯着船帆,恍惚觉得船帆变成了一个他熟知的人,松松垮垮地耷拉着;船停了,船帆在炎炎烈日下扑啦扑啦地飘荡着,等待着起风。他们就在海岸和灯塔之间,前不着村,后不着店。似乎世间的一切都静止不动了。灯塔一动不动了,远处的海岸线也固定不动了。阳光越来越毒了,大家似乎都往一起凑着,感受着彼此的存在,因为刚才他们几乎已经忘了还有别人在身边。麦卡里斯特的鱼线垂在水里。但是,拉姆齐先生盘着双腿,继续读着书。

  他在读一本闪亮的小书,封皮上有鸽鸟蛋一样的斑点。每当他们在讨厌的平静之中进退不得时,他却时而翻上一页。詹姆斯觉得,他每翻一页,都像是专门针对他的:有时非常武断,有时非常威严;有时想要别人同情他;父亲一页一页翻着书,詹姆斯始终担惊受怕,怕他会抬起头,突然跟他说点什么。为什么他们在这儿磨磨蹭蹭的?他会问,或者问点类似这样不靠谱的事。詹姆斯想,如果他真的问了，我就拿一把小刀刺向他的心脏。

他心中一直有这样的想法：拿一把小刀刺向父亲的心脏。随着他慢慢长大，现在这样坐着，瞪着父亲，心中气愤又无可奈何，此时他才意识到要杀的并不是读书的这个老头，而是突然落到他身上的那个东西——可能他自己并不知道：那只面目狰狞的黑翅膀鸟妖突然袭来，鸟爪和鸟喙冰冷坚硬，不断地啄你、啄你（他能感觉到鸟嘴在啄自己裸露的小腿，他小的时候就被鸟啄过），然后飞走了，而他还是原来的模样，还是那个读书的老头，表情非常悲伤。那才是他要杀死的，那才是他要刺向心脏的对象。不管他做什么——（他看着灯塔和远处的海岸，感觉自己什么都可能会做），不管他是经商，还是在银行，不管他是作律师，还是作某个企业的老总，他都会与它斗争，追捕它，剿灭它——他把它叫作暴君、专制——让别人做他们不愿意做的事情，剥夺别人说话的权利。当他说，"到灯塔去"的时候，有谁能说"可是我不想去"？干这个，把那个给我拿过来。鸟妖张开黑色的大翅膀，坚硬的鸟嘴就来撕咬你。而下一刻，他又坐在那儿读书，可能会通情达理地抬起头——谁知道呢——这很有可能。他可能会与麦卡里斯特父子攀谈。詹姆斯想，他可能会把一个金币塞到街上冻僵的老太太手里；渔民有什么运动比赛的时候他可能也会呐喊助威；他可能也会兴奋地挥舞着手臂。或者，他可能会坐在餐桌一头，一顿饭从头到尾都一声不吭。是的，詹姆斯想道。小船还在烈日下晃晃悠悠；有一片荒凉严酷的荒原，覆盖着积雪和乱石；他最近常常觉得，当父亲说点什么让大家都很吃惊的话时，他却只看到了两对脚印；他自己的脚印，父亲的脚印。他们彼此心有灵犀。那么，他心中的恐惧和憎恨又是怎么回事呢？回忆层层叠叠，如同树叶包裹着他。他转过身来，向森林深处望去，看到光影交错，扭曲了所有的形状，一会儿阳光刺了眼，一会儿是暗影叠叠。他跌跌撞撞,想找到一个形象好让自己冷静下来,分离出来,让自己的感受以具体形式得到圆满表达。设想一下,一个孩子无助地坐在摇篮车里,或者在某个人的膝盖上,看着马车无知又无辜地压在一个人的脚上,会是什么感觉呢?假如他先看到了那只脚,就在草丛里,光滑,完整,之后又看见车轮;同样还是那只脚,一片紫红色,已被马车碾压了。但是,车轮是无辜的。所以,当父亲一大早就沿走廊里大步走来,敲着门叫醒他们去灯塔之时,就像是车轮压过他的脚,压过卡姆的脚,压过所有人的脚。他只能坐在那儿看着这一切。

　　但是,他想到的是谁的脚呢?这一切发生在什么样的花园里呢?这一幕幕,总要有发生的背景啊;那里有树,有花,还有点光亮,有几个人影。这一切都设定在了一个花园里,那里没有忧郁的面容,没有愤怒挥舞的手臂;人们以平常的语调说着话。人们整天进进出出。厨房里有个老太太在闲聊;遮帘在微风的吹拂下凹进去又鼓出来;花儿盛开,万物生长;到了夜晚,所有的杯盘碗盏和摇曳炫耀的红黄花朵,都会笼罩上一层黄色的薄纱,就像一片葡萄叶。夜晚,一切变得更安静、更暗淡。但是,葡萄叶一样的薄纱轻柔得光都能将它托起,话语声都能让它褶皱;透过薄纱,你能看到一个人影弯着腰,听到衣服沙沙声、表链叮当声,时而近,时而远。

　　就是在这个世界中,车轮碾压在那个人的脚上。他记得有什么东西停在了他身上,眼前一片黑暗;那东西不愿离去;有什么东西在空中挥舞着,有什么干枯、锋利的东西落了下来,像一把剑,一把半月刀,刺在欢乐世界的叶子和花朵上,使它们枯萎凋零。

　　"会下雨的,"他记得父亲说过,"去不成灯塔了。"

　　那时的灯塔闪着银光,朦朦胧胧,每到傍晚,一只黄色眼睛就会突然温柔地睁开。而现在——

詹姆斯看着灯塔。他能看见粉刷过的岩石；能看见高塔，光秃秃，直挺挺；他能看见塔身上刷着黑白两色的粗条；他能看见上面的窗户；他甚至还能看见刚洗完晾在岩石上的衣物。这大概就是那灯塔吧。

不，另外那个也是灯塔。任何事物都不是单一的。另外那个也是灯塔。有时候，隔着海湾几乎看不到它。傍晚，抬起头你会看到灯塔的眼睛一张一合，他们坐在暖洋洋的花园里，那灯光似乎都能照得到。

但是，他停止了遐想。每当他说到"他们"或者"一个人"，开始听到有人走过来的沙沙声，有人离开的叮铃声，他就对谁在房间里这件事极其敏感。现在是他父亲在房间里，气氛就会变得极为紧张。如果再不起风，他父亲下一秒恐怕就要啪的一声合上书说："发生什么事了？我们在这儿磨磨蹭蹭的，干什么呢？"以前也发生过类似的事情，当时他在露台上将刀锋指向自己和母亲，母亲浑身僵硬了。如果当时手边有一把斧子、一把小刀，或者任何锋利的尖东西，他都会一把抓起来刺向父亲的胸膛。他母亲浑身僵硬，胳膊耷拉下来，他感觉她已经不再听他说什么了。她不知怎么的站了起来，走开了，只留下他在那儿，荒唐可笑，无助地坐在地板上，手里握着一把剪刀。

一丝风也没有。船舱底部的一小汪水发出扑突扑突的声音，是三四条鲭鱼在上下拍打着尾巴，水很浅，不足以没过鱼的身体。拉姆齐先生（詹姆斯几乎不敢看他）随时都会发作，合上书，说点什么刻薄的话；但眼下他还在看书，所以，詹姆斯悄悄地想，就像他光着脚悄悄走下楼，害怕地板的吱吱声吵醒了看门狗，他悄悄地继续想着那天她是什么模样？那天她去哪儿了？他的思绪跟随着她从一个房间走到另一个房间，最后，他们来到的这个房间闪着蓝色光亮，仿佛是许多瓷器反射出来的，她在和什么人说话；他听着她说话。她在和一个仆人说话，想到什么就说什么。"今天晚上我们会需要一个大盘子。放在哪儿了——那个蓝色的盘子？只有她才会说真话；只有对她，他才能说真话。可能这就是她对于他的永恒魅力所在吧；她就是一个让人可以想到什么就说出来的人。但是，一直以来，每次想到她，他都感觉父亲跟随着自己的思绪，像幽灵一样尾随着，令他的思绪颤抖、退缩。"

终于，他不再回想了；他坐在阳光下，一只手放在舵柄上，眼睛盯着灯塔看，感觉自己无力动弹，无力弹走那一粒粒落在自己思绪上的痛苦。好像有根绳子将他绑在了那里，是他父亲打的结，只有拿刀子刺过去他才能解脱……但是，就在这时候，船帆开始慢慢张起来，慢慢张满，小船似乎抖了一下身体，然后就半梦半醒地开动了，等她完全醒来，就拨开海浪快速前行了。真是大大地松了一口气啊。他们之间的距离似乎又拉大了，都感到自在悠闲，从船身一侧斜抛下去的鱼线又紧绷了起来。但是，他父亲并没有振奋起来。他只是很神秘地将右手高举起来，又让它落回到膝盖上，仿佛他在指挥一场秘密交响乐。

第 十 章

[海上没有一点瑕疵,莉莉·布里斯科想道。她依旧站在草坪上眺望着海湾。海水如丝绸般流淌在海湾里。距离有着非凡的力量;他们被大海吞没了,她觉得,他们一去不复返了,他们成了大自然的一部分。大海是那么平静,那么安宁。汽轮也消失了,但滚滚浓烟依旧挂在空中,像伤心告别时的旗帜一样垂落下来。]

第 十 一 章

就是这样的，那座小岛，卡姆想着，又将手指伸进了海水里。以前她从未在海上看过它。它是不是就这样躺在海面上，中间凹进去，旁边还有两个高耸的峭壁，海水从那儿涌上来，又从两侧散开，绵延数英里。这小岛很小，形状有点像一片竖立着的叶子。于是，我们要乘坐一条小船，她想象着，开始自顾自地编起了从沉船逃脱的历险故事。但是，海水从指间滑过，一株水草消失在身后，她并不想正儿八经地给自己讲什么故事，只想要那种冒险逃脱的感觉，因为随着小船继续航行，她想的是，父亲因为她不懂罗盘刻度而生气，詹姆斯顽固坚守着盟约，以及她自己的痛苦，这一切都溜走了，这一切都过去了，这一切都随着海水流走了。接下来还会有什么呢？他们要去哪儿呢？从她伸进海水里的冰凉的手，突然涌出一股快乐之泉，那快乐来自这变化、这逃脱、这冒险（她竟然还活着，她竟然会在这儿）。这突然涌出的没头没脑的快乐之泉洒下的水滴，溅落在她黑暗昏沉的大脑中，溅落在一个在黑暗中旋转、到处捕捉一丝火光的未知世界中：希腊，罗马，君士坦丁堡。小岛虽小，形状如竖立的叶子，金色水花涌进来，在四周流淌着，但她觉得，它在宇宙中也有一席之地吧——即便是这样的一座小岛？她想，书房里那些老绅士或许能告诉她答案。有时候，她故意从花园里拐进去，就是为了听听他们在讲什么。他们都在那里（可能是卡迈克尔先生或者班克兹先生，非常老了，身体一点也不灵活了），在矮扶手椅上面对面坐着。她从花园进来的时候，看见他们面前乱糟糟地放着《泰晤士报》，报纸被翻得啪啪响，上面说有人说了关于耶稣的什么事；在伦敦一条街上有人挖出了一头猛犸象；伟大的拿破仑长什么样子？他们伸出干净的双手（他们穿着灰色衣服；他们身上有石楠花的香气），把散乱的报纸都收拢在一起，翘着二郎腿，偶尔简短地说点什么。她迷迷糊糊地从书架上取下一本书，站在那儿看着父亲一行一行地写字，写得那么工整，那么整齐，偶尔咳嗽一两声，或者和坐在对面的老绅士说一两句。她站在那儿，书摊开在手里，想道，在这里你可以任思绪延展，就像一片树叶摊开在水里；如果在这里，老绅士们抽着烟斗，翻着报纸，思绪可以延展，那么它就是正确的。看着父亲在书房里写字，她觉得（现在坐在船上）他最可爱，最博学；他不虚荣，也不独断。的确，如果他看见她在那儿看书，他会非常温柔地问她：难道她不需要他给她点什么帮助吗？

唯恐自己的想法有误，她又看着他在读那本封皮上有鸻鸟蛋一样斑点的闪亮的小书。不，没错。现在看看他吧，她很想这样对詹姆斯大声说。（但是詹姆斯的眼睛一直盯着船帆。）他太刻薄，太粗暴，詹姆斯会这样说。他总是把话题引到他自己和他的书上去，詹姆斯会这样说。他太自高自大，简直让人受不了。最糟糕的是，他还是个暴君。可是你看啊！她看着他说道。现在你看看他。她看着他蜷着腿读那本小书，她知道书页已经发黄，但不知道上面写了些什么。书上的字很小，印得密密麻麻的；扉页上他还写了晚餐花了十五法郎，酒水花了多少钱，小费给了多少；一样一样清楚地列在那一页的底部。但是，这本在口袋里装得已经磨掉了边角的小书里面写了些什么，她却不得而知。他在想什么，他们谁也不知道。不过，他看得非常投入，所以当他抬起头，就像现在这样，并不是真要看见什么，而是要把某个想法弄得更确切。一旦搞定，他的思绪又飞了回去，他又开始埋头读了起来。她觉得，他读书的样子仿佛他在导引着什么东西，或者在赶着一大群羊，或者在一条狭窄的小路上艰难前行；有时候他读得很快，长驱直入，披荆斩棘地杀出一条路来；有时候似乎一个小树枝打在他身上，一棵树莓挡住了他的视线，但他不会就这样被击败的；他继续前行，翻过一页又一页。她则继续给自己讲着从沉船里逃脱的故事，因为有他坐在那儿，她就觉得安全；当初她从花园爬进书房取下一本书，而那位老绅士突然将报纸放低，突然就拿破仑的性格简单说了两句，那时她就感觉到很安全。

她回头越过海面凝望着小岛。但是，那枚树叶轮廓已开始模糊了。现在变得很小，很遥远。现在，大海比海岸更为重要。海浪在他们周围起伏翻腾，一根木头随着海浪上下翻滚；一只海鸥在浪尖翱翔。她将手指浅浅地伸到水中，心里想，大概就是在这儿沉下去了一艘船，她梦一般出神地低语着，我们死去了，各自孤单地死去。

第 十 二 章

　　莉莉·布里斯科望着如无暇美玉般的大海，它是那么的柔和，船帆和云朵都好似镶嵌在那蓝色美玉上。她想，一切都取决于距离：别人与我们之间的距离是近还是远；因为随着小船在海湾里渐行渐远，她对拉姆齐先生的感觉也发生了变化。海湾好像被拉得很长很长，拉姆齐先生也似乎变得越来越遥远。他和孩子们似乎被那蔚蓝的大海和那段距离吞没了；而在这里，在草坪上，咫尺之地，卡迈克尔先生突然哼了一声。她笑了起来。他将书从草地上抓起来，又回到椅子上喷云吐雾去了，看起来像个海怪。眼前这一幕就完全不同了，因为他的距离太近。现在一切又都归于平静。她看着房子想，这个时候他们肯定都起床了吧，但是什么动静也没有。后来她想起来了，他们总是一吃完饭就出门，各自去忙各自的事情。一切都与清晨时分这寂静、这空虚、这虚幻非常协调一致。有时候事物就是这样，她徘徊了片刻，看着闪闪发亮的长窗和袅袅青烟，心想：事物就是会变成虚幻。因此，长途跋涉之后回到家，或者大病初愈之后，在习惯之网尚未覆盖一切时，也会有同样的虚幻之感，会让人大吃一惊，还会感到有什么东西浮现出来。那样的生活生机盎然。你可以无拘无束，自由自在。谢天谢地，你不用装出神采飞扬地样子穿过草坪，去和出来找个角落坐一坐的老贝克威思太太打招呼说"早上好啊，贝克威思太太！今天天气可真好啊！你胆子可真够大的，还敢坐在大太阳底下？贾斯珀把椅子都藏起来了，我去给你找一把来！"以及诸如此类的闲话，全都一并省去了。你根本无需说话。你滑行于各种事物之间，超脱于事物之外，你抖动一下船帆（海湾里热闹了起来，船只都开始发动了）。生活并不空虚，而是充实得快要溢出来了。她似乎站在某种深得没过了脖颈的液体之中，在其中移动、上浮、下沉；是的，这里的水深不可测，里面倾注了许多生命。拉姆齐夫妇，孩子们，另外还有各种无家可归、流离失所的人们。一个端着篮子的洗衣女工；一只白嘴鸦；一株剑叶兰；紫色和灰绿色的花朵：某种共同的感觉把这一切结为了一个整体。

十年前，她几乎就站在现在所站的地方，大概就是这种完满的感觉让她说：她一定是爱上这个地方了。爱有一千种形式。可能有些相爱的人就是有天赋将事物的要素挑选出来，将它们放在一起，赋予它们生活中本来没有的完整感，安排一些场合让人们相遇（现在人们都走了，分开了），结合成一个紧密球体，让人思绪万千，爱意缠绵。

她的目光落在了那块褐色小点点上，那是拉姆齐先生的帆船。她估计，午饭的时候他们就能到达灯塔了。但是，风刮得更强劲了，天空有了些许变化，大海也有了些许变化，船只都改变了位置，刚刚还奇迹般固定的画面，现在却不那么尽如人意了。风把汽轮喷出的烟吹散了；轮船的位置让人心生不快。

布局的不均衡仿佛破坏了她心中的某种和谐。她感到莫名的苦恼。当她转过身看着画，这种感觉就更强了。她在浪费早晨的大好时光。她无论如何也无法使两股相反的力量达到平衡；拉姆齐先生和这幅画；但这是很必要的。或许是我的构思本身出了问题？她想，是不是墙的线条需要断开？或者那些树的颜色太重了？她嘲笑着自己；她开始画画的时候不是就觉得自己已经把问题解决了吗？

那，还有什么问题呢？她必须要抓住那个躲闪的问题。她想到拉姆齐夫人的时候，那个问题躲闪开了；当她想到自己这幅画的时候，那个问题躲闪开了。词句出现了，幻象出现了，美丽的画面，漂亮的词句。但是，她想要捕捉的正是压在神经上的那个东西，要在它被加工成其他东西之前抓住它。要抓住它，重新开始；要抓住它，重新开始；她拼命地说着，自己又坚定地站在了画架前。人类用来绘画和感知的设备，她想，是一台可怜的机器，一台低效率的机器；总是在关键时刻掉链子；你还要很英勇地逼着它继续运转下去。她盯着画布，眉头紧锁。有树篱，这是肯定的。但是，如果太强求，就会什么也得不到。盯着墙面的线条，或者想象着——她戴着一顶灰色帽子，结果你只会觉得耀眼。她美得令人震惊。她想，要来的，就让它来吧。因为有时候你既不能思考，也不能感知。如果既不能思考，也不能感知，她想，那么你在哪儿呢？

就在这草地上，就在这地上，她这样想着，坐下来，用画笔仔细扒拉着察看一丛车前草。草坪参差不齐。这样坐在这个世界上，她想，总有一种感觉挥之不去，感觉今天早晨所发生的一切虽是第一次发生，可能也是最后一次了，一个旅者尽管还没有完全睡醒，但他看着窗外，也知道他现在必须要看一看，因为他再也不会见到这小镇、这骡子车，或在田里劳作的女人。一方草坪就是一个世界；他们一起住在这里，在这个尊贵的小站，她这样想着，看着老卡迈克尔先生，他似乎（尽管他们两人始终没有说过一句话）明白她的心思。可能她也不会再见到他了。他越来越老了。况且，她记得，看着他的一只拖鞋在脚上摇晃着，她不禁笑了，他的名气也越来越大了。人们都说他写的诗"太美了"。人们争相把他十年前写的东西全都拿去出版了。现在的卡迈克尔可是一个大名人，她笑了，想着一个人可能会有多少种形象，在报纸上他是那个样子，而在这里，他还是他惯常的模样。他看起来没多大变化——只是头发更白了。是的，他看起来没多大变化，但她记得有人说过，卡迈克尔先生听到安德鲁·拉姆齐的死讯时（他被一个弹壳击中，瞬间毙命；他本来可以成为一个伟大的数学家的），突然"变得了无生趣"。是什么意思呢——那样一句话？她想道。他抓着一根大手杖到特拉法加广场去游行了吗？他有没有在圣约翰林，独自坐在房间里一页一页地翻着书，却无心读下去呢？她不知道他听到安德鲁的死讯后做了些什么，但这件事对他的打击她能感同身受。他们不过在楼梯上彼此嘀咕过几句，他们不过是一同望着天空，说天气会放晴或者不会放晴。但是，她认为这也是了解别人的一种方式：了解大体轮廓，不用看细节，如同坐在自己的花园里看着漫山遍野的紫色和延伸至远方的石楠花。她就是这样了解他的。她知道他变了。他写的诗，她一句也没读过。但她觉得，她知道他的文风，节奏很慢，却铿锵有力。他的诗，味道醇正香浓。写的是关于沙漠和骆驼的。还有棕榈树和日落。诗中不带任何个人感情色彩；有对死亡的见解，对爱情的表达非常少见。他身上有种超然的气质。他对别人几乎毫无所求。他当年腋下夹着份报纸穿过客厅的时候，为了避开不知为什么不太喜欢的拉姆齐夫人，不是笨手笨脚地蹒跚着穿过客厅吗？当然，也正因为如此，她总想让他停下来。他会向她鞠躬行礼。他会很不情愿地停下脚步，深深地鞠一躬。拉姆齐夫人很恼火他的无欲无求，就会问他（莉莉能听到她说什么），他不想要个外套吗？不来块儿毯子吗？不来份报纸吗？不，他什么也不需要。（说到这儿，他又鞠了一躬。）她身上有些品质他不太喜欢。可能是她的支配欲，她的过分自信，还有点太实事求是。她太直截了当了。

（有个声响引起了她的注意，让她看着客厅窗户——是折页咯吱咯吱的响，微风在玩弄着窗户。）

肯定有人特别不喜欢她，莉莉想道（是的；她意识到客厅门口的台阶是空的，但对她并没有任何影响。她现在不需要拉姆齐夫人）。——有些人觉得她太自信了，太夸张了。而且，她的美貌也

193

可能会冒犯他人。好无趣啊，人们会说，总是同样的面孔！他们更喜欢另一种类型——肤色较黑的，性格活泼的。还有，她在丈夫面前很软弱。她总是让他由着性子来。还有，她太矜持了。没有人确切地知道她经历过什么。况且（再回到卡迈克尔先生和他对她的反感），很难想象拉姆齐夫人一整个上午都站在草坪上画画、躺在草坪上看书。真是难以想象。她会一句话不说就挎着一个篮子去城里看望穷人，坐在密不透风的小卧室里。莉莉常常看见大家在玩游戏、或者讨论得正起劲儿的时候，拉姆齐夫人悄无声息地挎着篮子、挺着腰板走了。她见过拉姆齐夫人回来。她半好笑（她整理茶杯时是那么有条不紊）半感动（拉姆齐夫人的美令人惊讶不已）地想，因痛苦难以睁开的双眼曾经望着你。你曾经去陪伴过他们。

　　如果有谁迟到，或者黄油不够新鲜，或者茶壶有个小裂纹，拉姆齐夫人就会很恼火。她一直在说黄油不新鲜的时候，你会想到希腊的神庙，想到美曾经在那儿和人们在一起。她从来不说去哪儿——她就是走了，很准时，很直接。那是她的本能，就像燕子南飞，就像菜蓟追随着太阳，她的本能将她准确无误地转送到人间，在人类心中筑起自己的巢穴。她这个本能，和其他本能一样，让没有这种本能的人感到厌烦；可能对卡迈克尔先生就是这样，在她自己看来肯定是如此。他们两个都认为行动效率低，而思想才是至高无上的。她的离开，对他们来说是侮辱，是对世界的扭曲，所以，眼看自己的偏爱之物消失不见，他们就要抗议，在它们消失时就要去抓住他们。查尔斯·坦斯利也这么做过：这也是人们不太喜欢他的原因之一。他打乱了别人世界的平衡。他现在怎么样了？她想着，懒洋洋地用画笔撩拨着车前草。他拿到了研究员的职位。他结了婚；他住在戈尔德格林。

　　战争期间，有一天她走进一个礼堂，听见他在演讲。当时他在谴责什么事情：他在声讨什么人。他在宣扬兄弟之爱。而她所有的感觉是，你的同胞对画一窍不通，站在你身后抽着劣质烟丝（"一盎司五便士，布里斯科小姐"），专门在你面前说什么女人不懂写作、不会画画，而且他不光这么认为，不知为什么还特别希望事实就是如此，你怎么可能会爱他？他满脸通红，身材清瘦，声音沙哑，站在讲台上鼓吹着仁爱（她用画笔撩拨的车前草上有蚂蚁在爬来爬去——红色的蚂蚁，活力四射，好似查尔斯·坦斯利）。在那座空着一半的礼堂里，她坐在一个座位上嘲笑地看着他将仁爱注入那个清冷的空间里，突然，眼前浮现了那只随着海浪上下漂动的旧木桶或者什么东西，拉姆齐夫人在鹅卵石中间找自己的眼镜盒。"天啊！真讨厌！又找不到了。别麻烦了，坦斯利先生，每年夏天我都要丢上几千个。"听到她这么说，他的下巴又缩回来贴在衣领上，仿佛不敢认可这样夸张的表达，但也还可以忍受她这样说，因为他喜欢她，他迷人地笑了。有一次出去远游，大家分散着往回走的时候，他一定向她倾吐过心声。他在供自己的小妹妹上学，拉姆齐夫人曾经告诉过她。这是非常值得赞扬的。莉莉非常清楚，她自己对他的印象是很荒唐，她用画笔撩拨着车前草。毕竟，人们对别人的印象有一半都是荒唐的。那些想法只是为了满足个人的目的。在她眼里，他就是个戴罪羔羊。她发脾气的时候，会发现自己在鞭打着他瘦弱的肋骨。如果她要严肃对待他，就要借助拉姆齐夫人那句话，用眼睛去看他。

她堆了一座小山让蚂蚁们去爬。她这样扰乱了它们的世界，让它们慌乱之中不知所措，有的往这边跑，有的往那边跑。

你需要五十双眼睛才行，她想道。要看透那样一个女人，五十双眼睛都不够用，她想。其中一双眼睛一定要对她的美视而不见。你最需要的是一种神秘感，细微如空气，从钥匙孔悄悄溜进来，她坐在那儿织袜子、聊天、独自默默坐在窗前时包围住她；像空气托起汽轮喷出的烟雾一样，将她的思绪和她的想象、她的渴望都珍藏起来。树篱对她来说意味着什么？花园又意味着什么？浪花四溅又意味着什么？（莉莉抬起头，就像当初她见到拉姆齐夫人抬起头一样；她也听到了海浪涌上海滩的声音。）当孩子们喊着："这个球怎么样？这个球怎么样？"是什么在她心中悸动、震颤？她会暂时停下手里的毛线活。她会表情非常专注。然后，她又走一会儿神，突然，一直来回踱步的拉姆齐先生会停下脚步，在她面前定定地站着，高高地站在那儿低头看着她，她会感到一阵奇怪的颤栗，似乎极为激动地抱住她摇晃着。莉莉看得见他。

他伸出手，将她从椅子上扶起来。好像他以前也这么做过似的，好像他以前也这样弯腰把她从船上扶起来，那小船离小岛只有几英寸远，需要男士搀扶女士上岸。这是旧时流行的做法，女士要穿裙撑和陀螺形裤子。拉姆齐夫人让他搀扶着自己上岸时心里想，（莉莉认为）是时候了。是的，她现在就要说出口。是的，她要嫁给他。她慢慢走过来，默默地上了岸。可能她只说了一句话，手依然握在他手里。我要嫁给你，她可能说，手就那么放在他手里；但仅此而已。一次又一次，他们彼此感受着怦然心动——显然是这样，莉莉想着，为眼前的蚂蚁疏通一条路出来。她不是在编造，只是想把尘封在心中多年的回忆掀开，整理她亲眼所见的事实。每天的生活磕磕绊绊，那么多孩子，那么多客人，让人经常会有种重复的感觉——一个东西掉了，接着又一个东西掉了，形成了回音在空气中回荡着、震颤着。但是，她想，如果把他们之间的关系简化为手挽着手一起走过玻璃花房，她披着绿色披肩，他领带飞舞，那就错了。他们并不总是这样无限幸福的——她冲动、性子急；他易怒、忧郁。噢，不。大清早卧室的门就砰砰地摔开了。他会气得从餐桌旁跳起来。他会嗖的一声把盘子扔出窗外。然后，整栋房子里就会一直回荡着房门砰砰响、百叶窗呼啦呼啦的声音，仿佛一股强风袭来，人们急忙快步走去关好门窗，整理好东西。那天他在楼梯上遇见保罗·莱利，就是这个样子。他们笑啊，笑啊，好像两个孩子，仅仅是因为拉姆齐先生在早餐牛奶里发现了一只蠼螋，就连牛奶带杯子一起扔到了外面的露台上。"一只蠼螋，"普鲁畏惧地喃喃道，"在他的牛奶里。"别人还有可能会发现蜈蚣呢。但他在周围竖起了一道神圣的围栏，一副威严不可侵犯的架势，仿佛牛奶里的蠼螋是个大怪物。

但是，这让拉姆齐夫人很厌烦，也让她有点害怕——盘子嗖的一声飞出去，房门砰的一声关上了。有时候，他们会很长时间都沉默不语，她半是忧伤半是怨恨，那种心境让莉莉很是不快。拉姆齐夫人似乎难以平静地度过暴风雨，不能和他们一笑了之；她满脸的倦容可能掩盖了什么东西。她思索着，静静地坐着。过了一会儿，他就会悄悄来到她所坐的地方——在窗前溜达，她就坐在那儿写信或者聊天来着，而他路过的时候她总是刻意让自己显出很忙碌的样子，躲着他，装作没有看见他。之后，他就会变得像丝绸一样柔和、和蔼、温雅，努力讨好她。她还是会故意冷落他，会故意表现出傲慢的样子，摆一会儿架子，以她的美貌本就该如此，但一般情况下她从来不那样；然后她会转过头；回头向身后看看总是在她周围的明塔、保罗或者威廉·班克兹。最终，他站在人群之外，就像一只饥饿的猎狼犬（莉莉从草地上站起来，看着那台阶，那窗户，那是她曾经看见他的地方），呼唤她的名字，只叫一次，简直像是一只狼在雪地里嚎叫，但她依然不理睬他；他会再叫一次，这一次他的语气中有点什么东西会唤醒她，她会突然把大家扔在一边，朝他走过去，他们两人便一起走在梨树林、走在卷心菜地、走在树莓花圃间。他们会把心中的不快倾吐出来。但是，他们的态度是怎样的呢？

用什么样的语言表达出来呢？他们之间非常尊重彼此的尊严，使她和保罗、明塔都转过身去，掩饰着内心的好奇和不自在，开始摘花、扔球、聊天，一直到晚餐的时间，他们才回来，他就坐在桌尾，她坐在桌首，一如往昔。

"你们怎么没有人搞植物学呢？……有胳膊有腿儿的，怎么没有人……？"他们开始像往常一样笑着聊起天来，孩子们也坐在其间。一切都一如往日，只有某种颤抖，就像微风中的一片草叶，在他们之间来来回回，仿佛在梨树林和卷心菜地散步一个小时之后，孩子们围坐在汤盘周围的这种司空见惯的场景在他们眼里也变得新鲜了。特别是，莉莉想，拉姆齐夫人还瞥了一眼普鲁。她坐在兄弟姐妹中间，总是一会儿也闲不住，似乎要看着别出什么差错，而她自己却很少说话。牛奶里出现了蠼螋，普鲁该多自责啊！拉姆齐先生把盘子扔出窗外的时候，她脸色变得多么苍白啊！在他们之间长长的沉默期间，她整个人都蔫了！不管怎样，她母亲现在似乎是在补偿她，在安慰她一切都很顺利！向她保证将来有一天，同样的幸福也将属于她。然而，这种幸福她只享受了不到一年。

她任凭花朵从篮子里掉下来，莉莉想，眯起眼睛退后一步，仿佛是在看着自己的画，但她并没有碰画，而是所有的器官都处于恍惚状态，表面上看来好像整个人都冻住了，但实际上却在极速运动着。

她任凭花朵从篮子里掉下来，散落在草地上；然后，虽然不情愿，犹犹豫豫，但也没有疑问和怨言——难道她没有俯首顺从的能力吗？——也跟着去了。走过田野，穿过开满鲜花的白色山谷——她原本可以这样来画的。小山很庄严，山石陡峭。海浪拍打着山脚下的岩石，发出嘶哑的声音。他们去了，他们三个人一起，拉姆齐夫人走在最前面，速度很快，好像在期待着转角就能遇到什么人。

突然，她盯着看的那扇窗户被后面亮亮的东西衬得发白。终于，有人走进了客厅，有人坐在了椅子上。上帝保佑，她祈祷着，让他们安安稳稳地坐在那儿，不要费力出来和她说话吧。谢天谢地，不管那人是谁，他一直待在屋内没有出来；很幸运的是，他坐的位置正好在台阶上投射出了一个奇怪的三角形阴影，稍稍改变了这幅画的布局。这真有意思，可能也比较有用。她的兴致又回来了。人一定要时刻不停地守护着强烈的情感，丝毫不能放松，决不能让任何东西使自己分心或者被迷惑。一定要把握住这个场景——牢牢把握住——不能让任何人或事进来破坏了它。她一边慢慢用画笔蘸着颜料一边想，人总想按照日常经验简单地感觉那是椅子、这是桌子，但同时又感觉这是个奇迹，使人痴迷忘形。问题终究还是可以解决的。唉，可到底出了什么事呢？有股白色的气浪涌上了玻璃窗。这股气浪一定引起了室内的一阵骚动。她的心猛烈跳动起来，让她感到窒息，感到痛苦。

"拉姆齐夫人！拉姆齐夫人！"她大声喊着，感觉之前的恐惧又回来了——想要而不能拥有的恐惧。拉姆齐夫人还会让她感到这样的恐惧吗？之后，仿佛她在默默地努力克制着，那恐惧也变成了日常生活的一部分，就像那椅子、那桌子。拉姆齐夫人——这也是出于对莉莉的好意——就那么静静地坐在椅子上，织毛袜的针跳来跳去；她织着那双红褐色的毛袜，在台阶上投下了影子。她就坐在那儿。

仿佛她有什么东西必须要与人分享，但又不能离开画架，而她的心里又思绪万千，脑海里全是所想及所见之物，莉莉手拿画笔走过卡迈克尔先生，来到了草坪的边缘。那艘小船到哪儿了？拉姆齐先生在哪儿呢？她需要他。

第 十 三 章

　　拉姆齐先生快要读完了。他一只手搭在书页上，仿佛已经准备好，等到一读完就马上翻过去。他坐在那儿，头上没有戴帽子，风吹乱了头发，一览无余地暴露在大自然之中。他看起来很苍老。詹姆斯一会儿头冲着灯塔，一会儿冲着滚滚逝去的海水，心里想，他看起来像一块沙滩上的古老的岩石；他看起来仿佛真的变成了他们两个记忆深处的样子——孤独；他们两个都觉得这才是万物的真谛。

　　他读得很快，仿佛急着快点读完似的。确实，他们很快就到灯塔了。灯塔已经若隐若现，光秃秃，直挺挺，黑白两色很是显眼，你能看见海浪溅起了白色水花，就像玻璃摔在岩石上。你能看见岩石上的条纹和折痕。你可以清晰地看见窗户；其中一扇窗户上还有一点白色，岩石上有一抹绿色。有个人走出来，拿望远镜看看他们，又走了进去。原来就是这个样子，詹姆斯想，那么多年来在海湾的另一侧看见的灯塔；在光秃秃的岩石上，一个光秃秃的灯塔。这让他很满意。这证实了他对自己性格的某种模糊感觉。那些老太太们正在把椅子拖到草坪上去，他想着家里的花园。比如，老贝克威思太太总是会说，真好啊，真可爱啊，他们该多么自豪啊，多么开心啊，但实际上，詹姆斯看着矗立在岩石上的灯塔想，也就这样吧。他看着父亲蜷着腿坐着，贪婪地读着书。他们两个都知道那一点。

　　"我们在狂风中航行——我们注定会沉没。"他开始自言自语，几乎喊出声来，就像父亲说的时候一样。

　　似乎好久都没有人说话了。卡姆看厌了大海。几个小黑木浮子漂过去了；船舱底部的鱼死了。父亲还在读书，詹姆斯看着父亲，她看着詹姆斯，他们曾发誓要与暴君顽抗到底，而父亲继续读着书，完全不知道他们在想什么。他就是这样逃脱的，她想道。是的，他宽大的额头和高高的鼻梁，他将带斑点的小书紧紧握在胸前，就这样逃脱了。你可能会想伸手抓住他，但他就像一只鸟，张开翅膀飞到远处荒凉的树桩上，让你够不到他。她凝望着一望无垠的大海。小岛变得非常渺小，几乎很难看出树叶的形状了。它看起来像是岩石的尖顶，一个巨浪就会将其淹没。然而，如此不堪一击的小岛上还有那么多小径、露台、卧室——那些东西数也数不清。但是，就像睡前感觉事物都变得非常简单一样，众多的细节中只有一个还有力气凸显着自己；她困倦地看着小岛，感觉所有的小径、露台、卧室都在渐渐隐没，慢慢消失了，什么也没有了，只剩下浅蓝色的香炉有节奏地在她脑海里这边晃一下，那边晃一下。那是一座空中花园；那是一座山谷，满是鸟儿，花儿，羚羊……她慢慢睡着了。

"现在来吧。"拉姆齐先生突然合上了书说道。

去哪儿呢？有什么不寻常的冒险之旅吗？她突然惊醒了。要在什么地方登陆了吗？要爬上什么地方吗？他要带他们去哪儿？他沉默了那么久，突然开口，吓了他们一跳。但是，这有点愚蠢。他饿了，他说道。该吃午饭了。另外，你们看，他说道。那就是灯塔。"我们马上就到了。"

"他干得非常好，"麦卡利斯特夸奖詹姆斯说，"他把船开得很平稳。"

但是，他父亲从来没有夸奖过自己，詹姆斯难过地想道。

拉姆齐先生打开包裹，将三明治分给大家。和麦卡利斯特父子这两个渔民一起吃着面包和奶酪，他感到很开心。他倒很想住在一个小木屋里，到海港里闲逛，和其他老头一起随地吐痰，詹姆斯看着他用小刀将奶酪切成薄片，心里想道。

这就对了，就是这样，卡姆剥着煮鸡蛋一直在想。她现在的感觉，和当初两个老先生在书房里读《泰晤士报》时她的感觉是一样的。现在我可以任思想遨游，不用担心掉下悬崖或溺水，因为有他在，他会照看我的，她想道。

与此同时，他们的小船在岩石边飞快地驶过，让人非常兴奋——好像他们同时在做两件事情；他们在太阳下吃着午饭，同时还在帮助大风暴中的遇难船只脱险。水够他们喝吗？吃的够吗？她问自己，给自己编着故事，但同时也很清楚真实情况是什么。

他们很快就要上岸了，拉姆齐先生对老麦卡利斯特说；但是孩子们会看到一些奇妙的东西。麦卡利斯特说去年三月他满七十五岁了；拉姆齐先生七十一岁。麦卡利斯特说他从没有看过医生，牙一颗也没有掉。我就希望我的孩子们也能过这样的生活——卡姆非常确定父亲就是这么想的，因为他让她不要把三明治扔到海里，告诉她如果不想吃就应该放回到包裹里，就好像他在想着渔民和渔民的生活。她不能浪费粮食。他一副睿智的样子，仿佛世间所有的事他都了如指掌，于是她立刻放了回去，他又从自己的包裹里给她拿了一块姜汁饼干，宛若一位优雅的西班牙绅士在窗前给一位女士献上一朵花（他是那么彬彬有礼），她想道。但是，他衣着寒酸又朴素，吃着面包和奶酪；然而，他带领他们踏上了一次伟大征程，她不知道他会不会溺水而亡。

"这就是那艘船沉没的地方。"麦卡利斯特的小儿子突然说道。

"我们现在所处的位置，淹死了三个人。"老麦卡利斯特说道。他曾亲眼见到他们紧紧抱着桅杆。拉姆齐先生看了一眼那个地方，詹姆斯和卡姆觉得他马上就要脱口而出了：

但是我在惊涛骇浪之下，

如果他真的说出口，他们太难以忍受了；他们会大声尖叫起来；他们很难忍受他内心翻涌的情感再次爆发；但是让他们惊讶的是，他只说了声"啊"，就好像他在暗自思量：这有什么大惊小怪的呢？风暴中有人溺水是很自然的事，这是非常容易理解的，浩瀚的大海（他将包装纸上的碎屑撒到三明治上）也无非是水而已。之后，他便点上烟斗，掏出了怀表。他专心致志地看着表，可能在做什么数学运算。终于，他欢欣鼓舞地说："干得漂亮！"詹姆斯掌着舵，像个天生的水手。

瞧啊！卡姆心中默默地对詹姆斯说，你终于得到了。她知道这就是詹姆斯一直想要的，她知道现在他得到了，他非常高兴，他不会再看她，也不会再看父亲，谁也不会再看。他就那么坐着，一只手握着舵柄，身体坐得笔直，阴沉着脸，双眉轻蹙。他太高兴了，不想让任何人分走他一点点快乐。他父亲夸奖他了。他们肯定觉得他对此完全无动于衷。但你现在得到了，卡姆想道。

他们已经抢风转变了航向，现在小船行驶得飞快，在长长的海浪上颠簸着，越过了滚滚波涛，极其轻松欢快地躲过了礁石。左侧的一排褐色岩石露出水面，岩石逐渐变少，也变得更绿了，海浪不断拍打在一块较高的岩石上，溅起的水花如雨滴喷洒而下。你可以听见海水的拍打声和回落下来的水滴发出的啪啪声，海浪翻滚着，嬉闹着，拍打着岩石，发出嘘嘘唏唏的声音，仿佛海浪是自由自在的野兽，可以永远这样翻滚跳跃、玩耍嬉戏。

现在，他们看到灯塔上有两个人正望着他们，做好准备迎接他们。

拉姆齐先生扣好外衣，卷起裤管，拿起那个大牛皮纸包裹放在了膝盖上，那是南希给他准备的，包装得很糟糕。他已经完全准备好上岸了，坐在那儿回头望着小岛。他眼睛远视，也许他能看到那个变得越来越小的树叶形状,非常清晰地竖立在金色盘子上。他能看到什么呢?卡姆想道。在她看来是一片模糊。他现在在想什么呢?她想道。他眼神如此坚定,如此专注,如此沉默,他在寻求什么呢?他们看着他坐在那儿,他们两个都在看着他,他没有戴帽子,包裹放在膝盖上,眼睛盯着那个隐隐的蓝色轮廓,好像是什么东西燃烧后留下的水气。你想要什么呢?他们两个都想问一问。他们两个都想说,想要什么尽管说,我们都会给你的。但是,他什么也没有说。他坐在那儿,看着小岛,可能在想:我们死去了,各自孤独地死去,或者可能在想:我终于来了。我终于找到它了。但是,他什么也没有说。

之后,他戴上了帽子。

"把包裹带上。"他一边说,一边朝南希为他们准备好要带到灯塔上去的东西点了点头。"给看灯塔的人带的包裹。"他说道。他起身,站在船头,身形高大笔直。詹姆斯想,他的样子好像在说:"上帝根本不存在。"卡姆觉得,她仿佛要跳起来了;他们两个都起身跟在他身后,看着他拿着包裹,像年轻人一样,纵身一跃跳到了岩石上。

第 十 四 章

"他肯定已经到了。"莉莉·布里斯科大声说道,突然感觉身心俱疲。灯塔几乎看不见了,消失在了蓝色雾霭之中,看着灯塔、想着拉姆齐先生在灯塔上岸,似乎这两件事其实就是同一件事,已经使她身心紧张到了极点。啊,她觉得如释重负。早上他离开的时候她曾想给予他的东西,她终于给了他了。

"他上岸了,"她大声说道,"结束了。"老卡迈克尔先生突然站了起来,轻轻吐一口烟,站在她的身边,像个年迈的异教神一样,蓬头垢面,头发里还有几根野草,手里拿着三叉戟(其实不过是一本法国小说)。他与她并肩站在草坪边缘,微微摇晃着硕大的身躯,一只手搭在额头遮着阳光,说道:"他们上岸了。"她感觉自己是对的。他们本不必开口说话。他们想的是同样的事情,她没有问他任何问题,但他却把问题的答案说出来了。他站在那儿,张开双手,照顾着人类所有的弱点和苦楚;她想,他在审视着他们的最终命运,无限宽容,悲天悯人。现在,他圆满地结束了这一幕,她想着;他一只手慢慢放下来,仿佛她曾见过紫罗兰和水仙花编成的花环从他高大的身躯上落下来,慢慢飘动着,最后落在了地上。

仿佛受到远处什么东西的召唤一样,她迅速转身看着画布。它就在那儿——她的画。是的,蓝蓝绿绿的色彩,纵横交错的线条,意欲表达着什么。这幅画会被挂在阁楼里,她想道;它会被撕毁。但是,那有什么关系呢?她问着自己,再一次拿起画笔。她看着台阶:台阶空荡荡的;她看着画布:画布模糊不清。突然,仿佛有那么一秒她看清楚了,很有力地画了一条线,在画布正中间。画完了,完成了。是的,她想,放下了画笔,极度疲惫,我看到了心中的幻象。

一间自己的房间

第 一 章

你们也许会说,我们想要你来讲讲女性与小说,然而这和自己的房间有什么关系?我会尽力解释的。当你们请我来谈女性与小说的时候,我坐在河岸边,开始琢磨这几个字的含意。这也许仅意味着对范尼·伯尼做一点评论,再提上几句简·奥斯汀,赞颂一番勃朗特姐妹,概述一下霍沃思牧师公馆;如有可能,再打趣一番米特福德小姐,引述致敬乔治·艾略特,然后提及加斯克尔夫人,如此便大功告成。但转念间觉得这几个字似乎并不是那么简单。"女性与小说"这一主题可能是指女性及其形象,而也许这才是你们想要赋予它的意义;它也可能是指女性及其所著的小说;亦或是女性及描写女性的小说;又或者这三者难解难分,而你们想要我从这一角度来考虑。最后这一视角最值得玩味,可一旦开始从这个角度思考,我便很快发现了它的一个致命缺点,那就是永远无法从中得出结论。我永远无法使你们在一个小时的演讲之后得到一条珍贵的纯粹真理,让你们可以将其包藏于书簿之间,长久置于壁炉台之上;而我明白,这是一位演讲者的首要职责。我所能做的仅是就一个小点给出我的看法,那就是,一个女人要写小说,就必须要有钱,以及一间自己的房间。而这,如你所见,未能解决女性本质及小说本质的重大问题。我逃避了责任,并未就这两大问题给出结论——在我看来,女性与小说的问题尚未得以解决。但是,作为补偿,我愿尽己所能向你们解释,关于金钱和房间这一观点我是如何得来的。我将把引导我这一想法的思路尽力完整、自如地呈现给你们。或许,如我坦言观点背后的理念与偏见,你们就会发现这和女性、和小说都不无关联。无论如何,当一个问题颇具争议时——关系性别的问题历来如此——人们便不希冀道出真理了。人们能做的只有道出自己所持观点的缘由。人们能做的只是给听众以机会,使其在意识到演讲者的局限、偏见和个性后,得出自己的结论。此时小说包含的真理可能多于事实。因此,我打算利用小说家的一切自由与特权,来和你们聊聊我来此两天前发生的事——也就是在被你们抛出的主题难倒后,我是如何思考、如何将其运用在日常生活的里里外外的。无须多言,我即将所做的描述实属虚构。牛桥只是捏造,芬汉姆也是如此,"我"也只是对某个虚构人物的方便称呼。我的言语不尽真实,却也有真理掺杂其中;你们则需找出这些真理,并判定其中是否有某些部分值得保留。若无所得,你们将其通通丢进废纸篓、全然抛诸脑后即可。

一两个星期前,那是十月的一天,天气很好。我(叫我玛丽·贝顿、玛丽·西顿、玛丽·卡迈克尔,或是任何你喜欢的名字都可以——这不重要)坐在河岸边,陷入了沉思。刚才所提及的女性与小说,并且要为这一引发各种偏见与激情的主题下结论,这事真难倒了我。我左右两旁长着一些灌木,金黄的、深红的,流光溢彩,如火焰一般,似在燃烧。河岸远处,杨柳垂绦,在永恒的嗟叹中低泣着。河水倒映出一切——天空、桥、燃烧的树木。一名大学生撑船而过,划破倒影,继而倒影再次合拢,完好如初,仿佛他从未经过。人们兴许可以在那里坐上一整天,纵情沉思。思考——名不副实的词汇——已将它的鱼线抛入了溪流。时间分分钟钟流过,鱼线随着倒影和水草四处摆动,随流水沉浮。直到——你们知道那种轻拽——想法猛然凝聚在线的那头,然后便被小心拉出、细心安置。唉,我摊放在草地上的想法看起来多么渺小、多么无足轻重啊;就像那小鱼,被有经验的渔夫放还水中,兴许某天待其长大,能被烹调和享用。现在，我不会让这一想法干扰到你们，但你们若留心，或许会在我接下来的话语中自己有所察觉。

但无论它多么渺小，依旧具有神秘的特性。将它放回脑海中，它便立即动人心弦、举足轻重起来。它时而急冲着下沉，时而四处闪现，激起一波波思想的湍流，让人坐立不安。于是，我极快地穿过了一片草地；一个男人立刻出现并拦住了我。起初我并不知道这个相貌古怪的人是在对着我做手势，他身穿燕尾服，套着晚礼服衬衫，一脸惊恐和愤怒。直觉而非理智告诉我，他是名执事，我是个女人。这里是草坪，而路在那边。这里仅限研究员和学者，碎石小路才是我该走的地方。这些思虑仅是瞬间的闪现。我一回到小路上，执事便放下了手臂，面容也恢复了惯常的平静。草地比碎石路好走，于我却也无伤大雅。无论是哪所学院的研究员和学者，为了保护这块被连续踩塌了三百多年的草坪，他们把我思绪的小鱼吓得藏了起来；这是我唯一能对他们提出的指控。

是什么想法让我冒失地闯入了草坪，如今我已不记得了。心灵的平和似云朵从天而降。如果说这份平静存在于某个地方的话，便是在十月这一美好的晨间，在牛桥的座座庭阁和方院里。信步穿过各个学院、路过古老的廊厅，眼下的不快似乎不见了踪迹。身体仿佛被装进了神奇的玻璃房，声音不能穿入其中。精神也从世事中脱身（除非再次踏入草坪），自由投入到与此刻相融的任何沉思中去。偶然间，我模糊地忆起某篇旧文中提到过长假中重游牛桥的事。这让我想起了查尔斯·兰姆——萨克雷将兰姆的信放在额前，叫着他圣查尔斯。的确，在所有逝者中（我随想随讲），兰姆是最投我脾性者之一，人们会想要对他说："那么和我说说你是如何写文章的吧。"因为在我眼中，他的文章甚至胜过马克斯·比尔博姆。他的文章几近完美，因为想象力的疯狂闪现，行文中闪出天才的灵光，这些虽让文章有了瑕疵、不尽完美，却闪耀着诗意。大约一百年前，兰姆来到了牛桥，他的确写了一篇文章，题目我已忘记，是关于他在此所见的弥尔顿诗词的一篇手稿。那首诗可能是《黎西达斯》。兰姆写道，想到《黎西达斯》中的任何字都可能并非是眼前所见的这些，他惊诧不已。思及弥尔顿曾对诗中的字词做了改动，对兰姆来说，这似乎是一种亵渎神明的做法。我由此回想起了记忆中的《黎西达斯》，并推测哪些字词做了改动以及改动的原因，这是我的消遣。随后我想到，兰姆看的那篇手稿距此不过几百码，人们大可循着兰姆的足迹，穿过方院，到那存放手稿的著名图书馆。而且，在我走向图书馆的时候，我还想起萨克雷的《埃斯蒙德》也藏于此处。评论家们常道《埃斯蒙德》是萨克雷最完美的小说。但据我回忆，那矫揉造作、模仿十八世纪的文风却是桎梏；除非十八世纪文风对萨克雷来说确实顺手拈来。事实如何，一探手稿便知——看看那些改动究竟是为文风还是文意。但如此一来，人们须得明确何为文风，何为文意，这一问题——此时我已然来到了图书馆门前。我定是打开了大门，因为转眼间走出了一位"守护天使"（只是他并非挥动着白色羽翼，而是身着黑色长袍），拦住了我的去路。这位先生头发灰白，和善而又不以为然地向我挥手，并低声致歉，告诉我女士入内须持介绍信或由本院研究员陪同。

被一个女人诅咒，这对一座著名图书馆来说是一件微不足道的事。它庄严镇定，怀揣所有珍宝，心满意足地睡着。在我看来，它会永久如此沉睡。我一边愤愤地下楼一边发誓，我再也不会来叨扰，再也不会请求它的款待。距离午餐还有一小时，该做些什么呢？在草地上走走，还是到河边坐坐？当然，在这个美好的秋日清晨，红叶飘飘荡荡地落向地面，走走坐坐都不错。可此时，乐声传入了我耳中，前方可能有仪式或庆典。经过小教堂门口，我听着风琴庄严地哀诉着。在这片静谧之中，就连基督的哀伤之声听起来也只像是回忆过去的伤痛，而非真的伤痛，甚至古老风琴的哀鸣也融入了这片宁静。即便我有权进入这座教堂，我也不想踏入。这次教堂司事可能会拦住我，向我索要受洗证明或是牧师开具的介绍信。但通常，这些宏伟建筑的外表会和内室一样美观。况且，看着这些会众们就够有趣了；他们聚在一起，在教堂门前进进出出，忙得像蜂巢前的蜂群。许多人戴着帽子，身穿长袍；有的则肩披毛皮装饰；有人坐在轮椅中被推着；还有些尽管未及中年，却有了皱纹，压力所致，形容异常，让人联想到水族馆里巨大的螃蟹和龙虾，在沙地上吃力地爬行。我倚着墙思索，这所大学确实像座避难所，庇护着这些稀有物种；若是将他们丢到斯特兰德大街上任其自生自灭，他们很快便会被淘汰。我想起了那些老院长、老教师的旧事，在我鼓起勇气吹口哨前——过去听说只要听到口哨声，老教授——便立刻疾走而去——那些端庄的教众已经步入了教堂。教堂外面依旧如故。它那高高的穹顶和尖塔在夜里被点亮，远远地越过山峦，几里之外也瞧得见；就像那航行的船只，长久地行驶着，永无抵达之日。据说，这里的方院和那平滑的草坪，这些雄伟的建筑和小教堂，都曾是一片沼泽，青草随风起伏，野猪拱土觅食。想必曾有一群群牛马联畜拉着货车从遥远的乡村运来石头，无数劳力的付出将灰砖层层叠砌，砌成了如今我脚下的墙荫。而后，漆工携来装窗玻璃，泥工在房顶忙碌了几个世纪，挥着铲子和泥刀，涂抹油灰、水泥。每逢周六，定有人从皮革钱袋中倒出金币银币，交到老工匠们手中，因为他们这一晚大概要喝啤酒、玩撞柱游戏。我想，源源不断的金银定会一直流进这座院子，使得石头不断运来，工匠不停做活，平地、开沟、挖掘、排水。但那时还处在信仰的时代，万贯钱财倾入其中，让这些石块地基深筑。房屋拔地而起后，更多的金钱从国王、王后和大贵族的金库中流出，确保这里有圣人颂诗，传道授业。土地来自公授，什一税已上缴。而当信仰时代结束、理性时代到来之时，金银依旧源源不断地流入，这里又设立了奖学金与讲师。只不过金钱不再出自国王的金库，而是来自从商人和厂主的钱柜，来自这些靠工业赚钱人的钱包。他们慷慨回馈，立下遗嘱，捐赠座椅、聘请讲师、增设奖学金，回报这所曾经教会了他们手艺的大学。从此，这里有了图书馆，有了实验室，有了天文台，有了昂贵精致的上等仪器设备；它们就添置在这里的玻璃架上，几个世纪前这个曾经青草起伏、肥猪拱食的地方。我绕着院子闲逛着；确实，金银打筑的地基似乎已足够深，人行道结实地铺设在野草之上。头顶托盘的男人们匆忙游走于楼梯之间。窗台上的花正开得浓艳，屋内传来留声机响亮的旋律。不可能无所思，可无论所想如何，都被打断了。钟响了，是时候去吃午餐了。

奇怪的是，小说家有办法使我们相信，由于某些诙谐之语或明智之举，午宴总是令人难忘。但对于食物，他们却鲜少提及。避免提及汤羹、鲑鱼、雏鸭已经成了小说家约定俗成的一部分，好像这些汤羹、鲑鱼、雏鸭没有任何意义似的，又好像没人吸过雪茄、喝过红酒似的。但在这里，我要冒昧地挑衅一次惯例，告诉你们这次午餐最先上的是鳎目鱼，盛在一只深碗中，学院厨师在上面浇了一层白色奶油，露出点点棕色，像是母鹿体侧的斑点。接着上的是松鸡，但你们若以为那只是盘中两只褪了毛的棕色野鸟，你们就错了。那松鸡数量很多，样式各异，与酱汁和沙拉一并端了上来，有辣的，有甜的，井然有序。配菜中的土豆片薄如硬币，却又不似硬币那般硬；甘蓝像玫瑰花蕾一样层层包裹，但又更鲜美多汁。烤松鸡和配菜刚一用完，身旁那位安静的侍者便在我们面前放置了甜品，也许他还是该教区执事，只是表现得温和了些。那甜品周围环绕着餐巾，好似浪花簇拥起的白糖。若把这甜食称为布丁，并因此把它与大米及木薯粉联系在一起，那简直是对它的一种侮辱。与此同时，玻璃杯中晃动着黄色与深红的琼浆，酒杯空了又续满。如此，渐渐地，我们的脊椎中央——那灵魂的栖息地被照亮了，而那亮光并非是我们谈吐间称之为才华的那种电光，而是更为深刻、更为微妙和更为隐蔽的光辉，是理性碰撞出的深黄色火焰。无须匆忙，无须耀眼，无须做他人，只需做自己。我们都会步入天堂，与范戴克在一起——换句话说，每当点一支好烟、坐在窗边、陷在软垫中时，人生似乎是那样的美满，其回报又那么甘甜，怨恨不满是那么微不足道，友谊和同道中人又是那样令人钦羡。

若手边碰巧有一只烟灰缸，若并未因没有烟灰缸而把烟灰敲落到窗外，若事况略有不同，那我大概就不会瞧见那只无尾猫。那突然出现、短了一截尾巴的动物轻盈地穿过方院，这景象借着潜意识中某种意外而得的灵光，改变了我的心境，就像有人在心上投下了一束光影，许是那美酒的酒劲正在消退。的确，我注视着这只马恩岛猫站在草坪中央，好像它也在质疑着宇宙，此时，似乎缺少了什么，又似乎有了什么不同。但缺少的是什么，不同的又是什么呢？听着别人的交谈，我问我自己。为了回答这个问题，我得想象自己走出房间、回到过去，确切地说是回到战前，去了另一场午宴，那是在离这里不远的几个房间中举办的。但那不同，一切都不同。客人们交谈着，人很多且年轻，有男人，也有女人。谈话顺利地进行着，愉快地、自由地、有趣地进行着。谈话进行之时，我把这次交谈与那另外一次交谈的背景进行了比较。当我将两者进行比较后，我确信，此即为彼的后代，是其合法的继承人。没有任何改变，没有任何不同，只有我在此竖耳倾听，却并非完全是在倾听他们的谈话，而是在听那话语背后的低沉声音或是气流。是的，就在于此——

| 到灯塔去 |

变化就在这儿。战前,在像这样的午宴上,人们的谈话和现在的并无出入,但听上去却有不同。因为那时,人们淡吐间带着一种嗡鸣,吐字不甚清晰,却伴着一种乐感,令人振奋,这使得话语间的价值自身都有了改变。我们能为语言配上那种嗡鸣吗?在诗人的帮助下或许能够做到。打开身旁的一本书,在完全的不经意间,我翻到了丁尼生,看到他在此处吟唱:

> 一滴晶莹的泪珠落下,
> 落自门前的西番莲花。
> 她来了,我的白鸽,我的爱人;
> 她来了,我的人生,我的命运;
> 红玫瑰叫道:"她近了,她近了";
> 白玫瑰哭道:"她晚了";
> 飞燕草倾听着:"听到了,听到了";
> 百合花低语着:"我等着。"

难道这就是战前男人在午宴上的低吟吗?那么女人呢?

> 我的心像歌唱的鸟儿,
> 它的巢筑在潮湿的嫩枝里;
> 我的心像一棵苹果树,
> 累累的果实压弯了它的枝条;
> 我的心像缤纷的彩贝,
> 在宁静的大海中戏水;
> 我心中的欢愉超越这一切,
> 因为我的爱人就要来到我的身边。

难道这就是战前女人在午宴上的低吟吗？

想到甚至在战前的午宴上，人们还压低嗓音来吟唱这些东西，我觉得非常滑稽，便大笑了出来，于是我只能指着那只马恩岛猫来为我的大笑做出解释，而它也的确有点可笑，这可怜的小动物站在草坪中央，没有尾巴。它是生来如此，还是出过什么意外呢？尽管有人说，马恩岛上就有这种无尾猫，但它们却比想象中更为少见。这是一种奇怪的动物，与其说是美丽，不如说是稀奇。一条尾巴就令它如此不俗，真是奇怪啊——你们可知，这不过是午宴结束、大家取走大衣和帽子时所说的话。

由于主人的盛情款待，这次午宴一直持续到了下午。美丽十月的天色渐渐暗了下来。我穿过林荫大道，树上的叶子正飘落着。似乎有一扇扇大门在我身后逐一关闭，轻柔而又断然。无数的执事正将无数的钥匙插进了油滑的锁眼，宅院又将安然度过一个夜晚。林荫道外有一条马路——马路的名字我忘记了——由此右转，便会到达芬汉姆。不过时间尚充裕，晚餐在七点半才会开始。而且在用过这样一场午宴之后，几乎可以略去晚餐了。奇怪的是，一首诗歌依稀显现在我脑海里，双腿也随着它的韵律沿路走着。那些词句——

一滴晶莹的泪珠落下，

落自门前的西番莲花。

她来了，我的白鸽，我的爱人；

快步走在去往海丁利的路上，这些词句在我的血液中吟唱着；接着，在堤坝拦截、河水涌动的地方，我转换了另一段曲乐：

我的心像歌唱的鸟儿，

| 到灯塔去 |

> 它的巢筑在潮湿的嫩枝里；
> 我的心像一棵苹果树……

伟大的诗人，他们是多么伟大的诗人啊！我高喊着，就像人们在黄昏中所做的那样。

我想，我有些为自己这一时代心生妒忌；尽管这样有些愚蠢和荒谬，我还是想要知道，平心而论，人们能否说出两位在世诗人的名字，就像从前丁尼生和克里斯蒂娜·罗塞蒂那样伟大的诗人。望着那翻卷着泡沫的河水，我想，他们显然是无可比拟的。诗歌之所以如此令人放纵、令人狂喜，其原因就在于，它赞颂的是人们曾有过（也许是在战前的午宴上）的某种感情，因而人们可以轻而易举、亲切无拘地做出响应，而不用费心去审视那份感情，或是把它与现有的任何一种感情进行比较。但现今诗人所表达的，实际上是一种当即被制造又被剥离的感情。开始人们并不能认出这种情感，往往出于某种原因还对它有所畏惧；人们热切地注视着它，同时又怀着妒忌和猜疑将它与所知的旧日感情进行比较。这就是现代诗歌难读的原因，而正因如此，人们难以记住连续两行以上的现代诗，无论那是出自哪位优秀的现代诗人。因此，我的记忆辜负所望，令我的论证因缺乏论据而有失充分。我继续朝海丁利走去，思索着，为何午宴上的我们不再低吟了呢？为何阿尔弗雷德不再吟唱：

> 她来了，我的白鸽，我的爱人。

为何克里斯蒂娜不再回应：

> 我心中的欢愉超越这一切，

因为我的爱人已来到我的身边？

我们是否可以将其归咎于那场战争？当 1914 年 8 月枪声响起时，是否男女双方的面孔在彼此眼中变得太过朴实无华，从而抹杀了风流浪漫？的确，在战火中，统治者的嘴脸令人震惊（对女人来说尤为如此，她们总是对教育等心存幻想）。统治者的嘴脸真是丑陋——德国的、英国的、法国的统治者们——那么愚蠢。但无论归咎于何处，归咎于谁，那曾触动了丁尼生和克里斯蒂娜·罗塞蒂心灵的、令他们热情地歌唱着爱人即将到来的那份幻想，如今却比当时更难寻其踪了。如今，我们只有去阅读，去观望，去倾听，去记忆。可为何要说"归咎"呢？如果那是种幻想的话，何不去赞颂那场灾难？无论那是什么，幻想破灭，真相才会取而代之。真相……这些省略号记录的是我在寻找真相时，错过了拐向芬汉姆的岔路。的确，我问自己，何谓真实，何谓幻觉？比如，对这些房屋来说什么是真实的？是装饰了节日的红窗、黄昏中朦胧喜庆的爱巢；还是晨间九点时分破旧肮脏的红墙和散落糖果与鞋带的房间呢？杨柳、河流，以及那延伸到河边的花园，它们在渐渐弥漫开来的薄雾中朦胧隐约，却在阳光普照下金黄赤红——于它们而言何谓真实、何谓幻觉？无须向你们分享我那迂回曲折的思绪，因为在前往海丁利的路上我并未得出结论。你们可以料想，我很快便发现自己走错了路，于是折回芬汉姆走去了。

我说过那是十月的一天，我不敢辜负你们的尊敬、不敢辱没小说的美名，去篡改季节，去描写垂悬在花园墙上的丁香花，以及番红花、郁金香花和其他春日花朵。小说必须贴近事实，而且叙事越是真实，小说就越是出色，我们也是这样被告知的。因此，这仍旧是秋天，树叶依旧枯黄飘落；若还有什么的话，便是落得更快了，因为现在夜幕已至（确切地说是七点二十三分），微风轻起（确切地说是西南风）。尽管如此，气氛中仍然透着某种蹊跷：

> 我的心像歌唱的鸟儿，
> 它的巢筑在潮湿的嫩枝里；
> 我的心像一棵苹果树，
> 累累的果实压弯了它的枝条……

也许克里斯蒂娜·罗塞蒂的诗句，在某种程度上让我们生出了这种荒唐的幻想——当然，它只是一种幻想——丁香花摇曳在花园墙头，黄粉蝶四处纷飞，空气中花粉弥漫。一阵风起，不知从何而来，却掀起了片片嫩叶，于是空中闪过银灰色的光芒。那是黄昏时分，色彩更为浓郁，紫色与金色在窗户玻璃上燃烧着，似一颗激动不已的心脏，勃勃地跳动着。不知为何，世界之美被揭开了面纱，却又很快消逝了（现在我推门走进了花园，因为门被轻率地敞开着而附近似乎又没有执事的身影）；那即将消逝的世界之美犹如一柄双刃剑，一面是欢笑，一面是苦痛，令人心碎。展现在我面前的是芬汉姆花园，春天的黄昏下，园子荒芜而又空旷，长草萋萋，水仙和风信子恣意徜徉其间，或许即使花开最盛之时，它们也并非井然有序，现在便更在风中花枝乱颤了，仿佛在与花根拉扯较劲。楼房的窗子建成了轮船窗的圆弧状，镶嵌在片片红砖当中，好像在滚滚红浪中遨游。春天的游云匆匆掠过，窗子由浅黄到银灰，时时映出变换的颜色。有个人躺在吊床里，还有个人，跑过了草地。难道没有人让拦住她吗？黄昏中，这些不过幻影而已，可能是凭空猜想，也可能是亲眼所见。阳台上出现了一个弯曲的身影，像是想冲出来呼吸呼吸空气、看一看这花园。她谦逊而又可畏。从那宽阔的额头和破旧的裙衫来看，她可能就是著名学者J. H. 吧？一切都是朦胧的，又那么强烈，就像黄昏为花园披上的纱巾被星辰或是剑刃破成了碎片——那是可怕的真相露出的锋芒，它从春之心田上跃出，因为青春……

我的汤上来了。晚宴就设在宴会大厅。现在是十月的晚间，离春天尚远。大家聚在大厅里，晚餐已准备妥当。汤被端了上来，这是一款清淡的肉汁汤，没什么可令人遐想的，完全可以透过这透明的汤汁看到盘底的图案。然而盘底并无图案，这是素盘。接下来上的是牛肉、绿蔬和土豆——一种家常的三合一搭配，这令人想到周一清晨，在泥泞的菜市场上，拎着收口布袋的女性对着牛臀肉和边缘卷曲发黄的甘蓝讨价还价的情景。鉴于供应充足，而且矿工的待遇无疑更不及此，我们便没有理由对人们的日常食物有所不满。随后上的是梅子和奶油蛋羹。倘若有人抱怨，即便和奶油蛋羹配在一起，梅子也仍旧不是一种理想的蔬菜（梅子不是水果），这种蔬菜像守财奴的心一样多筋，所渗出的汁液像守财奴静脉里流动的血液一样；那些吝啬鬼一辈子舍不得喝酒、舍不得穿暖，又不舍得施舍穷人；倘若有人这样抱怨的话，那么他就应该反省，有些人心怀慈悲，连梅子也能接纳。最后上的是饼干和奶酪，此时水罐被随意地递来递去，因为饼干本就是干燥的，而这就是地地道道的饼干。全部餐食都上完了，晚餐结束了。人们向后挪开椅子，发出吱吱的刮擦声，双开式弹簧门猛烈地前后摇荡着，不久大厅里便没有了食物的痕迹，显然已为第二天的早餐做好了准备。一群英格兰青年人沿着走廊走去，登上楼梯，砰砰地打着节拍、唱着歌。一位客人，一位陌生人，是否可以说（因为我在芬汉姆这里，和在三一学院、萨默维尔、格顿、纽纳姆或者克赖斯特彻奇相比，并未拥有更多权利）"晚饭不好"，或者是（我们现在，也就是玛丽·西顿和我，正在她的客厅里)"难道我们不能在这儿单独用餐吗?"这样的话,因为我若说出这样的话,那就是在窥探一个家庭不为人知的经济状况。在外人看来,这所房子是那样美好,充满了欢乐和勇气。不,这种话绝不能说。坦白讲,片刻间,谈话变得有些索然无味。人体结构就是如此,心脏、躯体和头脑浑然一体,并非各自独居于隔间之中;即便过去一百万年,愉快的用餐也对愉快的交谈至关重要。一个人若是吃不好,就不能好好思考、好好去爱、好好睡觉。牛肉和梅子是点不燃灵魂栖息处的那盏灯的。我们大约都会进入天堂,而且我们希望,范戴克会在下一个街角与我们相遇——这是一种含糊的心理状态,是在结束了一天的工作后,用牛肉和梅子供养出的一种心境。所幸我那位教科学的朋友有一个碗橱,里面放着一只大肚瓶和几只小玻璃杯——(不过那里首先应该有鳎目鱼和松鸡)——我们得以靠在炉火旁,对一天的生活所带来的某些伤害稍作补救。不消片刻,我们便随意地聊起天来,谈论着新奇有趣的事情,都和那些不在场的人有关,再次相聚之时自然又要讨论一番——怎么有的人结婚了,有的人却还单身;有这样想的,也有那样想的;有人发达得出乎所有人意料,有人落魄得令人咋舌——话题一旦展开,就难免会谈及对人性的揣测以及对我们所处神奇世界的特征的描述。然而,虽然口中说着这些,我内心却羞愧起来,一股思绪由着自己的意愿飘到了别处。人们可能在谈论西班牙或葡萄牙,谈论书籍或是赛马,可我真正感兴趣的皆非此等话题,而是那大约五个世纪以前,泥瓦匠们在高高的屋顶上忙碌的场景。国王和贵族用大麻袋装来珍宝,并把宝物埋在地下,这个场景总在我脑中栩栩如生,还有那瘦削的母牛、泥泞的市场、干枯的绿蔬以及老年人筋络密布的心脏。尽管这两幅图景毫无关联且荒谬可笑,却总是一起出现,相斗相争,使得我完全听凭它们的摆布。只要不是交谈被曲解,最好的做法就是把我头脑中的想法和盘托出。运气好的话，那些想法会消失，会破碎，就好像那位逝世国王的头骨一样，当人们在温莎打开那口棺木时便粉碎成灰了。于是我简略地告诉西顿小姐，那些年，瓦匠们在小教堂穹顶上忙碌，国王和王后以及贵族们扛来了成袋的金币和银币，又把它们埋进了土里。还有，在我们这个时代，金融大亨们，据我猜想，又是如何把支票和债券投进了他人曾经埋藏金块的地方。我告诉她，这些全都埋藏在那些学院之下；但这所学院，也就是我们现在坐着的地方，在其华丽的红砖和花园荒芜的野草下又埋着什么东西呢？在我们用餐所使用的朴素瓷器以及（此时我不禁脱口而出）那牛肉、奶油蛋羹和梅子的背后，又有着怎样的力量呢？

哦，玛丽·西顿说道，大概是在1860年——对，你知道那时的事，她说道，语气有些不耐烦，我想她是对叙述这件事感到烦扰。然后她告诉我——房间是租来的。委员会碰了面，开了介绍信，出了通告。会议开了一场又一场，宣读了一封又一封的信，某某人做出了郑重承诺；而相反，某先生却是分文不出，《星期六评论》出言不逊。我们如何筹资来租办公室？要不要举办一次义卖？难道我们不能找位漂亮的姑娘，让她坐在最前排吗？让我们来看看，在这个问题上，约翰·斯图尔特·穆勒有何高见吧。难道没人能说服某报主编刊登一封信？我们能不能请某某夫人在那封信上签个名？某某夫人不在城里。这大概就是六十年前的行事方式，付出巨大的努力，耗费大量的时间。在经历了漫长的奋斗、克服了极大的困难之后，他们募集了三万英镑。[①] 因此，我们显然不能喝酒、吃松鸡，

[①] 有人说我们至少应该要三万英镑……鉴于大不列颠、爱尔兰和殖民地中只此一所这样的学院，而且那些男子学校轻易便能筹得巨款，这不算个大数目。但一想到真心希望女人受教育的人如此寥寥，这也是个大数目。——《艾米丽·戴维斯女士与格顿学院》

不能雇佣头顶汤盘的仆人，她说道，我们没有沙发和单独的房间。她引用了某书中的话说："舒适的设施，我们还得再等等。"①

　　想到那些女性年复一年地工作也难以积攒两千英镑，却竭尽所能地去筹资三万英镑，我们忍不住义愤填膺，谴责女性的贫困处境。我们的母亲们那时在做什么，以至于未曾给我们留下任何财富？在往鼻子上涂脂抹粉，在瞧着商店的橱窗，还是在蒙特卡罗的阳光下招摇过市？壁炉架上摆着几张照片。玛丽的母亲——如果那是她的照片的话——有可能在闲时浪荡度日（她和教堂那位牧师生了十三个孩子），如若真是这样，她那放荡淫靡的生活却也未曾在她的脸上留下多少欢乐的痕迹。她相貌平平，是个老妇，身上裹着的格子披肩用一枚大浮雕宝石扣了起来。她坐在藤条椅中，鼓励着一只西班牙猎犬看向相机。她神情愉悦，却又看似紧张，因为她知道，按下快门的那一刻，狗就一定会动。倘若她当初从商，倘若她做了人造丝生产商或者证券交易所巨贾，倘若她给芬汉姆留下过二三十万英镑，那么今晚我们就会舒舒服服地坐着，我们交谈的话题就会是考古学、植物学、人类学、物理学、原子性质、数学、天文学、相对论、地理学。倘若西顿太太和她的母亲以及她的祖母学会了赚钱的伟大艺术，并留下了她们的财产，就像先前的父辈和祖辈们那样，为女性设置了研究员职位和讲师职位、设立了奖金和奖学金的话，我们就可能相当得体地在这儿独享一只飞禽，单开一瓶红酒；我们便无须用过度的自信武装自己，在这慷慨捐赠的职位上，度过舒心、荣耀的一生。我们可能在探险或者写作，在地球上受人尊敬的地方闲逛，坐在帕台农神庙的梯级上冥想，又或者，在上午十点钟去办公室，下午四点半舒舒服服地回家，写上几行小诗。只是，如果西

---

① 能刮来的每一分钱都被拿来盖楼了，舒适安逸，还得再等等。——斯特雷奇《事业》

顿太太们在十五岁便去从商的话，就不会有玛丽了——这是我此番论述中的不通之处。我问玛丽对此有何看法。窗帘间透出十月的夜晚，静谧而美好，日渐变黄的树间闪着一两颗星星。她会不会愿意牺牲眼前这美景，牺牲她对苏格兰的回忆（因为他们有一个幸福的家庭，尽管是个大家庭），忘却那时的嬉戏和吵闹，忘却她赞不绝口的清新空气和美味糕点，来换取挥毫间便能赢得芬汉姆学院五万英镑左右捐赠的机会？因为，若想捐助学院，要以完全压制家庭需要为代价。赚大钱与生养十三个子女，没有人能够兼顾。我们说，想想这些事情吧。要生下孩子，首先要十月怀胎。孩子出生后，要哺育三四个月的时间。哺乳期过后，还要花上约摸五年的时间来陪孩子嬉戏玩耍。你似乎也不能放任孩子在街头乱跑。有人曾在俄国看到过四处撒野的孩子，那景象着实不讨人喜欢。有人也说，一岁到五岁正是人性形成的时期。于是我说，若是西顿太太一直忙于挣钱，那么你关于嬉戏和吵闹的记忆又将是怎样的？你又会对苏格兰有怎样的印象？还有那清新的空气、美味的蛋糕以及一切的一切？然而，试问这些问题毫无意义，因为你根本不会来到世上。而且，若是西顿太太及其祖辈积累了巨大的财富，将其埋于学院和图书馆地基之下，情况又会如何，这个问题同样毫无意义。因为，首先，她们不可能去赚钱；其次，即使赚到了钱，法律也不会允许这些钱财归她们所有。西顿太太自己拥有一便士，这也不过是最近四十八年来的事情。因为几个世纪以来，那些一直都是丈夫的财产，而这也是将西顿夫人及其母辈祖辈被证券市场拒之门外的原因之一。她们也许说过，我赚的每一分钱都会被拿走，任由丈夫去衡量处置——或许投到了贝利奥尔学院、国王学院，设立了奖学金，捐赠了一处研究员职位。所以说到赚钱，即便我有这个能力，我也没有高涨的兴趣，还是留给我丈夫去做吧。

无论如何,无论该不该责备照片上那位看着猎犬的老妇人,毋庸置疑的是,出于某种原因,我们的母辈非常不善于打理她们的事务。身无分文,无以安置"舒适的设施",无法安排松鸡和红酒、执事和草皮、书籍和雪茄、图书馆阅读和闲暇时间。她们能尽的最大努力,就是在这片贫瘠的土地上建起了这光裸的墙壁。

我们就是这样站在窗子旁聊天,像每晚成千上万双眼睛一样,俯瞰着脚下这座著名城市的穹顶和塔楼。在秋夜的月光下,这座城市非常美丽,非常神秘。古老的石墙显得十分洁白庄严。我想到了那里收藏的书籍;想到了教士和伟人的画像,它们就挂在房间里的框饰墙壁之上;想到了多彩的窗子,在人行道上投射出奇怪的球形和月牙形;想到了牌匾、纪念碑以及上面的铭文;想到了喷泉和草地;想到了静谧方院周围的静谧房间;而且(请原谅我的想法),我还想到了那美妙的轻烟、酒水、深深的扶手椅和那舒适的地毯;想到了雅致、舒适、体面的生活其实源于奢侈、私密和空间。当然,我们的母辈并未提供给我们能与此媲美的任何东西——她们连积攒三万英镑都很困难,她们为圣安德鲁斯的牧师们生育了十三个孩子。

于是我返回了旅馆。走过黑暗的街道,我心中左思右想,如同结束了一天工作后的人们一样。我思索着,为什么西顿太太没有给我们留下钱财,贫穷对内心有何影响,财富对内心又有何影响。我还想到了那天上午见到的那群古怪的老先生,记得他们肩披一簇簇的皮毛装饰;也记得如若有人吹口哨,他们当中便会有人匆忙离去;我想到了小教堂中洪亮的风琴声,想到了图书馆关闭的大门,想起了被拒于门外的那份不悦;继而又想到,若被锁在门内,情况也许更为糟糕;我还想到了男人的安全与富足以及女人的贫穷与不安,想到了传统以及传统缺失对作家内心的影响;最后我想,是时候把这一天中遇到的几番口角、种种印象,连同愤怒与欢笑一道,卷起来丢进树篱里去了。千万颗星星在空阔的蓝天中闪亮着。在这个高深莫测的社会中,人似乎是孤独的。所有人都睡着了——俯卧的、平躺的、无声的。牛桥的街道上杳无人迹。甚至旅馆的门也是被一只看不见的手弹开的——没有一人深夜为我留灯、送我安寝,夜太深了。

| 到灯塔去 |

第 二 章

　　如果你们可以继续聆听的话,现在已经变换了场景。树叶依旧飘落,不过这里是伦敦,不再是牛桥了。我要请你们想象,有一个房间,就像成千上万的房间一样,它有一扇窗,越过行人的帽子、货车与轿车,与其他窗子遥遥相望。房间内的桌子上放着一张白纸,上面写着"女性与小说"几个大字,仅此而已。不幸的是,在牛桥大学用过午餐和晚餐之后,我似乎无可避免地要走访一趟大英博物馆了。我须摒弃所有印象之中的个人倾向和偶然因素,以便求得那纯净的液体,真理的精油。因为那次对牛桥大学的拜访以及在那儿享用的午宴、晚宴引起了一大堆问题。为什么男人喝酒而女人喝水?为什么男人如此富足而女人如此贫穷?贫穷会给小说带来什么影响?艺术创作的必要条件是什么?千般疑问当即涌现出来。但我们需要的是答案,而非问题。想要获得答案,唯有请教博学之人和公正之人,他们已经超然于口舌之争,不为躯体所惑,并将自己的推理和研究结果发表于书籍之中,收藏于大英博物馆之内。我拿起本子和铅笔,自问,若无法在大英博物馆的书架间求得真知,那么真理何在呢?

　　做好了准备,带着自信心和求知欲,我踏上了寻求真理的征程。那天尽管没有下雨,却也阴沉。大英博物馆的几条临街上满是地下煤库通到街上的洞口,一袋袋的煤炭正倾泄如雨下。四轮马车停靠在路边,将一个个捆扎好的箱子卸在了人行道上。箱子里装的大概是瑞士人或意大利人全家的服饰;他们也许是来赚钱的,也许是来避难的,也许是想在冬日的布卢姆斯伯里公寓里寻找想要的东西。

如往常一般，嗓音嘶哑的商贩推着蔬菜车穿街走巷；有人喊，有人唱。伦敦像是一座工厂，伦敦像是一台机器，我们在这平台上来来回回，织出图案。大英博物馆是这座工厂中的另外一个部门。转门转开后，我站在那恢宏的穹顶之下，像是巨大、光秃的额头里的一缕思绪，额间华丽地环绕着一条写满名人姓名的缎带。走到柜台边，拿起一张纸条，打开一卷目录……这里的五个点代表着我那五个惊愕、困惑和昏乱的一分钟。你们知道一年中有多少本书是有关女性的吗？你们知道有多少本书是男人写的吗？你们意识到自己或许是全宇宙被讨论最多的物种了吗？我带着笔记本和铅笔来到这里，打算花一个上午的时间来阅读，心想着一个上午过后，便可以把真理转移到我的笔记本上。而要想应付这一切，我得变成一群大象和无数蜘蛛才行，因为大象意味着绵长的寿命，而蜘蛛意味着无数只眼睛。我甚至得有钢爪和铜喙，去刺穿那硬壳。我不禁问自己，如何才能在这大堆的纸页中找到真理的果实呢？绝望之下我开始上上下下地扫视那长长的书单。即使是书名，我也从中获得了思考的养料。性别和人性也许能够吸引医生和生物学家，但是令人吃惊和难以解释的却是性别——也就是说女人——也吸引了相当一部分随和讨喜的随笔作家、敏锐的小说家、年轻的文学硕士、无学位的男人以及除了不是女性之外并无明显资质的男人。其中有些书，一看便觉得肤浅滑稽；但也有许多书严肃认真而又高瞻远瞩，思想端正而又激励人心。只要读读书名便可联想到，曾有不计其数的教师和牧师登上他们的讲台和讲坛，长篇大论，滔滔不绝，远远超出了通常这一讲题本应分得的时间。最为奇怪的一个现象是——此时我查阅了字母 M 下所列的书目——很显然其内容仅限男性。女人不写有关男人的书——这一事实令我不禁松了口气。因为若我要先读男人写女人的书，再读女人写男人的书，那么百年绽放一次的芦荟花都要开上两季后，我才能动笔。于是，我随心所欲地挑选了十多本书，将我的借阅卡放在金属丝托盘上，然后与真理本质的其他探求者一起，坐在座位上等着。

　　是什么原因造就了这种奇特的差异，我思索着，手在纸上画着车轮，这纸张本是英国纳税人另作他用的。从这个目录上看，为何男人对女人的兴趣远大于女人对男人的兴趣？这似乎非常令人好奇，我的思绪在到处游荡，脑子里勾勒着那些花时间书写女人的男人们的生活。他们年老还是年轻，已婚还是未婚，红鼻还是驼背——无论如何，感到自己这样地被关注总是令人有些飘飘然的，只要他们并非全部身体残疾或体弱多病就好——我就这样思索着，直到一大堆书轰然滑落到我面前的书桌上，打断了我的胡思乱想。麻烦来了。牛桥的学生受过训练，懂得如何做研究；他们无疑有办法避开一切干扰因素，直接找到问题的答案，就像羊群直入羊圈一样。比如我旁边的那个学生，他正在勤奋地抄录着一本科学手册，我相信，每隔十来分钟，他便能从基石中掘出质纯的金块。他发出的心满意足的咕哝声，便是再好不过的证明。然而不幸的是，如果没有接受过大学训练，问题也就远非是羊群入羊圈，而是一群惊慌失措的羊群，在大队猎犬的追逐下，四处逃窜。教授、学者、社会学家、牧师、小说家、随笔作家、新闻记者，以及那些除去不是女人以外无任何明显资质的男人，他们研究着我那简明而又单一的问题——有些女人为何贫困？——后来这一问演变成了五十个问题，再后来那五十个问题狂乱地跃入了河中，随波逐流而去。笔记本上的每一页都有我潦潦记录的笔记。为了向你们展示我当时的心境，我会读一些给你们听，这一页简单地列着一个大写印刷的标题：女性与贫穷，但下面的内容是这样的：

中世纪女性状况

斐济群岛女性习性

女性被尊崇为神

女性的道德感较男性薄弱，女性的理想主义

女性更为勤恳

南海诸岛女性的青春期年龄

女性的魅力

女性作为祭品献祭

女性脑容量小

女性的深层潜意识

女性体毛较少

女性在脑力、道德和体力上逊于男性

女性对孩子的爱

女性更长寿

女性肌肉力量较弱

女性的情感力量

女性的虚荣心

女性的高等教育

莎士比亚之女性观

伯肯赫德勋爵之女性观

英奇教长之女性观

拉布吕耶尔之女性观

约翰生博士之女性观

奥斯卡·布朗宁先生之……观

这时，我歇了口气，并且在页边的空白处加上了一句：为什么塞缪尔·巴特勒会说"聪明的男人从来不会说出他们对女人的看法"？显然，聪明的男人从不乱说。我一边继续着我的思考，一边靠在椅背上，仰头看着那个巨大的穹顶；在这里我是一股思绪，形单影只，略显疲惫。非常不巧，聪明男人对女人的看法总是大相径庭。蒲柏说：

女人大多无个性。

拉布吕耶尔则说：

女人爱走极端，跟男人比，不是更好，便是更坏。

这两位敏锐的观察家处于同一时代，然而见解却截然相反。女性是否应当受教育？拿破仑认为她们没有资格；约翰生博士则持相反态度①。她们究竟有没有灵魂？一些野蛮人说她们没有灵魂，而另外一些则不以为然，他们认为女性的一半是神明，因此要尊崇女性。②有些圣贤认为女人的思想要浅薄些，另一些则认为，她们的意识更为深邃。歌德尊敬女性，墨索里尼则鄙视她们。无论从何种角度审视男人对女人的看法，其观点都各执一词。我想，从中理出头绪是不可能的了，同时我不无妒忌地看了一眼隔壁那位读者，他

---

① 男人知道女人是自己的劲敌，因此才选出她们中最弱者和最无知者。若男人可以不如此想，他们就再也不必担心女人和他们懂得一样多了。为了性别公平，我还是要坦白承认，他在随后的谈话中对我说，他的话都是认真的。——鲍斯威尔《赫布里底群岛旅行记》

② 古代日耳曼人相信女性身上有神圣之处，因此将她们视为神使，向其求教。——弗雷泽《金枝》

正在做着最为整洁的摘要,并以字母顺序将其进行了排列。而我自己的本子上却乱写着一些意见相左的潦草略记。着实令人沮丧,令人困惑,令人羞耻。真理已从我的指缝间溜走了,一点也不剩。

我心想,不能就这样回家去,而且还要在女性与小说的研究上加上深重的一笔:女性体毛较少,南海诸岛中女性青春期始于九岁——或者是九十岁?——分散的注意力使得我的字迹潦草难辨。一整个上午下来,拿不出任何有分量、让人敬佩的东西来,这着实丢人。若我未能领会到以往有关女性(简洁起见,我用"女性"一词的首字母作为其简称)的真理,又何必为将来的女性而烦恼呢?那些绅士专门研究女性以及女性在各个方面可能造成的影响——政治、子女、薪酬、道德——尽管这些人为数众多,学问广博,向他们求教也完全是在浪费时间。不如从未翻开过他们这些书。

不过,沉思之际,不知不觉间,我萎靡无望地在那本该像邻桌一样写下结论的地方,画了一幅画。我画的是一张脸,一幅肖像。那是冯·X教授的面孔和形象,他正忙着撰写他的传世之作《论女性心理、道德和身体之低劣》。在我笔下,他并不是个对女人有吸引力的男人。他身体胖硕,下巴硕大,却又长着一双非常小的眼睛,脸颊通红。那脸上的表情表明他在情绪激动地工作着,猛戳着笔,似是以笔尖作利器,捕杀害虫。即便杀死了害虫,他也未能满足,还须继续捕杀下去。可即便如此,依旧存在着令他愤怒和恼火的理由。我看着自己的画,心想,那会不会是因为他的妻子?是不是她爱上了一位骑兵军官?那位骑兵军官是不是身材修长、风度翩翩、身穿羔羊皮衣?亦或是依照弗洛伊德的理论,他是不是在幼年遭到过漂亮姑娘的嘲笑?因为,我想,即使在幼时,这位教授也不会是个讨喜的孩子。无论出于何种原因,这位书写着女性心理、道德和身体之低劣的大作的这位教授,在我的描绘下显得出离愤怒,丑陋异常。我画着画,以一种懒散方式结束了一个上午空无所获的工作。而往往是在懒散和梦幻之中,真理才得以浮出水面。看着我的笔记本,最基本的心理学知识——无须借精神分析的名义来抬高身价——就可以解释,那愤怒教授的素描是气头上的杰作。在神游之际,愤怒便操控了我的画笔。可愤怒又在那儿做了些什么呢?兴趣、混乱、消遣、厌倦——所有情绪在整个上午接踵而至,每一种情绪我都能够言明并道出原委。是不是愤怒这条黑蛇一直潜藏于其中呢?不错,从那幅素描来看,怒火的确潜藏其中。没错,就是那本书,那段话,唤醒了我心中的恶魔,就是因为教授那句关于女性心理、道德和身体之低劣的陈述。我的心脏剧烈地跳动着。我的面颊滚烫发烧,气得面红耳赤。尽管这样有些犯傻,却也不足为奇。谁也不愿意被告知自己天生就比不上那么一个矮小的男人——我看了看身旁的那个学生——他喘着粗气,打着系好了结的领带,有两个星期没刮过胡子了。人总有某些愚蠢的虚荣心。那只是人性使然,我边想边画起了圆圈,绕着教授那愤怒的面孔,一圈又一圈,直到最后,他就像一片烧着的灌木丛,或是一颗火光四射的彗星——总之已没了人形,失了意义。此刻那教授只不过是汉普斯特荒野上一把烧着的柴草而已。很快我的愤怒就得以纾解,只是心中仍存好奇。教授们的愤怒如何解释呢?他们为何愤怒?若将这些书中留下的印象稍作分析,就会发现,这其中不乏一股灼热。这种高温有许多承载形式,在反讽、感伤、好奇、谴责中将自己展露了出来。还有一种情绪,它时常出现却又难以当即被识破。我称其为愤怒。不过这种愤怒是暗中涌动并与其他各种情绪交织在一起的。从它产生的奇异效果来看,它是一种乔装打扮的复杂情绪,而不是简单率直的气恼。

我审视着桌上的那一堆书,心想,无论出于什么原因,对我来说,这些书都是毫无用处的。也就是说,尽管这些书中满是谆谆教诲，写着些或有趣或无聊的事，还记录了那斐济群岛居民怪诞的习俗，但从科学的角度讲，这些书毫无价值。它们是在感性的红光而非理性的白光中写就的。所以，必须将它们送回中央的那张桌子上去，让它们重归那个巨大蜂巢里的自己的巢室。一整个上午，我所收获的一切，便是关于愤怒的这一事实。那些教授们——我把他们这样归并在了一起——被激怒了。可又是为什么呢？我还了书，问自己。我站在柱廊的下面，周围是成群的鸽子和史前的独木舟。我又开始问自己，为什么？心中反复琢磨，他们为什么愤怒呢？我一边思索着这个问题，一边信步走开，想要出去找个地方吃午饭。我此刻称之为愤怒的东西，其本质是什么呢？这个疑问伴随着我，直到我在大英博物馆附近的一家小餐馆里落了座，饭菜端了上来。某个在我之前用餐的客人把晚报的午间版留在了椅子上，于是我在候菜的时候，漫不经心地浏览着报上的标题。一行大字标题像缎带一般横贯整个版面：有人在南非干了一番大事。略小一些的标题声称，奥斯汀·张伯伦爵士身处日内瓦；地窖中发现一把粘有人体毛发的肉斧；某某法官——在离婚法庭上点评了妇女的伤风败俗。还有其他一些新闻零零星星地散布在报纸各处。一电影女星从加利福尼亚某山顶被人往下放，悬于半空；近日将是多雾天气。依我看，即便是这个星球上最为匆匆的过客，若是拿起这张报纸，都可以从这些只言片语中看出，英国是个男权制国家。只要意识清醒，没有人会看不出那位教授的优势地位。那是权力，是金钱，是影响力。他是报纸的业主、编辑、助编。他是外交部长，也是法官。他是板球运动员，他拥有赛马和游艇。他还是公司董事，是那家分给股东百分之二百红利的公司董事。他把几百万英镑捐献给他所管理的慈善机构和学院。他把那位女电影演员悬在了半空。他将裁定那把肉斧上的毛发是否是人类毛发，正是他将宣告那位凶手有罪与否，该施以绞刑还是该无罪释放。除了那场雾之外,他似乎掌控了一切。然而他却愤怒了。我知道,他的愤怒就是源于这件事。当我阅读他有关女性的著作时,我想到的并非他的话语,而是他本人。立论者若是冷静地进行辩论,则表明他专注于自己的论点,读者也会不自禁地关注他的论点。倘若他是心平气和地描写女性,所用的论据也无可争议,不着痕迹地表达他意图得到的结论是此而非彼,我也就不会愤怒。我就会承认事实,就像承认豌豆是绿的、金丝雀是黄的诸如此类的事实一样。我会说,的确如此。可是我动怒了,因为他带着怒气。我翻着那张晚报,心想,这样一个掌控一切的人居然会愤怒,似乎有些荒唐。我心中不解,或者说,在某种程度上,愤怒是为人所熟悉的幽灵,是权势的附庸?比如,有钱人经常生气,因为他们怀疑穷人想夺取他们的财富。那些教授,或者说那些年高德劭的男人们,这样称呼他们或许会更为准确,他们一方面可能是因为那个原因而生气,另一方面也可能是因为一个表面尚不明显的原因。也许他们根本没有"愤怒"。确实,他们常常令人钦佩,乐于奉献,私下社交中堪称楷模。也许他们在略微过分地强调女性低劣的时候,所关心的并不是女性的低劣,而是他们自己的优越。这才是他面红耳赤、过分强调以保护的东西,因为对他来说那是一块价值连城的宝石。对于男人和女人来说——这时我看着这些男男女女摩肩接踵地走在人行道上——生活是艰辛的、困难的,是无尽的拼搏。需要付出无比的勇气和力量。既然我们是心存幻想的生物,便更要对自己怀有信心。假如没有自信,我们便是摇篮里的婴孩。而这样一种弥足珍贵、难以估量的品质,如何在最短时间内获得呢?那就是想象别人逊于自己,想象自己有天生的优越条件——可能是财富、地位、一个高挺的鼻子,或是罗姆尼为祖父绘制的一幅肖像——总有些可怜的花样用来激发人类无穷无尽的想象力。因此,对必须去征服他人、统治他人的男性大家长来说，自觉生来就高人一等，觉得无数人，确切地说，是一半的人类都在其下，这种心理是何等的重要。这定是他权力的一个主要来源。然而我想，还是把观察的角度转向真实生活吧。它能否解释那些日常琐碎生活中令我们心中困惑的小事？能否解释 Z 先生带给我的惊愕？那个最为仁慈、最为谦和的男人，当他拿起丽贝卡·韦斯特的书，读了一段后，惊叫道："这个可恶的女权主义者！她说男人是势利小人！"这一惊叫，令我何等吃惊——因为，关于男人，韦斯特小姐的陈述几乎句句属实，即使那是贬损的陈述，可何以她就成为可恶的女权主义者？——那不仅是他虚荣心受到伤害而发出的呐喊，还是赖以自信的能力受到挑衅时发出的抗议。几百年来，女人被视为有魔力的镜子，具有令人愉悦的力量，能使男人在其中看见两倍于自己的伟岸身材。倘若没有那种力量，地球仍会是片片沼泽和丛林，所有战争的荣光便无人知晓，我们依旧在羊骨上篆刻鹿形，依旧用火石来换取羊皮或任何迎合我们质朴眼光的简单装饰品。超人和命运的主宰未曾存在过，沙俄和凯撒也不曾戴上或失去过皇冠。无论在文明的社会里有何种用途，对于一切暴力和英勇行径来说，镜子都是必不可少的。这就是为什么拿破仑和墨索里尼两人都如此强调女人的低劣；如若不然，他们也就无法更显高大。这也在某种程度上解释了为何男人常常需要女人，也解释了受到女性批评的男人是多么焦躁不安。这本书写得不好，这幅画显得无力，诸如此类的评论从女人口中讲出比从男人口中讲出定然只会更让人痛苦，会激起更多的愤怒。因为，如果女人开始道出真相，镜子里的身影就会萎缩，他在生活中的优越性也会逐渐丧失。除非男人们能在早晚饭间依旧见到自己至少两倍于实际的身躯，否则又怎能继续去宣判裁决、教化人心、制定法律、著书立说呢？又怎能在宴会上身着礼服、高谈阔论呢？我就是这样思索着，一边把面包捏碎，搅动着咖啡，时而看看街上的行人。镜中的幻象至关重要，因为它激发着生命力，刺激着神经系统。若是将其移开，男人们可能会丧命，就像瘾君子被剥夺了可卡因一般。我朝窗外望去，心想，这人行道上一半的行人都为那幻象所迷惑，大步奔向工作。清晨，他们在宜人的光线下穿衣戴帽。他们一早便满怀信心、精神振奋，相信自己会被邀请参加史密斯小姐的茶会。走进房间时他们对自己说，我比这里一半的人都要优越，于是他们言语间带着那种自信、那种自我肯定，而这对公共生活影响深远，并且在个人思想的页边空白上留下了奇特的说明。

然而，对于男性心理这个危险而又令人着迷的话题——我希望，这个话题还是等到你自己能拥有五百英镑个人收入的时候再做探究——由于要付账而被打断了。账款是五先令九便士。我给了侍者一张十先令的钞票，于是他去给我找钱。在我的钱包里还有一张十先令的钞票，这引起了我的注意，因为它是个令我激动得透不过气来的事实——我的钱包能自动产出十先令的钞票。我打开钱包，钱就在那儿。社会为我提供了鸡肉和咖啡、床榻和住所，以此作为那几张钞票的回报。钱是我一个姑姑留给我的，因为我们和她同姓，仅此而已。

我必须要告诉你们，我的姑姑玛丽·贝顿，是在孟买骑马外出去呼吸新鲜空气时，从马上跌落身亡的。我得知获赠遗产的那个晚上，国会也通过了赋予女性选举权的议案。一封律师信被丢在邮筒里，我打开信后得知姑姑永久性地每年留给我五百英镑。在选举权和金钱之间，属于我的那笔钱似乎更显得无比重要。在那以前，我靠在报社里讨来的零工谋生，报道这儿的驴子表演或者那儿的结婚典礼。我还曾替人写信封，为老妇人读书，制作假花，在幼儿园里教小孩字母，以此挣过几个英镑。这些就是在 1918 年以前向女性敞开大门的主要职业。恐怕我没有必要详述那些艰苦工作的任何细节，因为你们也许认识做过这些工作的女人；我也无须描述挣钱糊口的困境，因为你们可能已经有所尝试。不过，令我依旧难以忘怀，且比此二者更为痛苦的是当时在我身上生出的恐惧和辛酸之"毒"。首先，我总是在做自己不愿去做的工作，还要像奴隶一样谄媚奉承。虽然也许不必时时如此，但似乎又有这种必要；若是冒险，风险太大。然后我想到了才能，死亡将其掩藏了起来。它虽微不足道，对拥有者来说却是弥足珍贵——那份才能毁灭了，随之毁灭的还有我和我的灵魂———切像是锈菌一般，腐蚀了春花，摧朽了树心。不过，我说过，我的姑姑去世了，每当我兑换一张十先令的钞票，那种锈迹和腐皮便被擦去了一点儿，恐惧与辛酸不再。我边思索边让那块银币滑进钱包。它的确意义非凡，想到那时的苦楚，一笔固定的收入竟让脾性有如此大的改变。世上没有任何力量能将我这五百英镑夺去。食物、房子、衣服，这些永远是我的。如此一来，不仅勉力劳作停止了，怨恨和辛酸也停止了。我不必憎恨任何人，他不能够伤害我；我不必奉承任何人，他没有什么可以给我。因此不知不觉间，我发觉自己对男性换成一种新的态度。无论任何阶级或是任何性别，将其一概而论、予以责备都是荒谬的。不为自己的所作所为负责者大有人在。他们被自己难以控制的本能所驱使。那些大家长、教授，他们也有无穷无尽的烦恼，也有难以逾越的障碍去应对。他们所受的教育在某些方面与我们所受的教育一样有缺陷。他们也因此有着同样严重的问题。诚然，他们有钱有权，可代价却是在其胸中藏有着一只鹰，一只秃鹫，无时无刻不在撕扯着他们的肝脏肺腑——占有的本能，攫取的狂躁，驱使着他们永远觊觎别人的田地和货物，驱使着他们去划定疆界、树立旗帜、制造战舰和毒气，驱使着他们去交出自己和子女的性命。走过海军部大楼的拱门（我

| 到灯塔去 |

去过那处纪念碑）或是任何一条摆满战利品和大炮的大道，回顾当年在此庆颂过的那份荣耀；或是在春日的阳光中，看着那些股票经纪人和高级律师走进房间去挣钱，挣越来越多的钱，而实际上，一年五百英镑就足以使人生沐浴在阳光之中。我觉得，这些是潜藏于心、令人不快的本能。这些是生活条件使然，是文明缺失的产物。我看着坎布里奇公爵的雕像，特别是看着他那三角帽上插着的几根羽毛，心中如是想着。大概以前从未有人像我那样死盯着它们看。同时，在我意识到这些欠缺之后，恐惧和辛酸也逐渐化作了怜悯和宽容。然后再过上一两年，怜悯和宽容也会消失，代之而来的是巨大的解脱，即自由地思索万物的本质。比如，那座大楼，我喜不喜欢？那幅画美不美？在我看来，那是本好书还是坏书？确实，姑姑的遗产让我眼界大开。我眼中不再是弥尔顿要我永远去敬仰的那位高大威严的绅士，而是一片开阔的天空。

我就是这样思索着，猜测着，走上了河边那条回家的路。夜灯逐渐亮了起来，与晨间的景象相比，伦敦发生着难以言喻的变化。仿佛那台巨大的机器，经过一天的劳作之后，在我们的协助下，织出了令人心惊、美丽迷人的东西——那是一条火红的缎子，闪着炽烈的双眼，好似一头黄褐色的庞然大物，口中喷着热气。甚至晚风也如旗帜般飞扬，吹打着房屋，让围篱咯咯作响。

然而，在我居住的那条小街上，还是以家居生活为主。油漆匠下着梯子；保姆小心地推着婴儿车进出，又回身去取幼儿茶点。运煤工将空麻袋折放整齐，一个叠着一个。果蔬店的老板娘戴着红色的露指手套，核加着当天的进账。可由于我正全神贯注地思考着你们交与我的难题，所以眼前这些寻常景象，我也要将其归结到一个核心上。我想，与一个世纪前相比，如今要说出这些工作当中哪一种更为高尚、哪一种更为必要，是愈发困难了。是做煤运工好呢，还是做保姆好？对这个世界而言，那位养育了八个孩子的女佣是否不如赚了十万英镑的大律师有价值？这个问题问了也无用，因为无人能回答。女佣和律师的相对价值不仅在不同的年代会各有高下，当今时代我们也没有一杆秤可以让他们一较高低。要求教授在他有关女性的论证中提供这样或那样"无可争议的证据"，这着实愚蠢。即使此刻能够有人道出每种才能的价值，那价值也会改变；而一个世纪以后，它们很可能全然改变。而且，踏在家门前的台阶上，我想到，一百年以后，女性将不再是被保护的性别。可以推断，女人将会参与曾将她们拒之门外的一切活动。保姆会去运煤，老板娘会去开车。基于妇女应受保护这一事实的一切臆断都将消失——比如（这时，一小队士兵沿街列队走过）女人、牧师和园丁要更长寿。如果把那种保护取消，让她们付出同等的努力、参加同样的活动，让她们去从军、去出海、去开车、去做码头工，那么女人会比男人更早、更快地相继离世，以至于人们会说，"我今天看见了一个女人"，就像从前说"我看见了一架飞机"一样。当女性不再是被保护的群体时，万事皆有可能发生。我如是想着，打开了房门。可这一切与我的主题——女性与小说，又有什么关系呢？我边想边进了屋。

| 到灯塔去 |

第 三 章

  夜幕已降临，我却未能带回任何有意义的陈述、任何可信的事实，这未免让人扫兴。女人比男人贫困，是因为——这样或那样的原因。也许现在最好放弃寻求真理，别再接受雪崩般的见解；它们像熔岩一样炽热，像洗碗水一样污浊。最好拉上窗帘，排除杂念，打开灯，缩小探究范围，请教记录事实而非见解的历史学家，请他们描述一下女性的生活状况；无须涵盖多少年代，只谈英国，比如伊丽莎白时代。

  因为这是我多年的一个困惑。那时，似乎每两个男人中就有一个能写歌谣或者十四行诗，却没有一个女人曾为那场文学盛事添上过只言片语。我问自己，女性当时的生活状况是怎样的？小说既然是想象的产物，也就并非如科学一样，卵石般从天而降。小说像一张蜘蛛网，或许只是轻微相连，四角却仍然依附于生活。这种依附常常难以为人察觉。拿莎士比亚的戏剧来说，那似乎是空中楼阁，凭空高悬。然而，蛛网一旦被扯歪，钩住边缘，撕破中间，人们就会想起，这些网并非是半空中的无形生物织就的，而是受苦受难的人类的作品；它们和物质生活密切相关，比如健康、金钱和我们所居住的房屋。

  于是，我走到放着历史书的书架前，取下最新的一本，那是特里维廉教授的《英格兰史》。我又一次查阅"女性"一词，找到了"其地位"几个字，翻到了对应的那几页。"打老婆，"我读道，"是男人一种公认的权利，不论高低贵贱，男人都打老婆，从不觉得羞耻。同样，"这位历史学家继续写道，"女儿拒不嫁给父母所选择的夫婿，就有可能被关在屋内，被施以拳脚，而公众绝不会对此大惊小怪。婚姻不关乎个人情感，只为满足家族贪欲，在"有骑士风度的"上流社会尤为如此。……婚约往往于一方或双方尚在摇篮时就定下了，未能完全脱离保姆之日就已成婚。那是在1470年前后，乔叟时代刚结束不久。再次提及女性地位是在大约两百年之后，斯图亚特王朝时期。"女人自己选择丈夫，在中上层阶级当中，仍属例外。一旦被指了人家，那丈夫便是家庭之主，起码法律和习俗承认他的地位。但即便如此，"特里维廉教授总结道，"不论是莎士比亚笔下的女性，还是十七世纪回忆录中有文可考的女性，比如，弗尼夫妇和哈钦森夫妇回忆录中的女性，似乎均不乏个性。"当然，我们可以设想，克莉奥帕特拉定然有自己的手腕；有人会认为，麦克白夫人，也有自己的意志；有人会断定，罗莎琳德，是个迷人的姑娘。特里维廉教授评论说莎士比亚笔下的女性似乎并不缺乏个性和特色时，他不过是道出了实情。若非历史学家，我们尚可夸大一点，说有史以来，所有诗人的作品之中，女性都明艳光亮——在剧作家的笔下，有克吕泰涅斯特拉、安提戈涅、克莉奥帕特拉、麦克白夫人、菲德拉、克瑞西达、罗莎琳德、苔丝狄蒙娜、马尔菲公爵夫人；在散文作家的笔下，有米拉芒特、克拉丽莎、蓓基·夏泼、安娜·卡列尼娜、爱玛·包法利、盖芒特夫人——这些名字涌入脑海，而她们绝不会令人觉得"女性缺乏个性"。确实，若女性只存在于男人所写的小说中，人们就会觉得她们是至关重要的人物，

| 到灯塔去 |

千姿百态，崇高又卑贱，光鲜又肮脏，极美亦极丑，伟大如男人，有人认为甚至胜于男人①。但这是虚构的女性，实际上，诚如特里维廉教授所说，她们被关在屋里，饱受拳脚。

于是，一种非常奇怪的多面人就出现了，想象中，她至关重要；实际上，却完全微不足道。诗卷中，她的身影随处可见；历史上，她却无迹可寻。小说里，她主宰着国王和征服者的生活；现实中，只要父母将戒指硬套在她手上，她就是任何男人的奴隶。文学作品中，最有感悟、最为深刻的思想从她的唇齿间流出；现实生活里，她却几乎不识字，不会写，是丈夫的私有财产。

先读历史、再读诗作的人，无疑是个怪物，是长着鹰翅的蠕虫，是厨房里剁板油的生命与美之精灵。可无论想象中多么有趣，这怪物其实并不存在。若想使她生动起来，便须使思考做到既要诗情画意，又要平淡无奇，由此得以不脱离事实——她是马丁太太，三十六岁，身穿蓝衣，头戴黑帽，脚着棕鞋，但也不能失去想象力——她包容万象，各种精神和力量在她体内奔流不止，闪闪不息。然而，一旦将这个方法用于伊丽莎白时代的女性身上，那束光彩便褪去了，

---

① 雅典娜城的女性与东方女性一样，被迫沦为奴隶或苦工；而在戏剧舞台上却诞生了克吕泰涅斯特拉和卡桑德拉、阿托莎和安提戈涅、菲德拉和美狄亚，还有那"厌恶女人"的欧里庇得斯笔下又一部戏中的所有女主角们；这始终是件奇怪却又难以解释的事。而在舞台下的现实生活中，为人所尊敬的女性是不能够独自外出露面的；可在舞台上，她们却和男人平起平坐或是更胜一筹，这点至今也没有得到一个圆满的解释。在现代悲剧中，这种优势依然存在。无论如何，粗略翻阅一下莎士比亚的作品（其与韦伯作品相似，但与马洛和约翰逊作品无相似之处），则足以发现女性的这种支配地位、这种主动权，是如何从罗莎琳德到麦克白夫人身上留存下来的。拉辛的作品中也是如此。他的六部悲剧都以女主角的名字为名。又有哪一位男性角色可以和埃尔米奥娜和安德洛玛克、贝雷尼丝和罗克珊、菲尔德和阿达莉相媲美呢？易卜生也是如此。哪个男人可以和索尔维格和娜拉、海达和希尔达·旺格尔以及贝丽卡·韦斯特相配呢？——F. L. 卢卡斯《论悲剧》，第114-115页。

事实的缺乏令人却步。我无从得知细节，信息既不确切，也非详实。历史中鲜少提及她们。于是我再一次求助于特里维廉教授，看看历史对他来讲意味着什么。浏览过诸多章节标题过后，我发现，历史于他，就是——

"庄园与敞田耕种法……西多会修士与牧羊业……十字军东征……大学……下议院……百年战争……玫瑰战争……文艺复兴时期的学者……修道院的瓦解……农村及宗教冲突……英国海上势力的发端……西班牙无敌舰队……"偶尔会提及某位女性，某个伊丽莎白或玛丽，一位女王或贵妇。然而，一个除了脑力和个性之外再无其他的中产阶级妇女，绝无可能参加任何伟大的运动，而所有这些运动构成了历史学家对过往年代的见解。趣闻轶事中也找不到女人的影子。奥布里鲜少提及女性。女人从不写自传，几乎不记日记，现存的只有几封书信。她未曾留下任何戏剧或者诗歌，让我们可据以对她做出评价。我想，人们所需要的——在纽汉姆学院或格顿学院怎么没有某个才华横溢的学生提供这些资料呢？——是大量的信息：她多大年龄结的婚？一般来讲，她有几个孩子？她的住宅是什么样子？她有自己的房间吗？她下厨吗？她是不是有个仆人？所有这些事实都记录在了某处，也许是教区登记册或账簿中。伊丽莎白时代的普通女性，她们的生活定是散落在了某些地方，如若有人能把它们收集起来，就能写成一本书。在书架间寻找那些架上没有的书时，我想，建议这些名牌大学生重写历史恐怕是一种奢望，超出了我的勇气；尽管我认为，现有的历史似乎有些古怪、不真实、有偏颇；可他们为何不将其加以补充，冠以低调的名字，让女性得以出场且恰如其分呢？要知道，伟人的传记中，也能时常见到她们的身影，匆匆而过消失于背景之中。有时我想，她们藏起了一个眼神、一声大笑，又或许一滴眼泪。毕竟，我们看够了简·奥斯汀，也无须多加考虑乔安娜·贝利的悲剧对埃德加·爱伦·坡诗歌的影响，于我而言，就算玛丽·拉塞尔·米特福德的住宅和她时常光顾之处向公众关闭百年以上，我也不在意。继续在书架上四处搜寻着，然而我发现，十八世纪以前的女性无从考证，这令我哀叹。我的脑海中没有一丝可供我反复揣摩的样本。我想知道，为何伊丽莎白时代的女性不写诗歌；我也不知晓她们是如何被教育的，是否学过写字，是否有自己的起居室，有多少在二十一岁以前就有了孩子，一天内，简言之，她们从早上八点到晚上八点都做什么。显然，她们没有钱；按照特里维廉教授的说法，无论是否愿意，她们在年幼时，约摸十五六岁的年纪，就已嫁为人妇。综上所述，我断言，她们当中若有人突然写出了莎士比亚的戏剧，那才是古怪至极。我又想到了一位已故的老先生，我想他曾是位主教。他宣称，任何女人，无论过去、现在还是将来，绝无可能拥有莎士比亚的天赋。他曾在报纸上阐发此见解，还告诉一位向他咨询的女士说，其实，猫是上不了天堂的，他补充道，尽管，猫也有着某种灵魂。为了拯救我们，这些老先生是多么的绞尽脑汁啊！在他们的逼近下，无知的边界这般地向后退缩着！猫上不了天堂，女人写不了莎士比亚戏剧。

尽管如此，看着书架上莎士比亚的著作，我却不得不承认，那位主教起码在这一点上是对的。就是说，在莎士比亚的时代，没有哪个女人能写出莎士比亚那样的戏剧，也没有丝毫可能。既然事实难觅，不妨发挥一下想象，倘若莎士比亚有一个天资惊人的妹妹，比如名叫朱迪丝，那会发生什么呢？莎士比亚本人很可能念了文法学校——他母亲继承了一笔遗产，学了拉丁文——读了奥维德、维吉尔与贺拉斯的作品——以及基本的语法和逻辑。人人都知道，他是一个野性难驯的孩子，偷猎过兔子，或许还射过鹿，在不该成家的年纪就娶了邻居的女儿，妻子婚后不出多时就给他生了一个孩子。

这等丑事令他跑去伦敦寻找出路。似乎对戏剧有特殊偏爱的他,先是在剧院门口给人牵马,不久便在剧院里找到了工作,成了一名成功的演员,住在城市的中心,广结人脉,所识甚广,在舞台上实践着他的艺术,在街头巷尾发挥着他的才智,甚至踏入了女王的宫殿。同时,我们可以设想,他那极具天赋的妹妹却待在家中。她同哥哥一样喜欢冒险,一样富于想象,一样渴望见识这个世界。但是她没有被送去念书,没有机会学习语法和逻辑,更不要说阅读贺拉斯和维吉尔。有时,她拿起书,也许是他哥哥的一本书,读上几页;但接着她的父母就走了进来,吩咐她去补袜子,或是照看一下炖汤,不要痴迷于读书看报。他们严厉而又和蔼,因为家境殷实,深知女人的生活状况,并且爱他们的女儿——的确,她有可能是父亲的掌上明珠。或许,在存放苹果的阁楼上,她偷偷写过几页什么,要么是小心地藏了起来,要么就是烧掉了。但很快,十几岁的她就被许给了邻居家羊毛商的儿子。她哭闹着,说自己讨厌结婚,为此又被父亲狠狠打了一顿。然后他不再斥责她,而是求她不要伤他的心,不要在婚事上让他蒙羞。他说会给她一串珠链,或是一条美丽的裙子,话语间,眼中噙着泪水。她怎能不听从呢?又怎能伤他的心呢?只有那与生俱来的天赋驱使着她抵抗。她将自己的物品裹成一个小包,在某个夏日的夜晚攀绳下了楼,去了伦敦。她还不到十七岁,树篱中鸟儿的歌声也不及她的动听。对于言辞的韵律,她拥有最敏捷的想象,有着和哥哥同样的天赋。与哥哥一样,她也对戏剧有特殊的偏好。站在剧场的门口,她说,她想当演员。男人们当面嘲笑她。剧院经理——一个多嘴的胖男人——狂笑起来,嚷嚷着说了一通贵宾犬跳舞和女人演戏之类的话——他说,女人当不了演员。他还向她暗示——你能够想象他暗示了什么。她无处训练她的才艺,难道她要到酒馆要饭、半夜游荡街头吗?但她的天赋为小说而生,渴望从男男女女的生活中,以及对其癖性的研究中摄取丰富的养分。最后——她非常年轻,长相酷似诗人莎士比亚,生着同样的灰色眼眸和弯弯的眉毛——演员经理尼克·格林对她心生怜悯,于是她发现自己怀上了那位先生的孩子。所以——当诗人的心被女人的躯体所拘禁、所纠缠时,有谁能估量其中的灼热和狂暴呢?——她在一个冬夜结束了自己的生命,葬身于某个十字路口,如今那里是大象城堡酒店门外停靠公交车的地方。

依我看,在莎士比亚时代,一位女性若具有莎士比亚般的天赋,那么她的故事大抵便是如此。不过,就我个人而言,我赞同那位已故主教——如果他的确是主教的话——的看法,即在莎士比亚的时代,某个女人若是具有莎士比亚的天赋,那是不可思议的。因为莎士比亚那样的天赋是不会在卖力劳作、未受教育、卑躬屈膝的人群中诞生的。在英格兰,它不可能诞生在撒克逊人和不列颠人当中。在今天,它不会诞生在工人阶级当中。那么,它又怎会诞生在女性人群中呢?按照特里维廉教授的说法,她们在幼年便开始工作,为父母所逼迫,为法律和习俗的力量所束缚。然而女性当中定然存在天才,正如工人阶级当中定然存在天才一样。时而有一位艾米莉·勃朗特或者罗伯特·彭斯轰动闪耀一时,证明了天才的存在。但这种天才定然未被载入史册。然而,每当读到有女巫被沉湖、某女人被魔鬼附身、某个聪明的女人在卖药草,或者某个杰出的男人有位母亲时,我就想到,循着这些踪迹,我们会找到一位迷惘的小说家、一个受压制的诗人、某个缄默无闻的简·奥斯汀或者艾米莉·勃朗特;她在荒野上撞得头破血流,或在大路旁愁眉苦脸,因为天赋折磨着她,令她发狂。甚至,我会大胆猜测,那写下了诸多诗歌却又不曾留下本人信息的无名氏,多半也是女人。我想,那是位女爱德华·菲茨杰拉德,她创作了民谣和民歌,为自己的孩子低声吟唱,以此打发纺线的时光,或是消磨漫长的冬夜。

这也许是真的,也许是假的——谁能知道呢?然而回想着我所编撰的莎士比亚妹妹的故事,对我来说,似乎有一点是真的,那就是,那些生于十六世纪、天赋异禀的女性都会发狂、自杀,或者在村外某处偏僻的小屋度过余生,半是女巫,半是术士,为人所惧,又为人嘲笑。无须运用心理学知识便可确知,一个有天赋、试图将其才能用于诗歌创作的姑娘,定会遭到其他人的反对和阻挠,其自身抗拒的本能也会折磨和撕裂她,导致她的健康和神智深受其害。没有哪个姑娘能够走到伦敦,站在剧场门口,闯到演员经理的面前,却不使自己受辱和受苦。这些也许是荒谬的——因为贞节可能是某些社会出于未知原因而创造出来的一种迷恋对象——但又是不可避免的。贞节在当时,甚至于现在,在女性生活中都具有宗教式的重要意义,包裹着每一条神经和本能;若要将它解放、将其曝光,需要异常的勇气。对一位女性诗人和剧作家来说,在十六世纪的伦敦过自由的生活,便意味着精神压迫和进退两难,这些可能会夺去她的生命。若她幸存了下来,那么她所写的东西,无论是什么,都是扭曲的、畸形的,是从一种勉强而又病态的想象中产生的。看着没有女性剧作的书架,我想,毫无疑问,她的剧作不会署名。那一定是她寻求的避难方式。这是要求女性缄默的贞节感即使到了十九世纪仍有存留。柯勒·贝尔、乔治·艾略特、乔治·桑德,如她们的作品中所证实的一般,是精神斗争的受害者。她们徒劳地用男人的名字作为掩护,但如此一来,便是向习俗低了头——那习俗即便不是由男人灌输而来的,也是他们大加鼓励。他们认为,抛头露面的女人是令人厌恶的(伯里克利自己就说,一个女人最大的光荣就是不被人们谈及,而他本人却时常成为人们的谈资)。默默无名根植在女性的骨血里。将自己掩藏的想法时时控制着她们。甚至如今,她们也不像男人那样关心自己声誉的好坏。通常，当她们路过墓碑或是路牌时，不会生出将自己的名字镌刻其上的迫切欲望，而阿尔夫、伯特或查斯这些男人则一定会遵从本能，见到漂亮女人，甚至一条狗走过，便会本能地低声说：这狗是我的。当然，也可能并不是狗，我想到了议会广场、西吉斯林荫道以及另外几条林荫路；也许是一块地，也许是一头黑色卷发的男人。而作为女人有一大好处，那就是，就算面前走过一个非常漂亮的黑人女子，她们也没有把她变成英国人的欲望。

当时，那个具有诗歌天赋、生于十六世纪的女人，就是一个不幸的、一个与自身命运相背的女人。她全部的生活条件、所有的直觉，都与那想要释放脑中所有想法的心境敌对。不过我要问，什么是最有利于创作的心境呢？我能拥有那种促进奇怪活动、使之成为可能的心态吗？这时我打开了几卷书，那是莎士比亚的悲剧。比如，他在创作《李尔王》和《安东尼与克莉奥帕特拉》时，有着怎样的心境呢？那自然是古往今来最利于诗歌创作的心境了。但莎士比亚本人对此只字未提。我们只是无意中偶然得知，他"从未涂改过一行字"。或许十八世纪以前，的确没有哪位艺术家述说过自己的心境，直到卢梭的出现。无论如何，到了十九世纪，自我意识已得到了长足的发展，在忏悔录和自传中，描述自己的心境成了文人的习惯。还有人为他们写传记，并且他们的书信在死后被出版。由此，尽管我们并不知道莎士比亚在创作《李尔王》时心中经历过什么，我们却知道，卡莱尔在撰写《法国革命》时的境况，知道福楼拜在著述《包法利夫人》，济慈试图以作诗来对抗临近的死亡与世间的冷漠时，经历了什么。

从为数众多的现代忏悔录和自我分析中可以看出，天才之作几乎总是历经异常的艰辛。万事皆有可能妨碍那天才之作完完整整地从作家头脑中流出。一般的物质环境与之不和。狗会吠叫,人会来扰,钱须得挣,身体会垮掉。另外,使得所有这些困难加剧并令人难以忍受的,是这个世界的臭名昭著的冷漠。这个世界不需要人们写诗、写小说、写历史。它不需要这些。它不在意福楼拜是否找到了合适的措辞,卡莱尔是否严格地核实了这样或那样的事实。它自然不会为不想要的东西买单。因此那些作家们,济慈、福楼拜、卡莱尔,尤其是在他们创作力最胜的青年时代,俗事缠身、心情沮丧。从这些分析和忏悔录里升出的是一句句诅咒和一声声痛吟。"伟大的诗人在不幸中死去",这是他们歌载的主题。若还有什么能经受住一切得以完成,那便是奇迹,而且很可能没有一本书能如最初设想的那般完整无缺地面世。

然而,看着空空如也的书架,我想,对女人来说,这重重困难必定更加令人生畏。首先,即便在十九世纪之初,想要拥有自己的一个房间也是不可能的,更不要说是安静或隔音的房间,除非其父母格外富有或者身份尤为高贵。零用钱全部仰仗父亲的仁爱,且数目仅够衣着用度,女人就不能同济慈、丁尼生或卡莱尔一般,不能像所有贫穷男人那样,放松自己,比如,做徒步旅行、去法国短期旅行、住一个单间,哪怕条件再不济,也可以使其免受家庭的种种强求和专制。物质上的艰难是可怕的,但更可怕的是精神上的磨难。世间的冷漠曾让济慈、福楼拜以及其他有才之士不堪忍受;而到了女人那里,就不只是冷漠,还有敌意。对待女人,世人不会像对待男人那般,说,要写便写吧,与我无关。世人会对她们哄笑嘲讽:写作?你写的东西有什么用?再次望着那空空的书架,我想,此时,纽汉姆和格顿的心理学家或许帮得上忙。因为,现在是时候去衡量挫折对艺术家的精神影响了。我曾见过一家乳品公司检测普通牛奶和优质牛奶对老鼠身体产生的影响。他们把两只老鼠放在并排放的笼子里，其中一只鬼鬼祟祟，胆怯又瘦小，另外一只则毛色光亮，胆大体硕。那么，我们用来供养女性艺术家的，又是什么食物呢？我想起了那顿梅子和奶油蛋羹的晚餐。若要回答这个问题，我只需打开晚报，拜读一下伯肯黑德勋爵的高见——不过我确实不打算费神去引述伯肯黑德勋爵有关女性写作的观点，而且英奇教长的话我也无心动用。哈利大街的专家尽可以用他的聒噪激起这条大街的回响，我却能心平气和。但我将引用奥斯卡·布朗宁先生的话，因为该先生过去曾是剑桥的一位伟人，常常主持对格顿和纽汉姆学生的考核。他常说："阅过各种试卷之后，印象当中，无论所给分数高低，最优秀的女人都在智力上逊于最差的男人。"说完这些话，布朗宁先生回到房间——正是这随后此举令他为世人所爱，并在某种程度上成了一位高大威严的人物——他回到房间，发现沙发上躺着一个小马倌——他瘦得皮包骨，双颊凹陷，面色灰黄，牙齿发黑，看上去四肢瘫软无力。"那是阿瑟，"（布朗宁先生说道，）"是个高尚有节操的好孩子。"——在我看来，这两个画面往往相辅相成。所幸在这个传记的时代，这两个画面的确相辅相成。由此一来，我们得以在解读伟人时，不仅听其言，也观其行。

尽管在现今，这是有可能的，但在五十年前，从一个公众人物嘴里说出这样的话，还是令人惊畏。让我们设想一下，一位父亲出于为女儿着想，不希望女儿离家去当作家、画家或是学者，他就会说，"看看奥斯卡·布朗宁先生是怎么说的吧。"何况，不仅有奥斯卡·布朗宁先生，还有《星期六评论》，还有格雷格先生——"女性存在的本质，"格雷格先生强调说，"就在于为男人所供养并听命于男人。"——诸如此类男性为尊的观点不胜枚举，且都指向同一观点，即女人无才智。尽管父亲并未将这些见解宣之于口，姑娘自己也可以读到。而即便是在十九世纪，读及此处，也会让人士气低迷，其作品也随之深受打击。总有一些断言——你不能做这个、你没法做那个——该由我们去抗议，去克服。或许对小说家来说，这种病菌已没有了多大的威力，因为已经有了一些杰出的女性小说家；但是对画家来说，这种病菌仍有一些威胁；而对音乐家来说，我想，即便在当下，它也依旧活跃，并极具毒性。女性作曲家如今的地位就相当于莎士比亚时期女演员的地位。这时，我想起了自己编造的有关莎士比亚妹妹的故事。尼克·格林曾说，女人演戏令他想到狗儿跳舞。两百年后，就女性布道，约翰生说了同样的话。思虑间，我打开了一本有关音乐的书；在这个体面的1928年，这些话又被用在了尝试作曲的女性身上。"关于热尔梅娜·塔耶芙尔小姐，我们只需重复约翰生博士对一名女性牧师所发表的格言，将其套入音乐的说法："先生，女人作曲就像狗儿直立行走。效果无可圈点，但你会惊讶，它竟然会做。"① 历史就是这样准确无误地重现着。

于是，我合上奥斯卡·布朗宁先生的传记并将其他传记推至一旁，下了结论：显而易见，即便在十九世纪，世人也不鼓励女性成为艺术家。相反，她们会遭到冷落、承受侮辱、受到训斥和规劝。既要反对这个，又要驳斥那个，她们定然因此而精神紧绷，体力削弱。这里，我们再次回到那颇为有趣又模糊不明的男性情结范畴之内，这种情结对女性运动产生了巨大影响；它是一种根深蒂固的欲望，与其说是让女人低人一等，不如说让男人高人一等。这种欲望使男人无处不在，不仅挡在艺术的大门前，还阻断了通往政界的道路，即使他本人所受的威胁微乎其微，而恳求者谦卑又虔诚。犹记得，就连贝斯伯勒女士，怀揣着她满腔的政治热情，也不得不低声下气，写信给格兰维尔·莱韦森·高尔勋爵："……尽管我对政治热烈关

---

① 《当代音乐概述》，西塞尔·格雷著，第246页。

注，也就此有过多番谈论，但我完全同意你的看法，任何女人都不该更深地介入政治或者任何其他严肃之事，最多发表一下见解（如若有人向她发问的话）。"接着，她将热情投入到了那至关重要的话题上，也就是格兰维尔勋爵在下议院所做的首次演说，在这里她的热情不会遭遇任何阻碍。我想，这的确有些奇怪。男人反对女性解放的历史，也许比女性解放的历史本身更加有趣。若是格顿或纽汉姆的某个青年学生收集例证并推演成理论的话，就可能写就一本有趣的书，——但她需要戴上厚手套，携着棍棒，全力保护自己。

不过，合上贝斯伯勒女士的书，我回想道，现在引人发笑的事情，过去也曾被极为认真地对待。我敢保证，那些现被收录于闲书、夏夜里仅有几人拜读的见解，也曾经令人落泪。在你们的祖母和曾祖母辈当中，有许多人曾为此热泪滚滚。弗洛伦斯·南丁格尔曾在极度痛苦中尖叫[1]。更何况，你们已经上了大学，有了自己的起居室——或者说，只是卧室兼起居室？你们可以说，天才该对这些人言视若无睹，天才应该对此毫不介怀。很遗憾，最在意人言的正是这些天才的男男女女。请记住济慈，记住他刻在自己墓碑上的墓志铭。想想丁尼生，我没有必要罗列诸多无可争辩的事实，过分在意人言正是艺术家的天性。文学中充满着过分在乎他人看法而被毁的人。

我想，他们的这种敏感令他们加倍不幸。再次回到我最初的问题，即何种心境最有利于创作。看着摊开的那本《安东尼与克莉奥帕特拉》，我想，若要获得将心中所想全部释放的巨大力量，艺术家们须有炽热的内心，如同莎士比亚的心境一般，毫无阻碍，不被身外之事所扰。

---

[1] 参见《卡珊德拉》，南丁格尔著，收录于 R. 斯特雷奇《事业》。

尽管我们说，对莎士比亚的心境一无所知，如果说着的时候，仍然道出了些许莎士比亚的心境。我们之所以对莎士比亚知之甚少——相对于多恩、本·琼森或弥尔顿而言——就在于他的怨恨、恶意和憎恶都不为我们所见，也没有什么"被揭出的秘密"令我们停下来，想起他。抗议、说教、诉怨、报复，让世界见证他的艰辛或委屈，这一切的欲望，都在他身上燃尽、消逝。因此，他的诗歌也就自由地从他身上流出，畅行无阻。若有人能将自己的作品表达得淋漓尽致的话，那个人就是莎士比亚。再次转向书架，我想，若有谁的心境能如此炽热通达的话，那就是莎士比亚的心境。

第 四 章

要在十六世纪找出具有这种心境的女人，显然是不可能的。只要想一想伊丽莎白时代墓碑上那些紧握双手跪着的孩子，想一想她们的英年早逝；看一看她们光线暗淡、空间狭小的房子，就会意识到那时候的女人不可能写出诗来。再晚些时候，你可能会发现，也许某位杰出女性利用自己相对的自由和舒适，出版一点署着自己名字的东西，还要冒着被别人认为是怪物的风险。当然，男人并非自命不凡之人，我接着找下去，小心地避开瑞贝卡·韦斯特小姐的"声名狼藉的女性主义"；但是，女伯爵写诗，人们多半是带着同情的眼光去努力欣赏的。你会发现，与一位名不见经传的奥斯汀小姐或布朗特小姐相比，有头衔的女性得到的鼓励要多得多。但是，你还会发现，即使这样的女性，思想也会被奇怪的情感所扰乱，比如恐惧、仇恨，所以在她的诗作中就会有那种扰乱的痕迹。比如温切尔西伯爵夫人，想到这儿，我取下了她的诗集。她出生于1661年；出身贵族之家，又嫁入名门贵族；她无儿无女，创作诗歌，只要翻开她的诗集，你就会发现她不断义愤填膺地表达对女性地位的不满：

我们沦落到了何种地步！是错误的规则使然，
并非自然之愚弄，而是教育使然；
妨碍了所有思想的进步，
乏味愚钝，在意料之中，乃人为安排；

若有人脱颖而出，

带着温暖的幻想和压抑的抱负，

强烈反对的声音依然会出现，

有所作为的希望永远敌不过内心的恐惧。

显然，她的心中并没有"消除所有障碍，从而变得热情洋溢"。相反，她心烦意乱，遗憾和委屈让她难以集中精神。在她眼中，人类分裂成了两派。男人是反对派；女人讨厌男人、害怕男人，因为他们有权利阻止她们去做自己想做的事——那就是写作。

唉！女人一旦拿起笔，

则被认为太过放肆，

此等过失无论如何都难以弥补；

他们对我们说，我们搞错了自己的性别和做事方式；

良好的教养、时尚、跳舞、打扮、游戏，

才是我们应该追求的目标；

写作、读书、思考、探究，

会掩盖我们的美貌，消耗我们的光阴，

打扰我们怒放的年华。

恭顺地打理枯燥的家务，

却被认为是我们所有的才华和用处。

的确，她要权当自己的作品永远都不会出版，借此鼓励自己进行写作；用悲伤的吟诵慰藉着自己：

对着几位好友和悲伤歌唱吧，

月桂树从来不是为你而生长；

> 心甘情愿待在树荫下吧，不管那树荫下多么黑暗。

然而，倘若她的心中没有了怨恨和恐惧，不再充满苦楚与愤恨，她内心显然也会如火中烧。偶尔，她就会写出纯净的诗句来：

> 也不会用褪色的丝线编织
> 那无与伦比的玫瑰。

——这些诗句得到了莫里先生公正的赞扬。人们认为，蒲柏记住了其他一些诗句，并借用了这些诗句：

> 现在水仙花战胜了虚弱的大脑，
> 我们晕厥在芬芳的痛苦之中。

能写出如此诗句的女性，思想转向自然与反思，却被逼得抒发愤怒与凄苦，真是万分可惜。但是，想象着人们的讥讽与嘲笑、马屁精的奉承、职业诗人的质疑，我想这样问：她又能有什么办法呢？她写作的时候，肯定是将自己关在乡村的一间小屋里，心中的苦楚和顾虑撕扯着她，尽管她丈夫非常善良，他们的婚姻生活也美满幸福。我说她"肯定是"那样，因为如果你查一下有关温切尔西伯爵夫人的故事，你几乎总是什么也找不到。她悲伤忧郁、痛苦不堪，从她忧郁时思想状态的描写，我们多少可以了解一点：

> 我的诗行遭人谴责为无用的蠢事，
> 我的工作被人认为是冒失的过错。

就我们所知，这样一种受人责难的职业，不会对任何人造成伤害，就像在田野里漫游、做梦：

> 我的手愿意探寻不寻常之物，
> 避开熟悉、寻常之法，
> 也不会用褪色的丝线编织
> 那无与伦比的玫瑰。

自然，如果她习惯于此、乐于此，她就只能等待着被人嘲笑；而且，据说蒲柏或者盖伊就嘲笑她是"一个胡乱涂写的女学究"。另外，据说她曾因嘲笑盖伊而冒犯过他。她说盖伊的《琐事》表明"他不适合坐轿子，更适合抬轿子"。但是，这都是"不太靠谱的流言蜚语"，用莫里先生的话说，"很无聊"。但是，在这一点上我不同意他的说法，因为我倒宁愿多一些这样的流言蜚语，让我对忧郁的伯爵夫人的形象能有个大致了解。她喜欢在田野里漫步，思考不寻常之事，轻率鲁莽地嘲笑"恭顺地打理枯燥的家务"。但是，据莫里先生所说，她的文风后来变得冗长啰唆了。她的才华周围长满了野草，被荆棘所缠绕，没有机会展示其自身精致、独特的一面。

我将她的书放回书架上，又发现了另一位伟大女性。她是兰姆所爱的那位公爵夫人，那位粗心大意、想入非非的纽卡斯尔的玛格丽特，比温切尔西伯爵夫人年长，但与她处于同一时代。她们两人大相径庭，但又有相同之处——都出身贵族，都无子嗣，都嫁得如意郎君。在她们两人的内心，都燃烧着对诗歌的热情，都因同样的原因而受人诋毁。翻开公爵夫人的著作，你会发现同样的愤怒在爆发："女人像蝙蝠或猫头鹰一样生活，像牲畜一样辛苦劳作，像虫子一样无声无息地死去……"玛格丽特本来也会成为诗人的；若是在我们今天，那种活力可能都会转动某种车轮的。在当时的情况下，有什么能将野蛮、原生态的无穷智慧收拢、驯服、教化，为我们人类所用？那智慧杂乱无章地倾泻而出，韵律与文字、诗歌与哲学思想如湍流般涌出，凝结在无人读过的四开本和对开本中。本该有人在她手里放一台显微镜的。本该有人教她观察星星并科学理性地思考的。她的才智是在孤寂与自由的状态中产生的。没有人约束过她。没有人指导过她。教授们都奉承她。在王宫里，人们又奚落她。埃杰顿·布瑞格爵士抱怨她太不雅——"本该是王宫里教养出来的一位高贵女性"。她将自己关在维尔贝克的家里。

一想到玛格丽特·卡文迪什，让人心中产生怎样一副孤独却骚动的画面啊！仿佛有根巨大的黄瓜横在花园里，压得玫瑰花和康乃馨窒息而亡。能写出"最有教养的女性是思想最开化的女性"这类诗句的女性，却浪费时间写些胡言乱语，甚至还要刻意显示自己的微不足道和愚蠢，乃至出门的时候总会有人簇拥在她的马车周围，这简直是一种浪费。显然，这位疯狂的公爵夫人成了吓唬聪明女孩的妖怪。我放下公爵夫人的著作，打开了多萝西·奥斯本的书信集。我记得这是多萝西写给坦普尔的信，其中谈到了公爵夫人的新作。"这个可怜的女人肯定是昏了头了，她可真有意思，居然写书，还写诗，就算我半个月睡不着觉，也绝对不干那种事啊。"

既然有理性的端庄女性都写不了书，多萝西那么敏感忧伤，在性格上与公爵夫人形成鲜明对比，自然就什么也写不出来了。信是不能算数的。即使坐在父亲的病床前，女人也能写信。男人们聊天的时候，她可以坐在火炉旁写信，又不会打扰到他们。我翻着多萝西的信件想，真奇怪，那姑娘多么有才华啊，没有受过教育，孤独而居，却能构建句子、塑造场景。下面我们来听听她的表达：

吃完饭，我们一直坐着聊天，说到了 B 先生，后来我就走了。天气很热，读书和干活儿，一天就过完了。大约六七点钟的时候，我到一片公有地去走了走，就在我们家附近，许多乡村姑娘都在那儿放牛放羊，坐在树荫里唱歌。我走过去，她们的嗓子和美貌让我想起了在书里读过的古代牧羊女，发现她们和古代牧羊女的差距也太大了，但是，相信我，我觉得她们也同样的天真无邪。我跟她们聊了聊，发现她们是世界上最乐呵的人，什么都不缺，只是不知道自己是世界上最乐呵的人。我们聊的时候，总有一个姑娘左看看右看看，瞅见牛进了玉米地，于是她们就都跑了，好像脚跟长了翅膀一样。我跑得没有她们快，只能跟在后头，我看见她们赶着牛回家，我想我自己也该回去了。吃了晚饭，我去了花园，又去了小河边，我坐了下来，真希望你也在……

可以确定，她身上有作家的素质。但是，"就算我半个月睡不着觉，也绝对不干那种事啊"——如果你发现，即使很想写作的女人也会认为写书是很荒唐的事，甚至会让自己显得昏了头，你就能感觉到，女人写作的时候空气中弥漫着多么强烈的反对情绪。我将多萝西·奥斯本的小薄本书信集放回书架上，继续往下看，我们看到了贝恩夫人的著作。

在贝恩夫人这里，我们来到了一个非常重要的转折点。我们之前讨论的伟大女性，都是独处于自家的花园里，于对开本之中埋头写作，没有观众，没有评论，只为了自己心中的快乐。现在我们抛开她们，来到了城里，来到大街上的普通人中间。贝恩夫人是一位中产阶级女性，有着平民百姓的幽默、活力、勇气等种种美德；由于丈夫过世,自己又经历了一些不幸遭遇,不得不靠自己的智慧谋生。她必须以和男人一样的条件工作。通过非常努力的工作,她才得以维持生计。这件事的重要性超过了她实际创作的任何作品,甚至超过了《我所创造的一千个殉道者》或者《功成名就之后的爱情》等佳作,因为从此时此刻起,思想获得了自由,或者说,思想终于有机会依自己的喜好自由地书写了。既然阿芙拉·贝恩已经做到了,女孩们也可以走到父母面前说,你们不用再给我生活费了;我可以用笔来写作赚钱了。当然,在那之后的很多年里,她们得到的回答仍然是:是啊,靠像阿芙拉·贝恩那样活着去赚钱!还是死了算了!房门砰的一声关上了,速度比以往都要快。那个非常有趣的话题——男人对于女性贞洁的重视以及其对女性教育的影响——此刻很值得人们讨论一番,如果哥顿学院或纽汉姆大学有学生对这个话题感兴趣,还有可能写出一本很有意思的书来。在一片苏格兰沼泽地上,蚊虫飞舞,达德利夫人坐在其中,这个画面可能适合做那本书的卷首插图。不久前达德利夫人世那天,《泰晤士报》刊文说达德利勋爵"是一位品味高雅、成就卓著的人,仁慈、慷慨,但古怪专横。他坚持要求妻子哪怕是在苏格兰高地最偏僻的狩猎小屋里,也要穿盛装礼服;他让她戴上非常华丽的首饰",凡此种种,"他把一切都给了她——却从不给她一点点责任"。后来,达德利勋爵中风了,从此由妻子照顾,并帮他打理着家业,显示出了超众的能力。那种古怪的专横十九世纪依然存在。

但是,我们还是回到原来的话题吧。阿芙拉·贝恩向人们证明了,如果牺牲某些讨人喜欢的品质,写作是能够赚钱的;久而久之,写作不再仅仅是愚蠢、头脑混乱的象征,而是有其切实的作用。丈夫可能去世了,或者某种灾难降临在一个家庭。自十八世纪以来,成百上千的女性开始自己赚取私房钱,或者挺身而出拯救家庭于危难之时，靠的就是翻译或创作大量的小说，虽说算不上佳作，连教科书里也不再选用她们的作品了，但还是会有人从查令十字街的廉价书摊上偶然发现这些作品。十八世纪后期，女性的思想极其活跃——谈话，聚会，撰写关于莎士比亚的随笔，翻译经典著作——都是基于这样一个不争的事实：女性可以通过写作赚钱。在没有报酬的情况下，写作是无聊的琐事，而酬劳则赋予了它尊严。可能依然会有人嘲笑"胡乱涂写的女学究"，但无可否认的是，女性也能赚钱装进自己的腰包里了。因此，如果我能够重新书写历史的话，十八世纪末发生的这一变化，我会赋予比十字军东征或玫瑰战争更重要的意义，描写得也会更加详细。

中产阶级女性开始写作了。如果说《傲慢与偏见》很重要，如果说《米德尔马契》《维莱特》《呼啸山庄》很重要，那么更加重要的是广大女性都开始了写作，而不仅仅是深宅大院里足不出户的孤独贵妇们在对开本和奉承者中紧闭她的乡村房舍。在短短一小时之内，我很难向你们说清楚这件事的重要性。没有这些先行者，简·奥斯汀、勃朗特姐妹、乔治·艾略特就不可能创作，就像如果没有马洛，莎士比亚就不可能创作一样；就像如果没有乔叟，马洛就不可能创作一样；就像如果没有那些不知名的诗人教化了人类自然荒蛮状态下的语言，为后人铺平了道路，乔叟也不可能创作一样。传世之作并不是孤立的单打独斗的产物，而是千百年来人类共同努力的思想成果。因此，在每一个声音的背后，都有着群体的历史经验。简·奥斯汀应在范妮·伯尼的坟前献上花环，乔治·艾略特应向伊莉莎·卡特的幽灵致敬——一个顽强的老太太，在床架上系了一个铃铛，以便早早醒来学习希腊语。所有女性都应该将鲜花敬献在阿芙拉·本的墓前。她的坟墓在威斯敏斯特大教堂，这虽然引起了很多非议，但也是相当恰当的，因为正是她为所有女性赢得了表达自己心声的

| 到灯塔去 |

权利。正是她，这个声名狼藉的多情女子，让我今天晚上要对各位说的这句话不那么异想天开：运用你们的智慧每年赚得五百英镑吧。

现在，我们来到了十九世纪初期。到这儿我才第一次发现，女作家的作品占据了好几个书架隔板。但是，目光扫过这些作品，我不禁要问，为何这些作品几乎毫无例外地都是小说呢？最初的冲动应该是写诗啊。最至高无上的歌神是一位女诗人。无论是在法国还是英国，都是先出现了女诗人，之后才有了女小说家。况且，看着这四位著名人物，我又想到，乔治·艾略特和艾米丽·勃朗特之间有什么共同之处呢？夏洛蒂·勃朗特不就完全理解不了简·奥斯汀吗？除了她们都没有孩子这一事实以外，聚到一个房间里的任何四个人不可能比这四位更形色各异了——虚构她们聚在一起聊天的场景，一定是非常有趣的事。然而，当她们写作的时候，似乎有种力量驱使着她们，让她们都不得不写小说。我想问：这和中产阶级的出身有关吗？这和艾米丽·戴维斯小姐稍晚一些时候给我们揭示的那个引人注目的事实——十九世纪初的中产阶级家庭只有一个客厅——有关吗？如果一位女性要写作，就只能在大家公用的客厅里写。南丁格尔小姐就曾强烈抗议过——"女人从来没有半个小时……可以说完全属于自己的"——总是有人来打扰她。在公用的客厅里写写散文和小说，要比写诗歌或戏剧容易些，因为不需要那么专注。简·奥斯汀直到生命的最后还是这样写作的。"她是怎么做到的，"她的侄子在他的回忆录中写道，"很让人吃惊，因为她没有自己单独的书房，大多数作品肯定是在公用客厅里写就的，肯定不断有各种事情来随便打扰她。她写作的时候要非常小心，不能让仆人或来访的客人或家庭成员之外的任何人生疑。"[①] 简·奥斯

[①]《简·奥斯汀回忆录》，由简·奥斯汀的侄子詹姆斯·爱德华·奥斯汀-利著。

汀将手稿藏起来，或用一张吸墨纸盖住。再者，在十九世纪初，女性所接受的文学方面的训练，只是对性格的观察和情感的分析。几个世纪以来，女性的情感一直受到公用客厅种种影响的教化。人物的感情印在她们心中；人物关系总在她们眼前。因此，当中产阶级女性开始写作的时候，自然就会写小说，尽管很显然上述四位女作家中有两位并非天生的小说家。艾米丽·勃朗特本该写诗剧的；乔治·艾略特胸襟广阔，本该将创作冲动运用在历史和传记方面。然而，她们却都写了小说；我从书架上取下《傲慢与偏见》，认为，人们可能会进一步说，她们写的小说非常好啊。我们尽可以不吹嘘、也不给男性带来任何痛苦，说《傲慢与偏见》是一本不错的小说。不管怎么说，被发现在写《傲慢与偏见》这本小说，谁也不会感到羞耻。然而，简·奥斯汀很高兴听到合页吱吱响，那样她就可以在有人进来之前把手稿藏起来。对于她而言，写《傲慢与偏见》是不太光彩的事。我很想知道，倘若简·奥斯汀觉得有客人来的时候没有必要把手稿藏起来，《傲慢与偏见》这部小说会不会写得更精彩呢？我读了一两页，但我没有看到任何迹象表明她所处的环境对她的写作有一丝一毫的影响。这，可能就是其中最神奇之处了。这是1800年前后写作的一位女性，没有怨恨，没有痛苦，没有恐惧，没有抗议，没有说教。我看着《安东尼与克莉奥帕特拉》想，这就是莎士比亚写作的状态；人们将莎士比亚和简·奥斯汀放在一起做比较，可能就是因为二者都冲破了重重障碍；正是由于这个原因，我们不了解简·奥斯汀，不了解莎士比亚；正是由于这个原因，简·奥斯汀的作品中字字句句都渗透着她的心理状态，莎士比亚亦是如此。如果说简·奥斯汀所处的环境给她带来任何痛苦的话，那就是生活空间的局促狭小所致。那时的女性不能独自外出。她从未单独出门旅行过；她从未独自乘公共马车在伦敦大街上穿行过，从未独

265

自在餐馆里用过午餐。不奢求自己所没有的东西,也许正是简·奥斯汀的天性所在。她的天赋和她所处的环境达到了完美的契合。但是,我不知道夏洛蒂·勃朗特是否也能做到这样,我说着,打开了《简·爱》,放在了《傲慢与偏见》旁边。

我翻到第十二章,一下就看到了这样的句子,"谁要责备我就随便责备我吧"。他们为什么要责备夏洛蒂·勃朗特呢?我想知道。我读到简·爱总是在费尔法克斯太太做果酱的时候爬上屋顶,望着远方的田野。她很渴望——人们就是因为这个责备她——我渴望目光可以超越那个界线,渴望到达繁华的世界,到达充满生机的城镇,到达那些我听说过却从没有见过的地方:我渴望切身去体验那样的生活,渴望与和我一样的人有更多的交往,渴望走出这个小天地,去结识更多性格各异的人们。我很珍视费尔法克斯太太的善良,也很珍视阿黛勒的善良;但我相信还存在其他类型的、更有生气的善良,我希望自己相信的东西都能亲眼见到。

谁会责备我呢?无疑,会有很多人;别人会说我不知足。我就是情不自禁:我生性就是不安分的;有时候这种不安分让我很痛苦……

说人就应该满足于安宁,也是无济于事;人总要动起来;如果找不到行动,就要创造行动。千百万人的生活注定了比我的生活更加平静如水,但千百万人都在默默地反抗着命运的安排,没有人知道在芸芸众生之中有多少反叛在发酵。一般来说,女人应该很安静:但女人也和男人一样有感觉;她们也像她们的兄弟一样,需要运用自己的各种感知官能,需要像她们的兄弟一样在一片田地任由她们努力开垦;过于严苛的束缚,绝对的静如止水,都让她们感到痛苦,正如男人感到的一样;男性同胞们享受着特权,思想却很狭隘,说什么女人就应该做做布丁、织织袜子、弹弹钢琴、绣绣荷包。如果女人超越了习俗限定的范围,多做点什么,或者多学点什么,男人就会谴责她们、嘲笑她们,完全不顾及她们的感受。

"每当我一个人待着的时候,经常会听到葛瑞丝·普尔的嘲笑声……"

我觉得,此处的停顿很尴尬。突然说起了葛瑞丝·普尔,很让人不安。故事的连续性被打断了。我将《简·爱》放在《傲慢与偏见》旁边,继续想,你可能会说,能写出这种作品的女性,才华要胜于简·奥斯汀;但是,如果你把整部小说读完,注意到字里行间的那种不快、那种愤慨,你就会明白,她永远也不可能将自己的才能发挥到极致。她的作品是变形的、扭曲的。本该平静地写作的时候,她却很愤怒。本该明智地写作的时候,她却写得很愚蠢。本该写故事中的角色的时候,她却写了她自己。她是在向命运开战。她怎么能不屡屡受挫、英年早逝呢?

你可能不禁会想,如果夏洛蒂·勃朗特每年收入比如说有三百英镑——但这个愚蠢的女人却将小说的版权以一千五百英镑的价格全部卖出了;如果她对这个繁华的世界、对充满生机的城镇和地区多一些了解;如果她有更多切身体验,与和她同样的人有更多交往,能够结识更多性格各异的人,结果会怎么样呢?在她的作品中,她笔下所触碰的不只是她作为小说家的缺陷,更是那个时代所有女性的不足。她比任何人都清楚,如果自己的才华不浪费在孤独地远眺远方的田野上,如果自己有机会去体验世界、去与人交往、去到处旅行,她的才华定会得以施展。但是,她没有那样的机会;她处处受到限制;我们必须接受这一事实,即《维莱特》《艾玛》《呼啸山庄》《米德尔马契》这样优秀的小说,都是由没有什么生活经验的女性所写就的,她们最多不过是去过一个受人尊敬的牧师家里;她们坐在全家共用的客厅里写作,生活很拮据,每次只能买几刀纸来写写《呼啸山庄》或者《简·爱》。她们之中有一位,就是

| 到灯塔去 |

乔治·艾略特，在历经种种磨难之后，确实逃离了这种命运，但也不过是到了圣约翰林的一所幽静的别墅而已。她在那儿安顿了下来，却难以摆脱全世界指责的阴影。"我希望能有人理解我，"她写道，"如果她们不要求，我不会邀请任何人来看我"；难道她不是和有妇之夫生活在罪恶之中吗？她的出现可能不损害史密斯太太或者其他任何人的贞洁吗？人必须遵守社会传统，"与所谓的世界断绝联系"。与此同时，在欧洲的另一端，就有一位年轻人随便跟这个吉普赛姑娘或那个贵妇同居；还去参军；可以随意去体验各种人生经历，不会有任何约束和限制，而当他写作的时候，这些经历就成了他的财富。倘若托尔斯泰与有夫之妇隐居在小修道院里，"与所谓的世界断绝联系"，不管这多么具有道德教化意义，我想他也很难创作出《战争与和平》。

但是，我们可以再深入挖掘一下小说创作以及性别对小说家的影响。如果你闭上眼睛，把小说看作一个整体去想，会发现小说这种创作形式就像一面镜子，与生活何其相似，当然也会有很多简化与歪曲。总之，小说就是一个整体的结构，在人的心中呈现出一种形状，有时为方形，有时为塔形，有时有侧翼和拱廊，有时结构非常紧凑，圆圆的穹顶就像康斯坦丁堡的圣索菲亚大教堂。回想着几部优秀的小说，我想，这个形状在人心中激起某种与之相符的情感。但是，这种情感又立即与其他情感混合在一起，因为这形状不是石头堆砌而成的，而是由人与人之间的关系搭建而成。因此，小说在我们心中激起了各种对立纠结的情感。生活与生活之外的事情相互冲突。因此，关于小说，人们很难达成一致的看法，个人的偏见也就在极大程度上支配着我们。一方面，我们觉得你——主人公约翰———定要活下去，否则我将极度绝望。另一方面，我们感觉，唉，约翰，你一定得死，因为这是整部小说的结构需要。生活与生活之外的事情相互冲突。由于小说来源于生活,我们就把小说视作生活。你会说,詹姆斯是我最痛恨的那种人,或者,这简直是荒诞的大杂烩。我自己怎么也不可能有这种感受。想想任何一本优秀的小说,显然整个结构是无限复杂的,因为它由各种不同的判断构成,由各种各样的情感所构成。令人惊异的是,这样写就的小说至少也能撑上一两年,而且无论在英国读者还是俄国、中国读者眼里,它的含义居然有可能是一样的。但是,偶尔也会出现非常优秀的作品。这些罕见的优秀之作之所以能经久不衰(我心里想的是《战争与和平》),是因为其被人称为正直的特点,但这与付账单或紧急情况之时令人肃然起敬的举止毫无关系。就小说家而言,正直这个词指的是他能让人相信这就是真理。是的,你会感觉,我从没想到竟会是这样;我从没料到人们竟然会那么做。但是,你让我相信确实如此,就是这样发生的。读小说的时候,你会把每句话、每个画面都细细品读——因为,很奇怪,大自然似乎赋予了我们内在智慧,让我们得以判断小说家的正直与否。或者,也可能是大自然本身在非常不理性的情况下,预先用隐形墨水在思想的墙壁上写下了箴言,留待伟大艺术家来确认;大自然的勾勒只需拿到天才之火跟前就会变得清晰可见。倘若你使那箴言显现出来,你看见它鲜活起来,一定会欣喜若狂地说:这就是我一直以来的感受,这就是我一直所知、一直渴望的啊!你会兴奋得热血沸腾,敬畏地合上书,仿佛那是件很珍贵的物件,只要活着就可以不断向它寻求支持。我们把它放回书架上吧,我说着,拿起《战争与和平》放回书架上原来的位置。从另一方面来说,如果你挑出来测试的那些可怜句子最初激起了迅速而热切的反响,而且颜色鲜明、姿态昂扬,却又止于此,似乎有什么东西抑制了它们的发展;或者如果只是照亮了角落里的一点模糊不清的涂写、那边的一抹污渍,没有任何完整的东西出现,你会失

| 到灯塔去 |

望地叹口气，说：又是一部失败之作。这部小说就在某个地方遇难了。

　　当然，大多数小说确实在某个地方遇难了。在巨大的压力之下，想象力会衰退。人会失去洞察力，辨不清真伪，再也没有力气继续那时刻需要调动各种官能的艰苦劳作。但是，所有这些是如何受到小说家性别的影响的呢？我看着《简·爱》和其他小说，想道，难道作家自身的性别会对一个女性小说家的正直——我认为正直是作家的脊梁——有什么影响吗？现在，从我刚刚摘选的《简·爱》中的段落来看，显然愤怒损害了小说家夏洛蒂·勃朗特的正直。她花费全部心力去写作，却让她的故事专注于个人心中的委屈。她记得自己曾多么渴望去体验世界——当她想去自由地游荡的时候，却不得不在牧师的住所里织补长袜，静如一潭死水。她的想象因愤怒而偏移了，我们感觉到了它的偏移。但是，除了愤怒，还有很多其他因素损害着她的想象力，使其偏离了轨道，比如无知。罗切斯特的模样是在黑暗中描写的。我们能感觉到其中恐惧的影响；同样，我们时常感受到尖酸刻薄，那是受压迫的结果，那是盛怒之下郁积已久的痛苦，怨恨情绪贯穿在她的小说之中，尽管她的作品非常优秀，却让人感到阵阵苦痛。

　　由于小说是真实生活的写照，从某种意义上讲，小说中体现的价值观即为真实生活中的价值观。但是显然，女性的价值观往往有别于由男性设定的价值观；这是很自然的。然而，当下盛行的是男性价值观。粗略地说，就是足球和体育"是要事"；追求时尚、买衣服则"无关紧要"。这样的价值观难免要从现实生活中转到小说中。文学评论家认为某本书很重要，因为它描写的是战争；某本书不重要，因为它写的是客厅中一群女人的感受。战场上的一幕要比商店里的场景更重要——价值观上的区别无处不在、细致入微。因此，十九世纪初期的小说，如果作者是位女性，在她构造小说结构时，其思绪会被从正路上稍稍拉偏一点，为了遵从外部男性权威不得不调整自己原本清晰的思路。你只要大致翻一翻过去那些被人遗忘的小说，倾听小说创作的基调，就会发现作者所遭遇的批评，她时而挑衅、时而取悦的文辞就说明了这一点；她在向人们承认她"不过是一介女流"，或者在向人们表明她"像男人一样优秀"。她依照自己的秉性去面对他人的批评，要么温顺羞怯，要么怒气冲冲。到底是哪一种，并不重要；重要的是，她心中所想的并非写作本身。她的《简·爱》掉到了我们的头上。书的中心有个瑕疵，于是，我想到了所有女性作家的小说，就像果园里长了疤癞的苹果，沦落在伦敦的二手书店里。正是其核心之处的瑕疵，使得女性作家的小说成了下三滥作品。她们为了遵从男性的意见而改变了自己的价值观。

但是，要求她们不偏不倚，是多难的一件事啊。身处绝对的男权社会，面对各种品头论足，能够做到毫不退缩地坚持自己的看法，需要怎样的天才和正直品质啊。只有简·奥斯汀能做到，只有艾米丽·勃朗特能做到。这是她们又一个值得骄傲的地方，可能是她们最杰出的成就。她们以女性的方式创作，而不是以男性的方式创作。在当时万千写小说的女性之中，只有她们完全忽略男性导师无休无止的训诫——这样写、那样想。只有她们完全不顾那个挥之不去的声音，它时而牢骚，时而高高在上，时而专横跋扈，时而伤心难过，时而惊讶不已，时而愤怒，时而慈爱，不肯让女性有片刻安宁，像太过较真的家庭女教师一样盯着她们，像埃格顿·布里奇斯勋爵一样恳请她们文雅一些；甚至还会将性别批评扯进诗学批评中来[1]；如果她们足够优秀，能够赢得——我猜想——什么闪闪发亮的奖品，

---

[1] "[她]有一个形而上学的目的，那是一种很危险的迷恋，特别是女性，因为女性很少具有男性对于修辞学的那种健康的热爱。很奇怪女性会缺少这种能力，而她们在其他事情上也更原始更、唯物。"引自《新标准》，1928 年 7 月。

男性就会劝诫她们待在男性认为恰当的范围之内——"……女性小说家唯有勇于承认自己性别的局限性，才能追求卓越"[1]。这句话就是最简要的概括了，而我告诉各位，这句话并不是写于1828年8月，而是写于1928年8月，定会让各位大吃一惊。我想你也会和我有同样的感受，即且不说现在我们这句话多么讨人喜欢，它代表了一大批人的观点——我现在不想去翻旧账；我只想抓住飘落在脚边的机会——在一个世纪以前，这种观点表达得非常有力度，非常直白。在1828年，年轻女性需要非常顽强，才能做到无视所有那些冷落与斥责，以及各种奖励的许诺，肯定得有点狂热劲头才能对自己说：可是他们也买不走文学啊，文学是对所有人敞开的，我不允许你把我挡在草坪之外，你是教区执事也不可以；如果你愿意，尽可以把自家的图书馆锁起来；但你不能在我思想的自由天地里关门、上锁、上闩。

然而，不管阻挠和批评对她们写作有什么影响——我相信这种影响一定是很严重的——与她们将想法付诸笔墨时所面临的困难（我还在想着十九世纪初期的小说家）相比，都微不足道，那就是，她们身后没有传统可以依循，或者说传统太短暂、太不完整，几乎没什么帮助。如果是女性，我们可以通过母亲溯本求源。求助于伟大的男性作家无济于事，尽管你可能为了乐趣而读他们的著作。兰姆、布朗恩、萨克雷、纽曼、斯特恩、狄更斯、德昆西——无论是谁——都从未帮助过女性作家，尽管她可能会跟他们学几个技巧，稍加修改留为己用。男性思想的重量、步伐、步幅都和女性的大不相同，她们不可能学到任何有价值的东西。猿与人相去甚远，不可

---

[1] "如果你像这位记者一样，认为女性小说家唯有勇于承认自己性别的局限性，才能追求卓越，简·奥斯汀向我们展示了她是如何优雅地做到的……"引自《生活与文学》，1928年8月。

能学会人的本领。可能她们拿起笔写作时,最先发现的一点是没有现成的通用语句可供使用。像萨克雷、狄更斯、巴尔扎克这样的所有伟大的小说家,都以一种自然的笔调在写作,干脆利落,不拖拉,表达生动,不矫揉造作,既有自己的独特之处,又不失为共同财富。他们写作的基石是当时通用的语句。十九世纪初期通用的句子大概是这样的:"他们的作品最成功之处在于那是他们的一个立论,没有草草结束,而是不断延伸。除了砥砺艺术和源源不断地产生真与美,没有什么更让他们兴奋与满足了。成功促使他们更加努力;习惯加快了成功的脚步。"这是男人的表达方式;在这样的表达背后,你可以看到约翰逊、吉本和其他男性作家的影子。这样的表达方式是不适合女性的。尽管夏洛蒂·勃朗特文学才华很出众,但手握这样笨拙的兵器,也会跌跌撞撞甚至摔跤。乔治·艾略特就曾使用这样的表达方式犯过错误,简直用语言难以形容。简·奥斯汀则看了看这种表达方式,嘲笑它,而后设计出了一个适合于她自己的非常自然、非常优美的表达方式,再也没有放弃过自己的表达方式。因此,尽管写作才华不及夏洛蒂·勃朗特,但她所表达的内容要多得多。确实,既然表达得自由与完全是文学艺术的精髓所在,缺少了传统,写作工具的缺乏与不足定会严重影响女性创作。此外,一本书不是一句一句首尾相连而组成的,而是用句子搭建起来,用意象来说,比如搭建成拱廊或穹顶。这样的形状也是男人根据自己的需要、为了方便自己使用而构造出来的。前面所说的表达方式不适合女性,更没有理由认为史诗或诗剧的形式适合女性。但是,在女性成为作家之前,旧有的文学形式已经根深蒂固,确定了固定形式。只有小说尚且年轻,在女性手中尚且柔软可塑——大概这也是女性写小说的另一个原因吧。然而,即使现在,有谁能说"小说"(我这里加了引号,意在强调我自己语言表达之匮乏)这种最容易驾驭的文学形式已经被打造得适合女性作家了呢？毫无疑问，如果她们能自由运用手脚，我们会发现她们将小说敲打成适合自己的形状；她们会为自己心中的诗意找到新媒介，但也不一定是诗歌的形式。因为得不到宣泄的恰恰是诗情。我继续思考，当代女性会怎样写一部五幕诗体悲剧？她们会用韵文吗？——还是宁可用散文体？

但是，这些都是未来的难题。我必须先放一放，哪怕仅仅是因为它们会让我偏离主题，误入人迹罕至的森林，我一定会迷路，而且很可能会被野兽吞吃掉。我不想，我相信你们也不想让我讨论那个让人沮丧的话题，即小说的未来。所以，容我停下片刻，让大家注意就女性而言其身体状况在未来必然会起到的重大作用。书多少要与身体相适应，可能会有人贸然说女性的作品应该比男性的作品短一点，更浓缩一点，给女性作品加上这些框框限制，所以她们就不需要长时间不被打扰地安心写作了。因为打扰总是会有的。而且，男人和女人滋养大脑的神经也有所不同，如果你想让神经倾尽全力去工作，你就必须知道该如何对待它们了——比如，大概几百年前和尚们设计的授课时间是否适合它们——如何调整它们所需的工作和休息，在她们看来，休息并非什么都不做，而是要做点什么，而且要做点不一样的事情；有什么不一样的呢？所有这些都应该讨论一下，并找出答案；所有这些都是女性与小说这个问题的一部分。然而，我再次走到书架前，接着问：我到哪儿去找由女性所做的关于女性心理的详尽研究呢？如果说因为女性踢不好足球，就不允许她们学医——

我很高兴，我的思绪现在又转到了另一个话题上。

第 五 章

　　这样信步走着，我终于看到了目前尚且在世的作家的作品；有男性，也有女性；因为现在女性的作品在数量上几乎可以和男性的作品比肩。或者，如果这样说不够准确，如果男性依然比女性更善于表达，女性不再只写小说这一点，至少是可以肯定的。希腊考古学方面有简·哈里森，美学方面有弗农·李；关于波斯的研究有格特鲁德·贝尔。各种主题的书应有尽有，而在二十年前，女性根本不可能碰这些主题。有诗歌，有戏剧，有评论，有历史，有传记，有游记，有学术研究，甚至还有几本哲学方面的书，还有科学和经济学方面的书。尽管大多数还是小说，但小说本身也与以往有所不同，因为小说与其他体裁的书籍有了联系。女性写作中自然的单纯，即女性写作的史诗时代，可能一去不复返了。阅读和评论赋予了她们更广阔的视野和更细腻的视角。写自传的热情已经消失了。她们可能开始将写作视为一种艺术，而不再是一种表达自我的方式。在这些新小说中，你可能会找到这类问题的答案。

　　我随意取下一本来。这本书放在书架的末端，名为《生活大冒险》，或者类似的书名吧，作者是玛丽·卡迈克尔，这个十月刚刚出版。我对自己说，这本书似乎是她出版的第一本书，但是你一定要把它当作一个长长系列中的最后一本来读，它是我一直在浏览的那些书的继续——温切尔西夫人的诗集、阿芙拉·贝恩的戏剧、那四位伟大小说家的小说。因为各个著作之间是相互联系的，尽管我们总是习惯性地把它们分开来评判。因而，我也必须把这位女性——这位不知名的女性——看作其他女性的后来人，我一直在观察她们

| 到灯塔去 |

所处的环境，现在要看看她继承了什么特征与不足。我坐了下来，拿出笔记本和铅笔，开始读起了玛丽·卡迈克尔的第一部小说，《生活大冒险》。我叹了口气，因为小说往往会给人一剂止痛药，却不能给人解药，它让人昏昏沉沉，却不能用滚烫的烙铁使人清醒。

首先，我把这页书从上到下草草看了一遍。我想先领会她的句子含义，后再将蓝眼睛、棕色眼睛以及克洛伊和罗杰之间的关系记在脑海里。等我确定了她手里拿的是笔还是丁字镐，才会有时间细细地品读。因此，我试着读了一两句，很快我就发现有点不太妥当。行文的流畅性中断了。就像有什么东西撕扯着，有什么东西抓挠着；单个词语像火把一样在我眼前晃动着，这儿一个，那儿一个。像人们在旧式戏剧中所说，她是在"对自己放手"。我觉得，她就像在划一根划不着的火柴。但是为什么简·奥斯汀的写作方法不适合你呢？我问她，仿佛她就在眼前一样。那些方法必须随艾玛和伍德豪斯先生的离世而被摒弃吗？唉，我叹息道，竟然会是这样。简·奥斯汀创作了一段又一段旋律，就像莫扎特创作了一首又一首曲子，而读这部作品简直就像乘坐一艘敞舱船出海一样。人忽而浮上去，忽而沉下来。文笔这样生硬，缺少跌宕起伏，可能表明她在害怕什么东西，可能害怕被人说成"多愁善感"；或者，她记得女性的作品曾被人说成辞藻太过华丽，因而加上了不必要的荆棘；但是，我认真读完一节之后，不能确定她在书中体现的是她自己还是其他什么人。我更仔细地读下去，觉得无论如何，她并没有消磨人的活力。但是，她堆砌了太多的故事。这么薄薄的一本书（长度大约为《简·爱》的一半），一半的故事她都用不完。然而，不知道用了什么方法，她成功地用一艘独木舟载着我们所有人——罗杰、克洛伊、奥利维亚、托尼、比格姆先生——沿小河逆流而上。等一下，我靠在椅子上说，我得更加仔细地看看整部作品，才能继续说下去。

我对自己说，我几乎可以肯定，玛丽·卡迈克尔跟我们玩儿了个把戏。因为我感觉，就像火车行驶在之字形铁轨上，我们本来以为可能会下沉，却一个急转弯升了上来。玛丽随意更改了原本的顺序。她先是破坏了行文方式；现在又打破了原来的次序。好吧，如果她这么做的目的不是为了打破，而是为了创造，她完全有理由这样做。不过要等她写到一个重要情节时，我才能确定她到底是在打破还是在创造。我说，她可以随便选择一种情节；只要她愿意，可以用锡铁罐头或者旧茶壶来创造那个情节；但她必须让我相信，她认为那就是一个重要情节；而一旦创造了那个情节，就必须要面对它。她必须跳过去。只要她履行自己身为作者的职责，我也决定履行自己的身为读者的职责，因而我翻开了一页，开始读起来……很抱歉我这样突兀地中断一下。我们这里是不是没有有男性在场？你们能向我保证那边红色窗帘后面没有藏着查尔斯·拜伦勋爵吗？能向我保证在座的都是女性吗？这样的话，我就可以告诉大家后面我读到的那句话了——"克洛伊喜欢奥利维亚……"别惊慌，别脸红。在我们女人的私人空间里，大家都得承认，有时是会发生这样的事情。有时候，女人确实喜欢女人。

"克洛伊喜欢奥利维亚。"我读道。顿时，我感到了一种巨大的变化。克洛伊喜欢奥利维亚，可能在文学作品中首次出现。克莉奥帕特拉并不喜欢奥克塔维亚。假如克莉奥帕特拉喜欢奥克塔维亚，《安东尼和克莉奥帕特拉》就会完全是另一个样子了！我任思绪游离在《生活大冒险》之外，想到，这样的话，如果有人敢说出来，恐怕整部小说就被荒谬地简化、落入俗套了。克莉奥帕特拉对奥克塔维亚的唯一感觉是嫉妒。她是不是比我高啊？她的发型做成了什么样子？可能这部戏剧只需要这些。可是，如果这两个女人之间的关系再复杂些，故事该多么有趣啊。我迅速回想着文学长廊中所有虚构的女性形象，心里想到，所有女性之间的关系都太简单了。太多故事被人忽略了，无人问津。我努力回忆着我曾读过的故事，寻找着两个女人被写成好友的例子。在《彷徨中的戴安娜》中有过一次尝试。当然，在拉辛笔下，在希腊悲剧中，她们是知己好友。偶尔，她们还是母女。但是，她们几乎无一例外地与男人有着某种瓜葛。想来奇怪，在简·奥斯汀之前，小说中所有伟大女性不仅是由男性来理解，而且只从与男性的关系中来理解。但那是女人生活中多么细小的一部分啊；即使男人鼻梁上架着黑色或红色的性别眼镜仔细观察，他对那一小部分的了解也是少之又少。可能正因为如此，小说中才会出现女性的古怪天性；才会出现女性美丽与恐怖都极端得令人惊异；才会出现女性有时如天使般善良，有时如魔鬼般堕落——因为男人就是随心中的爱意升起或降落、自己的飞黄腾达或郁郁不快来看待他所爱的女人的。当然，十九世纪的小说家并非都是如此。那时的女性更多样化，也更复杂。确实，可能正是以女性为创作对象的渴望，才使得男性渐渐放弃了诗剧，由于诗剧太过狂热，几乎用不到女性，所以男性作家创造出了更适合她们的小说。尽管如此，即使在普鲁斯特的作品中，依然能很明显地看到，男性对女性的了解依然很不全面、不客观，就像女性对男性的认识一样。

另外，我又低头看着这一页，继而发现，除了一直对家庭生活感兴趣以外，女人像男人一样，还有其他方面的兴趣。"克洛伊喜欢奥利维亚。她们共用一间实验室……"我接着读下去，发现两个年轻女子正忙着将猪肝切碎，似乎猪肝可以治疗恶性贫血症；不过她们两人中有一人已经结婚，而且——我觉得我说得没错——还有两个小孩子。当然，所有这些都得删掉，这样一来，虚构的女性的美好形象都太简化、太单一了。比如，设想一下，男人在文学作品中只以女人的爱人的形象出现，他们不是男人的朋友，不是战士、思考者、梦想家，会怎么样呢？莎士比亚的戏剧中还有几个角色能分给男人呢？文学将会遭遇怎么样的劫难？可能，我们也会有奥赛罗，也会有安东尼，但绝不会有凯撒，不会有布鲁特斯，不会有哈姆雷特，不会有李尔王，不会有杰奎斯——文学的土壤将会异常贫瘠，而且确实，由于文学的大门向女性关闭，文学的土壤已贫瘠到不可估量的程度。婚姻并非自己所愿，囿于一间小屋之中，终身从事一种职业，剧作家又怎能或全面或有趣或如实呈现这样的女性呢？爱是唯一可能的表达。诗人被迫或情绪激昂或言语尖刻，除非他故意选择"痛恨女性"，但这往往意味着他不招女人喜欢。

如果克洛伊喜欢奥利维亚，而且她们共用一间实验室，她们的友谊自然就会更加多姿和持久，因为这样的关系牵扯的个人情况少一些；如果玛丽·卡迈克尔懂得如何写作，而且我也开始有点喜欢她的写作风格了；如果她有一间自己的房间——这一点我不太确定；如果她自己每年有五百英镑的收入——但这还有待证实，我想某件非常重要的事情就会发生了。

如果克洛伊喜欢奥利维亚，如果玛丽·卡迈克尔知道如何表达这种喜欢，她就会在那无人踏足过的宽敞大厅里点亮火把。那大厅里只有柔和昏暗的光线，大片的暗影仿佛处在蜿蜒的山洞之中，你手执一根蜡烛上下打量着，不知道自己前往何处。我又开始读这本书，读到克洛伊望着奥利维亚将一个罐子放在架子上，说该回家看看孩子们了。我惊呼道，自开天辟地以来，这样的景象从未有人见过。我自己也是好奇地注视着。因为我想看一看，那些从未记载过的动作、从未有人说过或只说过一半的话语，与天花板上飞蛾的影子一样让人难以捕捉，玛丽·卡迈克尔是如何付诸笔端的。这些动作与话语是在女性独处时自然而成，未曾受到异性的多变和偏见的影响。我接着读下去，说觉得她要这么做的话，得需要屏住呼吸；

因为女性对任何没有什么明显动机的兴趣都会产生怀疑,而且她们太习惯于隐藏和压抑,如果有人转过头朝她们的方向看一眼、眨一下眼睛,她们就会立即离开。我对玛丽·卡迈克尔说,仿佛她就在眼前一样,我觉得你唯一的办法就是谈点什么别的,坚定地看着窗外,当奥利维亚——一百万年来,这个生物有机体就一直在岩石的阴影之下——感觉到灯光洒下来,看到一块奇怪的食物朝她飞过来——那是知识,是冒险,是艺术,你要记下所发生的事情,不要用铅笔记在笔记本上,要用最简单的速记,用几乎不成音节的简单词语来记。我再次将目光从书页上抬起来,想到,她伸手去够那食物,须将所有才智重新设计组合,以便将新旧组合融为一体,却不打破整体上错综复杂、精致周密的平衡,而她的才智已为其他目的而得到了高度发展。

可是,哎呀,我已经做了我曾坚决不要做的事情;没有过多考虑就开始称赞起我自己的性别来了。"高度发展""错综复杂"——这些无疑是称赞之语,自己称赞自己的性别,总是不太可信,听起来往往有点傻气;另外,在这种情况下,你如何能证明我说得有道理呢?你总不能走到地图前,说发现美洲大陆的哥伦布是个女人吧;你总不能拿个苹果,说发现了万有引力定律的牛顿是个女人吧;你总不能望着天空,说飞在头顶的飞机是女人发明的吧。墙上没有刻度可以精确测量女性的高度。没有细化到英寸的一个衡量尺度,可以衡量好母亲或者女儿的孝顺或者姐妹的忠诚或者家庭主妇的能力。即使在今天,也很少有女性上大学;各种职业的巨大考验,陆军、海军、贸易、政治、外交,几乎都从未考验过她们。即便在此时此刻,她们甚至仍然几乎是无性别的。但是,如果我想了解比如霍利·巴茨勋爵的信息,随便什么人都知道的内容,只要翻开《波克年鉴》或《德布雷特英国贵族年鉴》,就能找到他于哪年哪年获得了什么学位，拥有了一座府邸，有了一个继承人，成了某个董事会的秘书，任命为大英帝国驻加拿大大使，获得过各种学位、官职、奖章以及其他荣誉称号，所有这些荣誉都深深刻在他的名下。若想了解更多，就只能问上帝了。

因此，当我说女人"高度发展""错综复杂"，我这些词语无法在《惠特克年鉴》、《德布雷特英国贵族年鉴》或《大学校史》中得到证实。在这种尴尬的处境中，我能怎么办呢？我又看了看书架。书架上有传记：约翰逊、歌德、卡莱尔、斯特恩、考珀、雪莱、伏尔泰、布朗宁，还有许多其他人。我开始想所有这些伟人，他们由于这种或那种原因倾慕过女人、找过女人、与女人共同生活在一起，曾视女人为知己，向女人求爱过，写过女人，信赖过女人，在书中总是描写成某种需要女人、依赖女人的样子。我并不想断言，这样的男女之间的关系都是纯粹的柏拉图式的关系，威廉·约翰逊·希克斯勋爵很可能会否认。但是，如果我们坚持说这些伟人从这种关系中除了安慰、恭维和肉体上的愉悦之外，别无所获，那就是大大冤枉他们了。显然，他们得到的是他们自己的性别所不能满足的；不引用诗人狂想式的诗句，便可把它进一步定义为只有异性才能给予的某种激励、某种创造力的再现，可能也不算草率；他会推开客厅或育婴室的门，我想道，可能会看见她和孩子们在一起，或者膝上放着针线活——无论如何，那是生活的某种不同秩序或体系的中心，眼前的世界与他自己的世界（可能是法庭或下议院）形成了对比，他立刻恢复了活力，生机勃勃；紧接着，哪怕是最简单的谈话中，也会显现出观点上的自然差别，令他干巴巴的思想重新得到了养料；看到女人以不同于自己的方式创作，也会增强他自身的创造力，不知不觉中他贫瘠的思想之田又开始了耕耘，原本他戴上帽子来看她时没有想到的语句和场景，现在都想起来了。每一个约翰逊心中都有一位施拉尔女神。出于种种原因，他们都忠心于她，而当施拉尔嫁给了她的意大利音乐教师，约翰逊愤怒、厌恶，几近发疯，这不仅是因为他不会再有在斯特里特姆度过的美好夜晚，而且还因为他的生命之光将会"如火熄灭一般"。

无须是约翰逊博士、歌德、克拉尔、伏尔泰，人们也能感觉到女人错综复杂的天性以及她们高度发达的创造力，尽管她们与这些伟大男人的方式不同。你走进房里——可是一个女人走进房里，若要说清发生了什么事情，就要把英语这种语言的资源发挥到极致，词语如同生了翅膀一般，不合章法地飞出来。而房间也差别迥异：有的安静，有的响若惊雷；有的面朝大海，有的却朝向监狱的院子；有的晾着衣服，有的却靠猫眼石和丝绸体现着生气；有的硬如马鬃，有的软若鸟羽——只要随便在一条街上，走进任意一间房间，就能感觉到迎面扑来的极其复杂的女性力量。如若不是如此，又会是怎样呢？千百万年来，女人大门不出、二门不迈，因而此刻我们能感觉到她们的创造力穿透了墙面，即使是砖石与砂浆也难以阻挡，必须让她们去写作，去绘画，去经商，去从政，才能控制住那种创造力。但是，女性的创造力与男性的创造力又大不相同。如果她们的创造力不能得以施展或白白浪费掉，你一定会深觉遗憾，因为那是历经几个世纪艰苦卓绝的训练而成就的，是无可替代的。倘若女人像男人一样写作，像男人一样生活，或者长成男人的模样，你还会深觉遗憾，因为考虑到大千世界的多样变化，两种性别尚且不够，只有一种性别怎么能行呢？难道教育不应该更凸显并强化男女之间的区别，而不是他们之间的相似之处吗？人们之间已经有很多相似之处了，如果有谁探险归来，带给我们其他性别的人发出的声音，告诉我们他们在另一片天空之下，透过别样的树木枝丫看待事物的方式和角度，那将是对人类最大的贡献；我们将非常愿意看着

X教授跑去拿测量杆来证明自己"胜人一筹"。

我的目光依然在这页书上逗留着，想到，玛丽·卡迈克尔只是作为一个观察者在写作。我真担心她会变成自然主义小说家——我觉得那是小说家中不太有趣的一群人——而不是沉思型作家。世间有太多新鲜事儿要她来观察，她也不必再关在上层中产阶级宽敞明亮的大房子里。她会走出家门，不必那么友善、那么屈尊俯就，而是作为平等的同伴，走进香气扑鼻的小房间，房间里坐着交际花和娼妓，还有抱着哈巴狗的贵妇人。她们身穿不讲究的粗制衣服坐在那儿，因而男作家一定会拍拍她们的肩膀。但是，玛丽·卡迈克尔会拿出剪刀，将衣服修剪得如量身定制一般。看到这些女性的样子，那会是一番奇特的景象，但是我们必须稍等一下，因为玛丽·卡迈克尔尚未摆脱在"罪恶"面前自我意识的影响，这正是我们性别不够开化所导致的结果。她的脚上还带着旧时的镣铐。

然而，大多数女人既不是娼妓，也不是交际花；她们也不会大夏天抱着哈巴狗在满是灰尘的天鹅绒座垫上一坐就是一下午。那么，她们做什么呢？于是，我在脑海里想象着在河南岸的某个地方，长长的街道，鳞次栉比的房屋，住了不知多少人。借想象之眼，我看到一位耋耄之年的女士穿过马路，一位中年妇女搀扶着她，那可能是她女儿，两人都穿着得体的靴子和毛皮大衣，因而她们下午的穿戴如同仪式一般隆重，而那些衣服也一定在放有樟脑丸的衣柜里放了一年又一年、一夏又一夏。她们穿过马路的时候，正是华灯初上之时（黄昏是她们最喜欢的时刻），她们一定岁岁年年皆是如此。年长的那位年近八十了；但如果你问她生命于她而言有什么意义，她一定会说，她记得巴拉克拉瓦战役时街上灯火通明，或者听过爱德华七世国王出生时海德公园里鸣枪庆祝。如果你想确定具体日期和季节，问她一八六八年四月五日在干什么，或者一八七五年十二月二日在干什么,她会一脸茫然地说什么都记不清了。因为她每天做饭、洗刷餐盘和茶杯、送孩子们去上学、去闯世界。什么也没留下,一切都消失了。任何传记或史料中都找不到相关的只言片语。而小说,难免要说谎,尽管这并非其本意。

所有这些无名之辈都有待于记载下来,我对玛丽·卡迈克尔说,仿佛她就在我面前;我的思绪继续穿行在伦敦的街道上,在想象中感受着沉默的压力。眼前未被记载的生命越来越多,这种感觉来自街角双手叉腰的女人,戒指嵌在她们胖得发胀的手指上,她们讲起话来挥舞的手臂如同莎士比亚的诗句一样有力度;来自卖紫罗兰花的人和卖火柴的人,或者守在门口的丑老太婆;来自闲逛的女孩,她们的脸就像阳光白云下的波浪,标志着男人、女人的到来,以及商店窗户里摇曳的灯光。所有这些你都要去探索,我对玛丽·卡迈克尔说道,同时手里要紧握着火把。最重要的是,你必须照亮自己的灵魂,照亮内心的高深与浅薄、虚荣与慷慨,并且说出你的美貌或者相貌平平于你有何意义;淡淡气味从药瓶中散发出来,沿着挂满衣料的拱廊飘过人造大理石地面,手套、鞋子与药品在这种气味中上下摇晃着,构成一个不断变化、旋转的世界,你与这个有什么关系呢?因为我想象着自己走进了一家商店;商店的地板铺成了黑白相间的颜色;店里还挂着彩色丝带,着实好看。我想,玛丽·卡迈克尔路过的时候很可能会看一眼,因为这样的景象能给她的写作提供素材,就像安第斯山脉的雪峰和遍布岩石的峡谷一样。而且柜台后面还有个女孩——她的真实故事,我不甚了解,就像我不了解拿破仑的第一百五十次生命,不了解济慈及其使用的弥尔顿式倒装结构的第七十种研究,现在老 Z 教授之流正在撰写相关文章。之后,我小心翼翼地继续走着,脚尖点着地(我太胆小,害怕被打,曾经有一次鞭子就差点落到我的肩上),低声说她还应该学学不带任何怨恨地笑对男性的虚荣——抑或说笑对男性的独特之处，因为这个词攻击性比较小。因为我们的脑后都有个一先令大小的斑点，自己永远都看不见。两性之间可以互惠的任务之一，便是描述脑后那个一先令大小的斑点。想想吧，女人因尤文纳尔的评价而受益多少，因斯特林伯格的批评受益多少。想想吧，自有史以来，男人就指出了女人脑后那块黑斑，多么人道、多么有才啊！倘若玛丽足够勇敢，足够诚实，她就会走到男人的身后，告诉我们她在他们脑后发现了什么。如果没有女人描绘出男人脑后那块一先令大小的黑斑，男性的真实图像就不可能画得完整。伍德豪斯先生和卡索邦先生就是两个黑斑，尺寸和性质都一样。当然，任何头脑正常的人都不会怂恿她故意嘲笑和讽刺——文学表明，在这样的精神指导下写成的文章是没有价值的。你会说，说真话，结果一定会非常有意思。喜剧性一定会得到充实。新的故事就一定会被发掘。

然而，我真应该再好好看看这页书了。与其在这儿猜测玛丽·卡迈克尔可能会怎么写、应该怎么写，倒不如亲眼看看她实际上是怎么写的。因此，我又开始读了起来。我记得我曾经对她很不满。她打破了简·奥斯汀的表达方式，让我没有机会为自己无可挑剔的品味和挑剔的耳朵洋洋自得。说"是啊，是啊，这很好啊；但简·奥斯汀可比你写得好多了"也无济于事，我不得不承认，她们两人之间没有可比性。可是她又得寸进尺，破坏了顺序——人们预期的顺序。也许她是无意的，如果她以女性的方式写作的话，她只不过是还事物以其自然顺序而已，女人都会这样写。但是，其效果有点让人费解；你看不到海浪涌起，也看不到危机即将发生。因此，我既不能因自己情感的深刻而得意，也不能因自己对人心了解之深邃而自喜。每当我在平常的地方感受着平常的事物，感受着爱，感受着死亡，这个讨厌的家伙就会猛地把我拉走，仿佛重要的一点就在前面不远处。这样一来，她让我不可能有力地表达自己，比如"基本感情""人性共同之处""人类心灵的深度"，以及所有支撑我们信仰的表达，即不管表面上看来我们有多聪明，但内心里我们都很严肃、很深奥、很有人情味。她并没有让我感觉严肃、深奥、有人情味，恰恰相反，她让我感觉——这种感觉很让人不爽——自己懒于动脑思考，而且还很守旧。

　　但是，我再读下去，又发现了其他一些事实。她并不是什么"天才"，这一点显而易见。她并没有那些伟大的前辈比如温切尔西夫人、夏洛蒂·勃朗特、艾米丽·勃朗特、简·奥斯汀、乔治·艾略特的那种对大自然的热爱，没有丰富的想象力，没有狂野的诗情，没有出众的才华，没有沉思的智慧；她的作品中也没有多萝西·奥斯本的乐律与庄严——的确，她不过是一个聪明的女孩，她的书十年之后肯定就会被出版商化为纸浆。但是，尽管如此，她还是有她自己的优势，即使五十年前比她伟大得多的女性身上也不具备的优势。对她而言，男性不再是"反对派"；她没必要浪费时间去怒斥男性；她没必要爬上屋顶，搅扰自己内心的宁静，渴望去远游，渴望去体验、了解未曾有机会了解的世界和人们。在她对男性的处理方式中，恐惧与怨恨几乎不见了踪影，或者说，只在她略微夸张的表达自由的喜悦之中，在她挖苦、讽刺而非浪漫的倾向中，我们才可能感觉到一丝丝恐惧与怨恨。因此，毫无疑问，作为一位小说家，她有着更高层次的天然优势。她对各种事物都有着极强的敏感性，而且不受任何羁绊，只要稍一接触，就会做出反应。她的敏感性就像刚刚出现在空中的植物，尽情欣赏着不期而遇的每一道景色、每一个声音。它好奇地游荡在几乎未知的或从未记载过的事物之间，几乎没人察觉到它的存在；它注意到了细小的事物，并告诉人们可能它们其实并不细小。它挖掘出深埋地下的东西，让人不禁要问当初有什么必要把它们埋起来。尽管她写得累赘，没有意识到她担负着悠久的传统，使她可以像萨克雷或兰姆一样，轻转笔锋就能写出悦耳的文字——我开始想——她已经掌握了伟大的第一课：像女人一样写作，但又忘记了自己是个女人，所以她的作品中才会充满各种奇怪的性别特征，这些特征只有忽略自身的性别时才能显现出来。

所有这些都是好的征兆。但是，如果她不能用转瞬即逝的个人感受建成那座历经风吹雨打都经久不衰的大厦，无论多强的感知能力或者敏锐的洞察力都无济于事。我说过要等着她创造出"一个重要情节"。我说这话的意思是，要等她通过召唤、吸引、聚集等办法，证明她并非只是蜻蜓点水流于表面，而是经过深度挖掘的。某一时刻她会对自己说，现在时候到了，我不必大张旗鼓，就能将这一切的意思表达清楚了。而且，她会开始——这种兴奋肯定不会错的！——吸引和召唤，于是，那些在其他章节被丢弃、几乎已被遗忘的细节，现在都在记忆中活跃起来。当有人做着针线活或者抽着烟斗的时候，她就会尽量自然地让这些细节现身，而当她继续写作的时候，你会感觉仿佛已经到达了世界之巅，看尽了世间繁华。

无论如何，她在努力尝试。我看着她不断做着实验，我发现，但我希望她没有看见，主教、教长、博士、教授、族长和教师都在朝她大喊着，提出警告，给予建议：你不能这样做，不该那样做！非教员或学者，禁止上草坪！没有介绍信的女士不得入内！有抱负、优雅的女小说家，请走这边！这些人围着她纠缠不放，就像赛马场上障碍物旁边的观众，要想不左顾右盼地跨越障碍物，对她是莫大的考验。我对她说，如果你停下来咒骂，你就失败了；如果你停下来大笑，你同样也会失败。一旦犹豫或者摸索，你就死定了。你只能想着跳过去，我恳求她说，仿佛我把身家性命都押在了她身上；她像小鸟一样轻而易举地翻过去了。但是，跨过了这个，还有下一个障碍物,再后面还有一个。但我怀疑她是否有足够的耐力,因为人们的掌声和欢呼声令人神经紧张。但是她尽力了。鉴于玛丽·卡迈克尔并非天才之辈,只是一介无名女流,在卧室兼客厅中写着自己的第一部小说,很多条件都不具备,比如时间、金钱、闲情逸致等,所以我想,她做得也算不错了。

　　读完最后一章,我总结道,再给她一百年的时间——人们的鼻子和裸露的肩膀袒露在星空之下,因为有人拉开了客厅的窗帘——给她一间自己的房间,每年五百英镑的收入,让她说出自己的心声,删掉一半她现在所写的内容,她很快就能写出一本更好的书来。一百年之后,她会成为一位诗人。我说着,将玛丽·卡迈克尔的《生活大冒险》放在书架的末端。

第 六 章

第二天早晨，十月的阳光透过没有拉窗帘的窗户照进屋内，映出了一道道灰尘弥漫的光束，车马川流之声从街上传来。那时的伦敦又像上满了发条一般，工厂里骚动了起来，机器开始了运转。读了这么久的书，真想看看窗外，1928 年 10 月 26 日的伦敦在干什么？似乎没有人在读《安东尼与克里奥佩特拉》。伦敦好像对莎士比亚的戏剧完全没兴趣。人们丝毫不关心——我并不怪他们——小说的未来、诗歌的死亡，或者能充分表达女性思想的文学形式是否能由一位平凡女性创造出来。如果有人将关于这些事情的想法写在人行道上，也不会有人驻足一读。人们漠不关心，匆匆的脚步会在半小时之内将字迹抹掉。一会儿走来一个商店跑差，一会儿走来一个牵着狗的女人。伦敦街道的魅力就在于，找不出两个一样的人；每个人都在为自己的事情奔波着。有的挎着小包，一本正经的样子；流浪汉用手杖敲打着金属栏杆；有些和蔼可亲的人，大街成了他们的俱乐部聚会的场所，和马车里的人打招呼，不用问就主动告知一些事情；也会有葬礼，让人们突然想起自己的身体也在渐渐老去，于是纷纷脱帽致意。有位尊贵的绅士从一个门口缓缓走来，停下脚步，以免和一位女士相撞。那位女士急匆匆的样子，不知从哪儿弄来了一件华贵的毛皮大衣和一束帕尔马紫罗兰。这些人似乎都各不相干，各自想着自己的心事，忙着自己的事情。

就在这时，行人车辆全都安静了下来，交通暂时停止了，这在伦敦是很常见的事情。街上什么都没有；也没有人经过。街的尽头那棵悬铃树上的一片树叶，在这份平静与暂停之中落了下来。不知怎的，它就像一个信号落了下来，向人们指出了常常忽略的事物的一种力量。它仿佛指向了一条河流，河水流淌着却不见踪迹，转过街角沿街流去，载着人们，打着转向前走着，就像牛桥大学的河水载着小船上的大学生和水面上的枯叶一样。现在，河水载着一个穿漆皮靴子的女孩，从街道一侧来到对面，接着又来了一个身穿栗色大衣的青年男子，还有一辆出租车，小女孩、青年男子和出租车都来到了我的窗下。出租车停了下来；小女孩和青年男子也停了下来；两人上了出租车；出租车一溜烟似的开走了，仿佛被河水冲到了别处一般。

这一幕司空见惯；奇怪之处在于，我的想象力赋予了它一种有韵律的秩序，同时还揭示了下面这个事实，即两个人坐上出租车这一寻常景象具有一股力量，似乎能够表达他们的满足感。两个人走在街上，在街角相遇，这一景象似乎让人紧绷的神经得到了放松，我望着出租车拐弯之后匆匆离开，这样想道。这两天我一直在想，或许将两种性别视为不同的事物分开对待，是件很费力的事，会破坏思想的统一性。现在看到两人走到一起又一同上了出租车，那种费力的感觉没有了，思想的统一性也随之得到了恢复。思想当然是一个非常神秘的器官，我将头从窗边缩回来，思索着，关于思想，我们一无所知，却完全依赖于它。为什么我会感觉思想中有隔离和对立，身体上的明显不适也会导致思想上的紧张呢？"思想的统一性"是什么意思呢？我沉思着，因为显然思想的力量非常强大，可以在任何时刻集中在任何一点上，似乎绝非只有单一的存在状态。比如，它可以将自己与街上的行人分开，从上面的窗户俯瞰他们时，认为自己与他们是截然分开的。或者，它还可以与其他人同时思考，比如，在一群人中等着播报一则消息。它还可以通过父亲或母亲溯本求源，就像我说过的，写作的女人可以通过母亲溯本求源。再有，如果你是女人，经常对意识的突然分裂感到惊讶，比如走在白厅街上的时候，她原本是文明的自然继承者，却反而变成了文明的局外人，既陌生又挑剔。显然，思想总是变换着焦点，从各种不同的视角来看世界。但是，有些思想状态尽管是自发而生，却似乎也不如其他思想状态舒服。为了保持某种思想状态的延续，你会无意识地克制着什么，久而久之，这种抑制就会变成一种费力的事情。但是，也可能有某种思想状态，可以毫不费力地持续下去，因为并没有什么需要克制的。我从窗边走了进来，想，可能这就是那样一种思想状态。因为我看见那两个人坐上出租车的时候，心中的感觉仿佛在经历分裂之后又自然地融合在了一起。显而易见的原因是，合作是男女两性的天性。人有种强烈的（如果不理性的话）本能，都赞同男女结合成就最大的满足感、最完美的幸福感这一理论。但是，看到两个人坐上出租车这一景象，以及这一景象给我带来的满足感，也让我不禁要问，男女两性在思想上是否也存在着像他们身体上那么明显的差别？为了得到完整的满足感和幸福感，他们是否需要在思想上结合在一起？于是，我很外行地画了一幅灵魂的图像。在每个人心中都有两股力量在统辖着，一个是男性的，一个是女性的，在男人的大脑里，男人支配着女人，而在女人的大脑里，女人支配着男人。正常又舒适的思想状态是，两者和谐共处，精神上协同合作。如果你是男人，大脑中女性那部分也一定具有影响；而女人也一定与她大脑中男性那部分沟通交流。柯勒律治说伟大的思想都是雌雄同体，可能就是这个意思。只有二者相融合的时候，思想才会得到充分的滋养，才能调用所有的官能。我认为，纯粹男性化的思想可能和纯粹女性化的思想一样，都是无法创作的。但是，只要停下来看一两本书，就可以好好检查一下人们所说的女人身上的男子气概，以及男人身上的女子气质。

柯勒律治说伟大的思想都是雌雄同体，他的意思当然不是指对女性特别的同情，也不是指从事女人的事业或者致力于对女人进行阐释。与单性的思想相比，雌雄同体的思想更不会轻易将男女区别对待。可能他是指，雌雄同体的思想容易与人产生共鸣，易于听取他人的意见；传递情感时没有障碍；具有天生的创造性，有激情，较专一。事实上，回头想想莎士比亚的思想，也是雌雄同体的，也是具有女性气质的，尽管我们不可能知道莎士比亚是如何看待女人的。如果不特别、刻意想到性别是思想充分发展的标志之一，现在要达到那种状态比以往不知道要难多少。我现在来到了尚在世的作家的著作前，停下来，心中纳闷，不知道这个事实是不是长期困扰我的那个问题的根源所在。我们这个时代，比以往任何时代都更突出性别的差异，大英博物馆中男性所著的关于女人的浩瀚书海，便是明证。这无疑要归咎于妇女选举权运动。这场运动肯定在男人心中激起了要逞能的强烈欲望，一定要使他们强调自己的性别及其特征。如果没有受到挑战的话，他们永远也不会费心去考虑这些。一旦受到了挑战，哪怕对方只是几个头戴黑色无边呢帽的女人，如果从来没有被人挑战过，他也会非常激烈地报复。这可能解释了我记得在这儿所发现的某种特征。想到这儿，我取下了 A 先生新出版的一本小说。他正春风得意，似乎备受书评家的推崇。我打开了这本书，的确，再来读男人的作品，让人心旷神怡。读过女人的作品之后，感觉男人的表达那么坦率，那么直截了当。这表明了男人内心的自由、人身的自由、对自己的信心。这样的思想营养充足，教养良好，从未受过阻挠和反对，从出生以来就享有充分的自由，自己可以随心所欲。面对这样自由的思想，让人感觉身心舒畅。所有这些都让人羡慕。但是，读了一两章之后，一道阴影似乎横在了书页上。那是一条黑杠，形状多少有点像字母 I。你开始往这边闪一下、往那边闪一下,瞄一眼那阴影后面的风景。那后面到底是一棵树,还是一个女人在走路,我不太确定。但你总是被叫回去看那字母I。你开始慢慢讨厌"I"。虽然这个"I"令人肃然起敬,诚实且通情达理,又无比坚强,而且几百年来良好的教育和优越的生活条件造就了他们优雅的教养。我从心底里尊敬、敬佩这个"I"。但是——说到这儿,我翻了一两页,仿佛在寻找什么东西,结果却发现,最糟糕的是,在字母"I"的阴影下一切都如雾霭般没有形状。那是一棵树吗?不,是个女人。可是……她身体里一根骨头也没有。我这样想着,望着菲比(她叫菲比)从沙滩上走来。后来,艾伦站了起来,他的身影一下子就遮住了菲比的影子。艾伦有自己的主见,他滔滔不绝的论断如洪水般淹没了菲比。而且,我想,艾伦还有激情;我一页一页快速翻着,感觉危机正在逼近,的确如此。它就发生在光天化日之下的海滩上。它就这样堂而皇之地写了出来。就这样高调地写了出来。没有什么比这更不光彩的了。可是……我说的"可是"太多了。不能老是这样"可是"下去啊。总得把句子说完吧,我自责道。我要把这句话说完,"可是——我厌倦了!"但我为什么会厌倦呢?部分原因是字母"I"太让人压抑了,它投射的阴影就像一棵巨大的山毛榉树,让人觉得了无生气。在它的阴影之下,什么也活不了。还有一个更朦胧的原因。在A先生的思想中似乎有某种障碍,这种阻碍堵住了创造力之泉,只留下了狭小的缝隙。想起在牛桥大学的午餐会,那香烟的烟灰,那只马恩岛猫,还有丁尼生和克里斯蒂娜·罗塞蒂,好像可能真的有某种阻碍横在那儿。菲比穿过沙滩的时候,他不再轻声细语地说"门口的西番莲花掉下了晶莹的泪滴";当艾伦走过来的时候,她也不再回应着"我心像只歌唱的鸟儿,筑巢在水润的嫩枝头";那么,他能做什么呢?他诚实如白日,逻辑清楚如太阳,因而只有一件事可做。说句公道话,他确实在做那件事，一遍又一遍（我一边翻着书一边说），一遍又一遍。我意识到，承认这一点本就很艰难，又补充说，这似乎有点儿无趣。莎士比亚的不雅之处连带出了人们心中上千种其他的阴暗面，这绝非无趣可言。但是，莎士比亚这样做是为了获得乐趣，而A先生这样做，就像护士所言，是有意为之。他这样做，是在抗议。他通过强调自身的优越性，对女性的平等表示抗议。因此，他受到了阻碍和抑制，有自我意识，如果莎士比亚也认识克拉夫小姐和戴维斯小姐，很可能也会这样。毫无疑问，如果妇女选举权运动不是始于十九世纪，而是十六世纪，伊丽莎白时期的文学就完全不是现在的模样了。

如果人的思想的双面性理论站得住脚的话，就相当于男子气概现在已经具有了自我意识——也就是说，男人现在只用他们男性的那部分大脑来写作了。女人来读这样的作品是个错误，因为她难免会寻找一些永远也找不到的东西。人最缺乏的就是暗示的力量，我这样想着，将批评家B先生的书拿在手里，非常小心、尽心尽力地读着他对诗歌艺术的评论。他的观点很独特，表达犀利，他也很有学识；但是，问题是他的感情再也表达不出来，他的思想似乎分离到了两个不同的房间；两个房间之间是完全隔音的。因此，如果你将B先生的一句话放在心里，它就会重重地摔在地上——死了；但是，如果你将柯勒律治的一句话放在心里，它会激增，激发出各种各样的思想，而唯有这种作品，你才能说具有永恒生命的秘密。

然而，不管出于什么原因，这个事实一定会让人深感遗憾。因为它意味着——现在我的面前是一排排高尔斯华绥先生和吉卜林先生的著作——我们在世的伟大作家最优秀的作品都是在对牛弹琴。如果一个女人随性而为，批评家们向她们保证过一定可以找到的永恒生命之泉，在男性的作品中她们绝对找不到。这不仅仅是因为男性的作品中宣扬的是男性美德，强化的是男性的价值观，描写的是男人的世界；还因为贯穿书中的情感是女性难以理解的。还没看完一本书，你早早就会开始说，那种情感涌过来了，而且越来越强烈，你感觉马上就要在头顶爆发了。这样的画面将会落在老乔利恩的头上，他会被吓死；年迈的教堂执事会为他说上三两个悼词；泰晤士河上所有的天鹅都会同时为他悲鸣。但是，在发生这一幕之前你就会匆匆跑开，藏到醋栗丛中，因为那情感对男人而言太深沉、太细腻、太有象征性，不禁让女人感到惊讶。因此，吉卜林先生笔下那些转过身去的军官们即是如此，还有他笔下那些播撒种子的播种者，独自忙着工作的男人，还有那面旗帜，莫不如此——这些词语看了让人脸红，仿佛被人发现偷听了男人的纵酒狂欢。事实上，不论是高尔斯华绥先生还是吉卜林先生，身上都没有一丁点儿女性气质。因此，在女人看来，他们所有的品质，如果可以概而言之的话，都太粗糙、太不成熟。他们二人都缺少暗示的力量。而如果一本书缺少了暗示的力量，不管它用多大力气敲击着思想的表面，都不可能深入其中。

  我的心情焦躁不安，把书取下来又放回去，看都不看一眼，开始想象着那个纯净的、捍卫自我的男子气概的时代，正如教授的书信中（比如说沃尔特·罗利勋爵的书信）所预示的那个时代，像意大利统治者们早就实现了的那个时代。因为，在罗马，你很难不被十足的男子气概所打动；不管十足的男子气概对国家有什么意义，你都可以质疑其对诗歌艺术的影响。无论如何，据报纸报导，在意大利人们对小说有些忧虑。学者曾经开会研讨过"如何发展意大利的小说"。前几天，"出身显贵的人们，金融界、实业界、法西斯集团的要人们"齐聚一堂讨论了这个问题，并给意大利领袖发了电报，表达了希望"法西斯时代很快催生一位配得上这个时代的伟大诗人"。我们大家都可以抱着这样虔诚的希望，但诗歌是否可以孵化而成，却让人怀疑。诗歌应该有父亲，也应该有母亲。法西斯式的诗歌，恐怕会像流产的胎儿一样让人恐怖，就像你在某个乡村小镇博物馆的玻璃罐里见过的那样。据说，这样的怪胎活不长久；人们从未见过那样的奇才在田里割草。一个身体上长两个头，并不能延长人的寿命。

然而，对于这一切，如果你要追究责任的话，男人和女人都难辞其咎。所有唆使者和改革分子都有责任：欺骗格兰维尔伯爵的贝斯伯勒夫人要负责任；告诉格雷格先生真相的戴维斯小姐也要负责任。所有引起人们关注性别的人都有责任，因为当我想好好看一本书的时候，正是他们让我在兴致盎然的时候去寻找性别的差异，可那时候戴维斯小姐和克拉夫小姐尚未出世，作家还都是用雌雄双面思维来写作的。你必须回溯到莎士比亚，因为他是雌雄同体的，还有济慈、斯特恩、考珀、兰姆、柯勒律治。雪莱可能也是无性别的。弥尔顿和本·琼森身上的男性特质稍微多了一点点，华兹华斯和托尔斯泰亦是如此。在当今时代，普鲁斯特是绝对的雌雄同体，如果不是女性气质太多了一点的话。但是，这一点点不足实在很难让人抱怨什么，因为如果没有这样的混合体，理智就会占上风，思想的其他功能就会变硬，就会荒废。然而，我安慰自己说，可能这只是一个过渡阶段；我曾答应告诉大家我的思考过程，虽然我依照许诺讲了很多话，但其中有不少似乎都已经过时了；在我眼前亮如明火的东西，有不少在你们眼中可能半信半疑，因为你们还没有到我这个年龄。

即便如此，我走到书桌旁，拿起写着"女性与小说"标题的那张纸，要写的第一句话就是，想着自己性别来写作，对任何人而言都有毁灭性的影响。无论男人还是女人，太纯粹、太简单，都很致命；男人必须有女人的特质，女人必须要有男人的特质。女人若有一丝一毫的不满，若要抗议，哪怕是正义之举，若要以任何方式刻意以女人的身份来讲话，都是很致命的。说致命，并非是夸大之词，因为有意带着偏见写作，任何作品都难逃死亡的命运。它不会再得到滋养。尽管可能写得很好，很精彩，很有影响力，技法很娴熟，但过不了一两天，到黄昏时分一定会枯萎，不可能在他人的心中生根发芽。若要在创作的艺术上取得成就，男性思想和女性思想需要协作才行。需要异性的思想结合在一起。整个心灵需要完全敞开，我们才能感觉到作者在与读者毫无保留地交流体验。一定要自由，一定要平和。没有车轮嘎吱响，没有灯火闪烁。窗帘必须要拉严。我想，一旦作家写完了自己的经历，他必须躺下来，让思想在黑暗之中庆贺自己雌雄双体的结合。对自己所做之事，他不能看，也不准怀疑。他一定要将玫瑰花瓣一瓣一瓣摘下来，或者望着天鹅安详地顺流而下。我又看到了那涌动的河水推着小船，载着大学生，冲着枯叶；我看着那个男人和那个女人一同走过来，穿过马路，心中想，出租车把他们带走了；水流将他们冲走了，冲进了巨大的洪流之中。我这样想着，听见了伦敦的行人车马遥远的喧嚣之声。

  这时，玛丽·波顿不再说话了。她已经告诉你如何得出这个结论的——这个没什么新意的结论——若要写小说或者诗歌，你有必要拥有每年五百英镑的收入，拥有一间房门带锁的房间。她已经把促使她得出这个结论的想法和印象，都清楚地讲给了你们。她已经要你们跟随她一起扑进教区执事的怀抱，在这儿吃顿午饭，在那儿吃顿晚饭，在大英博物馆里画幅画，从书架上拿几本书，看看窗外。在她做这些事的过程中，你肯定在观察她，看她有什么不足，有哪些缺点，确定这些缺点和不足对她形成自己的观点有何影响。你们在反驳她，随意增补或者删减对自己有益的部分。事情就应该是这样，因为像这样的问题，只有将各种错误摆在一起才能得出真理。最后，我要以我个人的名义预测两种批评观点，这两种观点非常明显，在座各位都能发现。

你可能会说，你并没有就两性作为作家的相对优势表达任何见解。这是我有意为之的，因为，即使到了做此评价的时候——此时此刻，了解女人有多少钱和多少房间，比推测她们具备何种能力重要得多——即使到了做此评价的时候，我认为，无论是思想上的还是性格上的天赋，都不能像糖和黄油一样称出重量，即使是在擅长将人分成三六九等、授予人们各种头衔和称号的剑桥，也不能这样来衡量人的天赋。我认为，即使《惠特克年鉴》中的尊卑序列表也不能体现人的最终价值的多少，而且也没有充分的理由认为，最终赴宴时一位巴斯勋爵一定会走在精神病专家后面。所有这些性别之间的对比，品质之间的对比，说自己高人一等、别人低人一等，都属于人类存在的私立学校阶段，人们分成派别，一派总要打败另一派，最重要的是走上讲台，接过校长亲手颁发的非常漂亮的罐子。随着人类不断成熟，也就不再相信派别、校长或漂亮罐子了。无论如何，就书籍而言，这样贴上荣誉标签又要保证标签不脱落下来，比登天还难。当代文学评论不就不断向我们证明了评判之难吗？"这是一部伟大的著作""这本书一文不值"，同一本书会同时有这两种评价。褒与贬都同样没有任何意义。是的，虽然评论这种消遣方式令人心情愉快，但它也是所有工作中最没意义的，若要屈从于评论者的意旨，那就是奴颜婢膝了。只要你是按自己意愿写的，其他就都不重要了；作品会流芳百世亦或几个小时，谁也说不好。但是，如若浪费一丝一毫的想象力，牺牲掉其少许色彩，去屈服于手拿银壶的某个校长或袖子里藏着测量尺的某个教授，就是对自己最可耻的背叛；相比之下，过去常常被认为是人类最大的灾难的——牺牲自己的财富和贞洁，只不过是被跳蚤咬了一口而已。

接下来，我想你们可能会提出异议，认为我太过于强调物质条件的重要性了。虽有很大的象征空间，一年五百英镑的收入代表了思考的能力，房门上的锁意味着独立思考的能力，你依然可能会说，思想应高于这些物质，伟大诗人也往往都是穷人。那就让我来引用一段你们自己的文学教授的话吧。成为诗人需要具备什么条件，他比我更清楚。亚瑟·奎勒－库奇勋爵写道：

> 过去一百年左右出过哪些伟大的诗人呢？柯勒律治，华兹华斯，拜伦，雪莱，兰道，济慈，丁尼生，布朗宁，阿诺德，莫里斯，罗塞蒂，斯温伯恩——就说这些吧。在这些人中，除了济慈、布朗宁和罗塞蒂，其他人都是上过大学的；而在他们三个人中，只有在鼎盛时期英年早逝的济慈生活不太宽裕。这么说可能有点残忍，这么说可能让人伤感，但铁一般的事实是，诗才不问穷富这个理论很难站得住脚。铁一般的事实是，上述十二位诗人中九位都上过大学：也就是说，不管用什么方法，他们都接受了英国所能提供的最好的教育。铁一般的事实是，在其余三位诗人中，布朗宁家境是很富裕的，因为倘若他不富裕，就不可能写出《扫罗》或者《指环与书》，就像评论家罗斯金若不是其父生意做得如火如荼也不可能写出《现代画家》。罗塞蒂有一份私人收入；另外，他还画画。现在就只剩下济慈一人了；年纪轻轻就被命运女神阿特洛波斯夺去了生命，就像约翰·克莱尔在精神病院中被她夺去了生命一样，还有靠吸食鸦片来麻醉失望而丧命的詹姆斯·汤姆森。这些都是恐怖的事实，但让我们面对现实吧。虽然这有损我

| 到灯塔去 |

> 们国家的荣誉,但可以肯定的是,由于我们联邦国家的错误,当今时代的穷诗人依然如两百年前一样,连最起码的机会都没有。相信我——我花了近十年的时间,观察了大概三百二十所小学——我们可能喋喋不休地谈民主,但实际上,英国的穷孩子要获得智力自由、写出伟大的作品,不会比雅典奴隶的希望更大。①

他的话再明白不过了。"当今时代的穷诗人依然如两百年前一样,连最起码的机会都没有……英国的穷孩子要获得智力自由、写出伟大的作品,不会比雅典奴隶的希望更大。"说得够明白了。智力自由有赖于物质条件。诗歌有赖于智力自由。女性历来都很贫穷,不只穷了两百年,而是有史以来一直都很贫穷。女性所享有的智力自由,比雅典奴隶的儿子还要少。那么,女性就根本没有写诗的可能。正因为如此,我才如此强调金钱与一间自己的房间的重要性。然而,感谢过去那些默默无闻的女性的不懈努力——我希望对她们有更多的了解,感谢那两场战争——这很奇怪,克里米亚战争让弗洛伦斯·南丁格尔走出了客厅,欧洲战争为大约六十年后的普通女性打开了大门,邪恶的力量正在逐渐被打败。否则,各位今晚就不会坐在这里,而赚到每年五百英镑的可能性,即使到了现在恐怕已然没有保障,也就非常非常微小了。

然而,你可能还是会反对。你们认为,既然女性作品需要费这么大劲儿才能完成,可能还会把某个人的姑妈谋杀,几乎肯定会让人赶不上吃午饭,还会引起与某个非常善良的人的激烈冲突,你为何还要如此强调女性著作的重要性?我得承认,我是有一部分私心

---

① 《写作的艺术》,亚瑟·奎勒-库奇勋爵著。

的。我和许多未受过教育的英国女性一样,也喜欢读书——很多书我都喜欢读。最近我阅读的胃口有点单调:史书中写了太多战争;传记中写了太多伟人;诗歌中,我认为,也表现出了一种贫瘠的趋势;而小说——我已经完全暴露了自己作为现代小说批评家的无能,所以就不再多说了。因此,我想请大家写各种体裁的书,无论题材多么微小、多么宏大,都不要犹豫。我都希望大家无论用什么方法,都能自己拥有足够的金钱去旅行、去闲游,去思考这个世界的过去与未来,在书海中梦游,在街角信步,让思绪深入到溪流之中。因为,我绝非将大家局限在小说这一种体裁。如果你们愿意要让我高兴的话——世间有千千万万个像我这样的人——你就会写旅游、历险记,写研究著作和学术著作,写历史和传记,写评论、哲学和科学著作。这样做,你一定会为小说艺术做出贡献。因为书籍总能相互影响。如果与诗歌、哲学紧靠在一起,小说也会得到很大提升。而且,如果你想想过去的伟大人物,比如萨福,比如紫式部夫人,比如艾米丽·勃朗特,你会发现她们既是传承者,也是开创者,她们之所以存在是因为女性已经自然养成了写作的习惯;因此,哪怕是作为诗歌的序曲,各位的写作活动也是非常宝贵的。

  但是,我回头看看这些笔记,审视着我做笔记时的思路,发现我的动机并非完全自私的。在这些评论和离题的漫谈之中贯穿着某种信念——或者是一种本能?——认为优秀的作品是令人向往的,优秀的作家,即便流露出各种人性的邪恶,也依然是好人。因此,我要求各位多写书,是在敦促各位去做有益于自己、有益于整个世界的事。至于如何证明这种本能或信念是有道理的,我并不知晓,因为如果你没有受过大学教育的话,哲学词汇容易愚弄人。"现实"是什么意思?它似乎是某种非常飘忽不定、非常靠不住的东西——时而出现在尘土飞扬的马路上,时而出现在大街上的一小块儿报纸上，时而又出现在阳光下的水仙花中。它能使房间里的一群人快乐起来，使人铭记不经意间说出的话语。它使在星空下走回家的人们步伐沉重，让静默的世界比有声的世界更加真实——之后，它又出现在喧闹的皮卡迪利大街的公共汽车上。有时，它出现在离我们太远的形体之中，让人难以辨别其性质。但是，无论它落在什么之上，都会使其固定且永恒。这就是白昼的外表投在树篱上时的残留之物；这就是过去的岁月以及我们的爱与恨的残留之物。我认为，在这样的现实面前，现在作家比其他人更有活下去的机会。作家的任务就是发现这样的现实，搜集这样的现实，并转达给其他人。我从《李尔王》《爱玛》《追忆似水年华》中至少可以读出这些含义。因为读这些书似乎在对感官施行奇怪的内障摘除术，术后你会看得更加深刻，世界仿佛脱去了外衣，呈现出更浓烈的生命力。与虚幻为敌者都是让人羡慕之人；被所做之事当头一击自己却不知亦不在意者，都是可怜之人。因此，我要求各位去赚钱，要有一间自己的房间，我是在请各位生活在现实之中，过热情洋溢的生活；不管你能不能将它传递给他人，这种现实都会出现。

  我想就此打住，但惯例要求每个讲话都必须有个结束语。各位也会同意，对女性观众讲话的结束语应该有特别令人鼓舞、使人高贵之处。我要恳求各位牢记自己肩上的责任，要更高尚，更加追求精神生活；我要提醒各位，有很多事情都仰仗于你们，你们会直接影响着未来。然而，我认为这些劝勉之词也可以留给男性来说，那样完全没有问题；他们一定会比我的口才好得多，而且他们确实已经表现出了雄辩能力。当我在脑海中搜索时，找不到任何高尚的情感支撑我作为他们的伴侣和同辈人，影响着世界向更高远的目标迈进。我发现自己在简单、平淡地说着"做自己比其他任何事情都更重要"。倘若我知道如何让自己的话语听起来更崇高些，我会说，莫要梦想着影响他人，想想事物自身吧。

当我随便翻着报纸、小说和传记，我又一次想到，女人对其他女人讲话时应该准备一些让人不快的观点。女人对女人很不客气。女人不喜欢女人。女人——可你不觉得这个词恶心死人了吗？我敢保证我是觉得特别恶心。那么，我们就达成一致了：由一个女人读一篇文章给女性听众，就应该在结尾的时候说点特别令人不快的内容。

但是，我要如何结尾呢？我能想到什么呢？事实上，我经常觉得很喜欢女人。我喜欢女人的不落俗套；我喜欢女人的完整；我喜欢女人的默默无闻；我喜欢——可我不能再这样说下去了。那边的橱柜——你们说里面只放了干净的餐巾；但是，如果阿切博尔德·博得金爵士藏在其中可怎么办呢？那么，我语气再严厉一点吧。在前面的表达之中，我有没有向大家充分地表达人类的警告和斥责？我跟各位讲过，奥斯卡·布朗宁先生对女性的评价极低。我跟各位讲过了拿破仑曾经是如何看待女性的，讲过现在墨索里尼是如何看待女性的。那么，说不定各位要致力于写小说，我特意为大家抄写了一段评论家的忠告，建议女性勇于承认自己性别的局限性。我之前提过 X 教授，清楚地指出了他有关"女性在智力上、道德上、身体上都不如男性"的论断。我并没有经过深入调查，只是将所听到的、看到的一并传达给了你们。我还有最后一条警告——出自约翰·兰登·戴维斯之口。约翰·兰登·戴维斯警告女性"倘若彻底不想再要孩子，女人也就彻底没有什么必要了"①。我希望各位能记住这句话。

我怎么样才能进一步鼓励各位忙于人生呢？我想说，年轻女性

---

① 《女性简史》，约翰·兰登·戴维斯著。

们，请注意，因为我要开始做总结了。我认为，你们的无知让我感到羞耻，你们从未有过什么重大发现，你们从未撼动过帝国，从未带领大军参战。莎士比亚的戏剧不是由你们写就，你们也从未将野蛮种族领进文明之地。你们怎样为自己开脱呢？我们这个星球上挤满了黑色、白色、咖啡色皮肤的居民，他们都在忙着奔波穿行、经营事业、表达爱意，你们很可能会指着马路、广场和森林说，我们手头有其他事做啊。没有我们的努力，大海就不会有船航行，丰饶之地就会变成沙漠。我们生儿育女，给他们洗澡，教育他们，可能一直要到六七岁左右。据统计，目前在世的共有六亿两千三百万人，即使有人帮忙，养育这些人也是需要大量时间的。

你们说得话也有道理——我不会否认这一点。但同时我要提醒各位，自 1866 年起，英国就至少有两所女子学院；1880 年之后，法律就允许已婚女子拥有自己的财产；1919 年——也就是整整九年以前，女性就获得了选举权。我还要提醒各位，十年前不接受女性的大多数职业，现在也都向大家敞开了大门。如果你想想这些特权，想想那么长时间以来她们都享有这些特权，想想此时此刻大约有两千女性不管用什么方法有能力每年赚得五百英镑这一事实，你也会觉得，女性缺少机会、训练、鼓励、闲暇、钱财等等这些借口，都站不住脚了。况且，经济学家也告诉我们，西顿夫人生的孩子太多了。当然，你们必须接着生孩子，但是，如他们所说，生两三个就好，不要生十个、十二个。

因此，手头有时间，头脑有学识——另外那种知识你们拥有得已经足够多了，我怀疑你们被送来上大学某种程度上就是要让你们受不到教育——因此，你们无疑应该开启另一段漫漫征程，从事一项极其辛苦却默默无闻的事业。一千支笔已经准备就绪，告诉你应该做什么，你会造成什么影响。我承认，我个人的建议有点异想天开；所以，我更愿意用小说的形式来表达。

在本文的写作过程中，我对各位说过，莎士比亚有个妹妹；但是，请不要到西德尼·李爵士所著的莎翁生平中去找她。她英年早逝了——唉，她从没写过一个字。她就埋葬在现在公共汽车停靠的地方，在大象城堡酒店对面。现在，我相信从未写过一个字、被埋在十字路口的这位诗人依然活着。她就活在你们身上，活在我身上，活在今晚没能到场的其他众多女性身上，因为他们在刷盘子，在照顾孩子上床睡觉。但是她还活着；因为伟大的诗人是不死的；他们永远都会存在；他们只是需要机会借我们的肉体而存活。我想，这个机会正在到来，在座各位有能力给予她这个机会。因为我相信，如果我们再活大概一百年——我所说的是我们人类整体的真实生活，而非我们每个个体各自独立的生活——每个人都有每年五百英镑的收入和一间自己的房间；如果我们习惯了自由，有勇气如实写出自己心中所想；如果我们从公共的客厅逃离一会儿，不总是关注人与人之间的关系，而是关注一下人与现实之间的关系，关注天空、树木或者任何事物本身；如果我们超越弥尔顿的幽灵来观察，因为没有人可以蒙蔽双眼；如果我们面对这个现实，因为这就是现实，即我们没有权威可以依附，我们得独自前行，我们的关系是与现实世界的关系，而不仅仅是与男男女女的世界的关系，那么，那个机会就会到来，莎士比亚的妹妹这位已经死去的诗人也就会活在她经常放弃的那个躯体上。她就像她的哥哥在她之前做的那样，从她的无名前辈先驱身上获得生命力，从而得到重生。我们不能指望她还没有准备好、我们自己也没有付出努力、没有她重生时发现有可能活着并写诗的决心的时候到来，因为那是不可能的。但是，我依然认为，如果我们为她而努力，她会来的；为她而努力，哪怕贫穷，哪怕不为人知，也是值得的。

图书在版编目（CIP）数据

到灯塔去 /（英）弗吉尼亚·伍尔夫（Virginia Woolf）著；李小艳，田泽中，蒙苑宁译. —北京：中国书籍出版社，2017.6
ISBN 978-7-5068-6218-9

Ⅰ.①到… Ⅱ.①弗… ②李… ③田… ④蒙… Ⅲ.①长篇小说—英国—现代 Ⅳ.①I561.45

中国版本图书馆CIP数据核字(2017)第122387号

到灯塔去

（英）弗吉尼亚·伍尔夫（Virginia Woolf） 著
李小艳　田泽中　蒙苑宁　译

策划编辑	李立云
责任编辑	李立云
责任印制	孙马飞　马　芝
封面设计	黄俊杰
出版发行	中国书籍出版社
地　　址	北京市丰台区三路居路97号（邮编：100073）
电　　话	（010）52257143（总编室）　（010）52257140（发行部）
电子邮箱	yywhbjb@126.com
经　　销	全国新华书店
印　　刷	河北省三河市顺兴印务有限公司
开　　本	710毫米×1000毫米　1/16
字　　数	250千字
印　　张	19.75
版　　次	2017年9月第1版　2017年9月第1次印刷
书　　号	ISBN 978-7-5068-6218-9
定　　价	38.00元

版权所有　翻印必究

"中国书籍编译馆"
丛书书目

第 一 辑

《傲慢与偏见》（英国）简·奥斯汀著，孙丽冰译

《蝴蝶梦》（英国）达夫妮·杜穆里埃著，汪兰译

《瓦尔登湖》（美国）亨利·戴维·梭罗著，熊兵娇译

《飘》（美国）玛格丽特·米切尔著，张锦译

《纯真年代》（美国）伊迪丝·华顿著，刘一南译

《呼啸山庄》（英国）艾米莉·勃朗特著，杨纪平、吴泽庆译

《鲁滨逊漂流记》（英国）丹尼尔·笛福著，梁志坚、梁家威译

《了不起的盖茨比》（美国）F. S. 菲茨杰拉德著，陈润平译

《安徒生童话》（丹麦）安徒生著，梁志坚译

《简·爱》（英国）夏洛蒂·勃朗特著，杨慧、周茜琳译

第 二 辑

《格列佛游记》（英国）乔纳森·斯威夫特著，刘一南译

《爱丽丝梦游奇境＋爱丽丝镜中奇遇》（英国）路易斯·卡罗尔著，梁志坚、余峰译

《老人与海》（美国）欧内斯特·海明威著，熊兵娇译

《丛林之书＋丛林之书续篇》（英国）约瑟夫·吉卜林著，

李彩林译

《德伯维尔家的苔丝》（英国）托马斯·哈代著，陈明瑶，郑静霞译

《小妇人》（美国）路易莎·梅·奥尔科特著，梁志坚译

《爱的教育》（意大利）艾德蒙多·德·亚米契斯著，夏丏尊译

《绿野仙踪》（美国）L. 弗兰克·鲍姆著，梁志坚、王瑞译

《远离尘嚣》（英国）托马斯·哈代著，曾胡、陈亦君译

《雅各布的房间》（英国）弗吉尼亚·伍尔夫著，李小艳、蒙苑宁译

第 三 辑

《汤姆·索亚历险记》（美国）马克·吐温著，李世标译

《到灯塔去》（英国）弗吉尼亚·伍尔夫著，李小艳、田泽中、蒙苑宁译

《刀锋》（英国）威廉·萨默赛特·毛姆著，汪兰译

《夜色温柔》（美国）F. S. 菲茨杰拉德著，李世标译

《金银岛》（英国）罗伯特·路易斯·史蒂文森著，李宁、蒙苑宁译

《包法利夫人》（法国）居斯塔夫·福楼拜著，韦群译

《小王子·夜航》（法国）圣埃克苏佩里著，刘欣、付春玲译

《鼠疫·局外人》（法国）阿尔贝·加缪著，赵月译

《柳林风声》（英国）肯尼斯·格雷厄姆著，梁志坚译

《卡斯特桥市长》（英国）托马斯·哈代著，曾胡译

《野性的呼唤》（美国）杰克·伦敦著，陈明瑶译

《伊索寓言》（古希腊）伊索著，梁志坚译